にっぽん怪盗伝

新装版

池波正太郎

角川文庫
17715

目次

江戸怪盗記

一

「こ、こんなことがあっていいものか……いえ、あんまりむごすぎる。ねえ、そうじゃないか喜兵衛《きへえ》さん、そうだろう、そうだろう……」

仲のよい喜兵衛だけに、とうとうすべてを語りおえたとき、日野屋の主人・久次郎は、たまりかねて嗚咽《おえつ》をもらした。

唐物《とうぶつ》屋の喜兵衛も、この話をきいては、なぐさめの言葉も見つからぬといった様子で、

「ほんとにひどい……まったくもってなんともかとも……」

声をつまらせ、久次郎とは同じ三十歳ながら、四十すぎに見える老《ふ》けた顔をしかめ、鼻すじがなくて鼻の頭だけがひくりと突き出ているような、そのひしゃげた低い鼻を

小指でなでたのは、感情がたかぶったときの喜兵衛の癖《くせ》であった。

「日野屋さん。よく私にうちあけて下すった……とはいえ、私にも、どうしていいやら……」

喜兵衛は、たまりかねたように手をのばし、ふるえている久次郎の肩をさすってやった。

そうでもしてやるほかに、久次郎の悲嘆をいたわるすべがなかったのであろう。

第一に、これだけのことをうちあけながら、久次郎は、

「お前さんだから話したのだ、きいてもらったのだよ。決して……決して、誰にも、このことを洩《も》らしちゃあ困りますよ。ねえ、いいかい、いいねえ」

くどいほど念を入れてきた。

事件は、二日前の夜ふけにおこった……というよりも、二月《ふたつき》前の秋の夜、すでに日野屋久次郎は恐るべき不幸に見舞われていたのだ。

その夜、強盗団が日野屋を襲った。

池《いけ》ノ端仲町《はたなかちょう》に店をかまえる日野屋は〔小間物・塗物〕の問屋として知られており、そのほか、雛《ひな》人形や高級玩具《がんぐ》をもあつかい、江戸城出入りをゆるされているほどで、奉公人も十五人ほど、店舗も別に大きなものではないが、格は上等だし、

「日野屋には財産がうなっている」

との評判も高い。

仲町は、上野・不忍池《しのばずのいけ》の南面にあり、元黒門町の西側に細長くつらなっている町で、有名な〔錦袋円《きんたいえん》〕本舗だの、閑清屋《かんせいや》という袋物問屋だの、武具、書籍、文房具など、高級な店がずらりと並んでいる。

日野屋久次郎の女房おきぬは、後妻であったが、先妻病死の後、五年も孤閨《こけい》を守っていた久次郎が、

「いただけないとあれば自害をします」

とまでのぼせあがり、室町《むろまち》の同業者・松葉屋彦八の娘をもらいうけたものである。

去年、男の子がうまれ、夫婦になってからまる二年になったおきぬは、しなやかな肢体《したい》にも、みっしりと肉が充《み》ちてき、久次郎を狂喜させている。

「よかった……ほんに、お前をもらってよかった、よかった」

三十にもなる久次郎が、夜ごとにおきぬの肌身をだきしめ、うわごとのように口走るほどであった。

この恋女房が、久次郎の眼前で、強盗団の首領に犯《おか》されたのだ。

奥二階に寝ていた夫婦が気づいたときには、処置のほどこしようもなかった。

黒頭巾《くろずきん》の男が四人、ぬっと立っていて、たちまちに猿轡《さるぐつわ》をかまされ、手足をしばりつけられた。

店のものや女中たちの声もせず、屋内はしずまりかえっている。

四人の曲者《くせもの》が廊下へ出て行くのと入れ違いに、これも黒頭巾が一人、影のように寝所へあらわれた。

りゅうとした黒紋服の着流しに白柄《しらつか》の両刀を差し、身のこなしが際立《きわだ》ってあざやかなその侍は、大身《たいしん》旗本の忍び姿を見ているようで、

「亭主。見たくなければ目をとじておれよ」

といったのが、低くあっても品よく澄みきった、それでいてひびきのよい声であった。

つぎの瞬間に、頭巾をかぶったままの侍が、女房のからだへすり寄ったのを、いやでも久次郎は見た。

声も立てられず、手をしばられたままの女房の寝衣が、曲者の手ではぎとられていくのを、久次郎は惑乱の目で、はっきりと見た。

（おきぬ……おきぬ……）

猿轡の中からもれる女房のあえぎと、うめきを、久次郎はきいた。

この夜の押しこみで、強盗団は千数百両の金をうばい、逃げた。

後になり、店の者の話によると、二十余名にもおよぶ人数がいつのまにか店の中へ潜入しており、あっというまもなくしばりつけられ、外へ逃げようとしたものは棍棒《こんぼう》

でなぐりつけられ、気絶をしてしまったという。
女房を犯されたことを、奉公人たちは知っていないらしい。それには、ほっとした
ものだが、久次郎もおきぬも取りかえしのつかぬ痛手をうけた。
それでも一月《ひとつき》、二月《ふたつき》とたつうちに、
「もう忘れよう」
と、夫婦はつとめて互いにいたわりあい、十二月に入った今では、ようやく微笑も
うかぶようになった。
ところが、また来たのだ。
二日前の夜に、同じような状態、同じような巧妙な潜入ぶりを見せ、厳重な戸締り
を破って、あの強盗団があらわれた。
首領の黒頭巾は、さんざんに女房のおきぬをもてあそんでおき、
「お上《かみ》に早くとどけよ。明年、またまいるぞ」
さわやかに久次郎へいいはなったものである。
また来られては、たまったものではない。
この強盗団が、いま江戸で有名な葵小僧《あおいこぞう》一味のしわざなことは、この前の押し込み
を奉行所へ届け出たとき、それと知らされ、久次郎も紙のような顔色になったものだ。
むろん、こんども届け出はしたが、女房が犯されたことは前回同様に隠してある。

それだけに、久次郎は耐えかねた。

自分の懊悩《おうのう》を、かねてから心をゆるしあっていた隣家の唐物商・近江《おうみ》屋喜兵衛へうちあけなかったら、きっと久次郎は狂人になっていたろう。

二

葵小僧を首領とする怪盗一味が、江戸市中を跳梁《ちょうりょう》するようになったのは、この年、寛政《かんせい》三年の夏ごろからであった。

市中には番所も諸方にあるし、夜ともなれば町々の木戸をおろし、町民の通行にもかなりきびしい取りしまりがおこなわれている。

この市中を怪盗団は、首領の葵小僧をりっぱな塗りもの駕籠《かご》にのせ、家来たちは、いずれも武士か若党にばけ、槍《やり》を立て挟箱《はさみばこ》をもたせ、葵の紋入りの提灯《ちょうちん》をつらね、堂々と通行するのである。

いうまでもなく葵の紋は、徳川将軍の紋章で、この紋章をゆるされ行列を組んで通行するからには、たとえ旗本であるにせよ、どのような格式のあるものかは、おして知るべきであった。

やたらにとがめだてをしては、後難をこうむるし、役人たちも、あまりに悪びれぬ

横行ぶりなので、はじめのうちは、

「まさか……？」

半信半疑というところであった。

だが、怪盗たちは、この行列の姿のままで、押しこみをやる。

訴えをきいてみて、

「おのれ、お上《かみ》を恐れざる不届きなる奴《やつ》ばら……」

奉行所も、そのころの特別警察である〔火付盗賊改方《ひっけとうぞくあらためかた》〕も、奮然となった。

それが、夏もすぎてからである。

それまでに、おどろくべし、十余の犯行を葵小僧はやってのけていた。

日本橋辺の大店《おおだな》を襲ったかと思うと、つぎには浅草・蔵前《くらまえ》の札差《ふださし》へ押しこむ。その
つぎには四谷《よつや》方面、つぎは麴町《こうじまち》というように神出鬼没の形容そのもので、

「このやり口では、早く捕えぬと高飛びされてしまうぞ。なんとしてもきゃつめを……」

火付盗賊改方の頭《かしら》(長官)長谷川平蔵《はせがわへいぞう》は、この怪盗捕縛を担当させられ、やっきと
なっているそうだ。

「とにかく大したものじゃあねえか。泥棒でも、ああまで大がかりな、度胸《どきょう》のいいや
り方をされると、手をたたきてえ気持になるねえ」

などと、その日暮しの町民たちはやたらにさわがしいが、大きな商家では、

「夕飯の味がまったくわからなくなりましたよ」

という。

夕闇《ゆうやみ》がおりてくるころになると、いいようのない恐怖に落ちこみ、大店の中には出入りの岡っ引をたのみ、毎夜、泊りがけで警戒をしてもらっているところもある。

一度、新両替町《しんりょうがえちょう》の醤油《しょうゆ》問屋・玉川屋宗三郎方を襲った怪盗団が、戦果？をかかえて引きあげるところを見まわりの町方が発見し、非常警戒の同心、捕手《とりて》をあわせ三十名ほどで取りかこんだが、

「ふふん……」

怪盗どもは鼻で笑って立ち向って来た。

この結果、同心三名、捕手十名が死傷し、盗賊どもは一名も捕まらず闇に消えた。

「どうして、あの戸締りが外から開いたものか……どう考えても、私にはわからない」

日野屋久次郎は、少し気が落ちついてから、近江屋喜兵衛にいった。

「また、来年やってくると、たしかに葵小僧がいったのですよ、喜兵衛さん。それを思うと私も女房も、今からもう生きた心地はしない……ほんとに、お上もなにをしていなさるのか。あんな人非人、けだもののような奴をいつまでもほっておくなんて……」

久次郎は、また昂奮《こうふん》してきた。

師走《しわす》の風が外に鳴っている。

日が落ちかけていた。

それと気づいて、久次郎は青くなり、

「また、夜が来る……今夜はどうも心細くて……」

おののき声で、つぶやいたものだ。

「よろしい。私がそちらへ泊りましょう。なんのお役にも立ちますまいが……だまってはいられません」

と、喜兵衛がいった。

「そうして下さるかえ」

「久次郎さんのとなりの部屋で寝かせてもらいますよ」

「ありがたい、心づよい。だが、お前さんのお父つぁんは……」

「なあに、こんな小さな……日野屋さんの軒下を借りているような唐物屋へ、葵小僧が来るはずもないし……」

実直な喜兵衛は、まじめにそういった。

喜兵衛が日野屋のとなりへやって来たのは、去年の夏ごろからだ。その家は、もと錺物師《かざりものし》がいたところで、店先もせまい。ここへ喜兵衛は老父の伝吉とともに移り住んで来た。妻も子もない喜兵衛だが人柄はよく、

「近江屋さんの親孝行にはおそれいる。ひまさえあれば、お父つぁんの足腰をもんであげていなさるものねえ」

近所でも評判である。

口をきいても、その物腰態度のすべてに正直さがあふれている。こういう人間を隣人にもつことは、まことにたのしいことだし、それに日野屋久次郎と喜兵衛は酒も煙草もやらぬのに将棋には目がない。

ひまができると、仲よく、どちらかの家へ行って盤を間に、あくまでもなごやかに将棋をたのしむようになった。

「勝っても負けても、あんなに気持よく差せる相手はいないよ」

いつか久次郎は、女房に、

「私と同《おな》い年だというが、よくできた人だ」

しみじみといったそうだ。

さて……。

年の瀬も押しつまってきた。

近江屋喜兵衛は、ときどき日野屋へ泊りに行ってやっている。

十二月二十日の夕暮れに、旅姿の商人が一人、近江屋へやって来た。

まもなく、日野屋の番頭が来て、

「主人が、今夜は御飯をさしあげたいと申しておりますが……」

こういうと、喜兵衛がいつもの訥々《とつとつ》とした口調で、

「大坂から商用で人が来ましたので、残念ですが今夜だけは、と、旦那《だんな》におつたえ下さい」

丁重に、ことわりをいった。

夜が、ふけた。

近江屋の二階の一室で、喜兵衛が鏡に向っている。

喜兵衛のひしゃげた鼻が、すっきりと高く、ととのった鼻すじに変っていた。

なんと、つけ鼻をしたのだ。

そこへ、父親ということになっている伝吉老人が入って来て、

「市之助どん。今夜は堀留町《ほりどめちょう》の傘《かさ》問屋だってね」

「うむ……」

うなずいた喜兵衛が、さわやかに、

「しらべはついたそうだ。たんまりあるとよ」

にやりとした。その笑いは不敵にも見え、颯爽《さっそう》としてもいた。いつもは猫背ぎみの喜兵衛の躰《からだ》がしゃんとのび、黒頭巾《くろずきん》を取りあげる手つきもてきぱきと、

「いい娘がいるそうだ」

と、いう。

すでに葵《あおい》の紋服を着込み、小刀をたばさんでいる喜兵衛の顔は、別人のようである。つけ鼻は、まさに、彼を美男といえる顔貌《がんぼう》に変えていた。

「仲間はどこだ？」

と、伝吉が訊《き》くのへ、喜兵衛こと葵小僧の市之助が答えた。

「忍川《しのぶがわ》の新土手に勢ぞろいをしているはずだ。ふふん、それにしても、このところ、日野屋の女房が、おれが泊りこむのを気の毒がって、やれ茶だの菓子だのと、親切にもてなすには、ちょいと、くすぐったかったよ。だがなあ、天野のとっつぁん。となりの女房は……そりゃあ、ちょいと……ふふん、めったにねえからだをしているのだ。後をひいてねえ……」

三

葵小僧市之助は、尾張《おわり》の役者で桐野谷《きりのや》紋十郎というものの子にうまれた。尾張・名古屋は、むかしから芸事のさかんなところで、紋十郎は小野川千之介一座に属し、かなりの役をこなす地位にいたという。

こういうわけで、市之助も幼少のころから父とともに舞台をふんだ。

小さいころの市之助は、その低い鼻に愛嬌《あいきょう》もあり、子役としての人気も上々で、

「紋十郎のせがれは、きっと大物になる」

といわれ、紋十郎も一人っ子の市之助が大自慢だったし、市之助はまた子供なりの自信と誇りを得た。

子供のころにちやほやと、もてはやされては、たまったものではない。

大人になってからの慢心よりも、その根はふかく張り、経験のない自信は、たちまちに驕《おご》りとなる。

それだけに、青年となってから、急激に人気も落ち、役もつかなくなったときの市之助は層倍《そうばい》のみじめさを味わうことになった。

彼の驕った性格が芸道の修業のきびしさを知らなかったためもある。

だが、人気の落ちた原因は、市之助の低い鼻にあった。

ひしゃげた低い鼻も、常人にとってはなんでもないが、舞台にのぼる役者にとっては致命的なものであった。

現代の俳優のように、個性的な顔がこのまれた時代ではない。

父親が病死し、ついで母親も亡くなり、市之助が父の芸名・桐野谷紋十郎をついだ二十歳の春のことであったが……。

新紋十郎こと市之助は、決定的な打撃をうけた。

そのとき小野川千之介一座は、名古屋・南寺町の若宮八幡宮境内に小屋がけをし、〔国姓爺合戦《こくせんやかっせん》〕を五段つづき狂言として上演していた。

そして〔国姓爺〕の主人公・和藤内《わとうない》には、一座の若手で人気の高い沢村歌松が異例の抜擢《ばってき》をうけたものだ。

「こんどは、私が甘輝《かんき》をやろう」

と、座頭《ざがしら》の千之介が傍《わき》へまわったのも、沢村歌松にかねてから目をかけていたからである。

歌松は、子役のころから市之助とならんで演技《わざ》をきそってきた間柄だが、このところ、市之助は、だいぶの差をつけられている。

それが歌松の主役抜擢《ばってき》となって、

「畜生。歌松め、うまく座頭《おやかた》へ取りいって、おれをだしぬいたな」

市之助は歯ぎしりをして口惜しがった。

自分の容貌《ようぼう》が出世の邪魔をしていることも感じないではいられなかったし、それでもなお、

「芸では歌松にひけはとらないぞ」

自分ひとり自負して耐えてきた張りが一度に消えた。

そこへ、もっとひどいことがおこった。

若宮八幡宮境内は、むかしから芝居小屋があり、千之介一座もよくここで興行をする。

社《やしろ》門内・門前にかけては水茶屋も並ぶし、屋台店も出て、芝居がかかるときは非常なにぎわいとなる。

水茶屋のうちに〔扇や〕というのがあった。

〔扇や〕のしのぶといえば、あたりの茶屋女の中でも群をぬいた美女で、かねてから市之助は、給金も博打《ばくち》でもうけた金も、しのぶにつぎこみ、

「しのぶのためなら命もいらない」

と、目の色を変えていた。

しのぶもしのぶで、体《てい》よく市之助をあやつりながら肌身もゆるさず、まきあげるだけはあげてしまうつもりなのである。

〔国姓爺〕の初日があいて三日目の夜ふけに、得意の絶頂にある沢村歌松が不謹慎《ふきんしん》にも、しのぶとともに楽屋風呂《ぶろ》へ入って行くのを、市之助が見つけた。

（歌松め、女をひき入れて、なんというやつだ）

わざと二人が裸体になるまをおいてから、市之助は風呂場の戸を開けようとした。

このとき、中からしのぶの声が、

「あんな男の、あんな顔のどこがよい。ほ、ほ、ほ、ほ……低い鼻、つぶれ鼻……」

と、うたうようにいったのが、市之助の耳へ、はっきりときこえた。

戸へのばしかけた市之助の手がとまり、ついで、ぴくぴくとふるえだした。

市之助の顔は、死人のようであった。

やがて、市之助が苦心惨澹《さんたん》してたどりついた結果は〔つけ鼻〕となってあらわれた。

つけ鼻は蠟細工《ろうざいく》だか張子《はりこ》だか知らぬが、なかなかに見事なもので、三ヵ月後、これをつけて舞台へ出た市之助は颯爽《さっそう》たる美男ぶりだ。

ところが、いけない。

楽屋内も観客も、はじめは呆気《あっけ》にとられていたが、ややあって、いっせいに失笑をもらした。

それからはもう、市之助が舞台へ顔を出すたびに、

「ようよう、つけ鼻」

とか、

「動くとはがれる、はがれる」

とか、客はおもしろがって声をかける。

五日後――。

市之助は名古屋を逃げた。

それから約十年の間、市之助は怪盗・葵小僧とまで成り上った？のである。

もともと博打好きの市之助だったし、このときの絶望と悲嘆が〔転落〕へ直結するのに、てまひまはいらなかった。

流浪の日々がつづき、市之助は、そのころ尾張・三河《みかわ》一帯を荒しまわっていた強盗団の首領で浪人くずれの天野大蔵にひろわれた。

この天野が、十年後の市之助の老父・伝吉にばけ、唐物屋の店先に出現したわけだ。役者として実父のあとをつげなかった市之助も、強盗団首領としては、りっぱに大蔵のあとをうけたまわった。

天野大蔵は信州・飯山《いいやま》の浪人で、剣術の達人だという。

それを市之助は、何度もの押しこみの現場で、たしかめた。

六年ほど前に、加賀の寺院を襲ったとき、大蔵が十名に余る追手を斬り伏せて息もはずませなかったのを、市之助はおぼえている。

「手すじがいいな、お前は——」

大蔵は、市之助へみっしりと剣術を教えこんだ。

それも実用一点張りのすさまじいもので、市之助がまた教えられたことを実際にやってみると、おそろしいほどうまくいく。

「度胸もいいわい」

大蔵は目を細めた。

なによりも大蔵は、市之助の演技術に瞠目《どうもく》した。盗賊にとって演技が不可欠なものであることはいうをまたないし、この点、市之助が大いに天才ぶりを発揮したのも当然であろう。

なにしろ、諸方にいる手下をあつめると五十人にはなるという天野大蔵だけに、

「おれのあとを束《たば》ねるのはお前だけだ」

こう見込んで、

「そのかわり、おれを捨てるなよ」

そのつもりで市之助を引きまわしはじめたのは、四年前のことであった。

大蔵ほどの盗賊になると、半年はたらき一年は休む。

悪業をはたらく場所も、上方、中国から奥州にまでおよび、事に当って適当な手下をよびあつめるわけだ。

〔盗人宿《ぬすっとやど》〕とよばれる連絡所も諸方にあって、盗んだ金も、そこへねかす。寛政二年の夏に、例のごとく市之助が天野大蔵と二人きりで江戸へ入る前には、越後《えちご》にひそんでいたものだ。

ひそむといっても、江戸における唐物屋のようなもので、二人は、きわめて実直な暮しを堂々とおこない、手下への指令をやり、つぎの仕事の計画をねりあげるのだ。

越後にいるころから、大蔵の躰《からだ》が急激におとろえた。躰中が痛むし、足もきかなく

なり、
「おれを捨てるなよ」
大蔵は、すべてを市之助へゆだねた。
市之助も今日、手下どもに君臨し、一歩もひかぬだけの頭《かしら》になっている。
葵小僧のしわざも、派手で芝居じみていて、役者あがりの市之助らしい工夫だが、
彼のとっぴな計画は、いつも効果をあげたのである。

四

その夜……。

天野大蔵の伝吉を唐物屋へ残し、葵小僧市之助が出かけるときに、

「今夜が最後だなあ」

と、大蔵がいった。

市之助もうなずき、

「切りあげどきかもしれねえ」

「おまけに、やり方が派手すぎる。そろそろ火付盗賊改方も腰をすえてきはじめようぜ」

「わかっているよ、天野のとっつぁん」

「それに、お前はいけねえ」

「なぜ？」

「女に手を出すからよ」

「また説教かい」

「泥棒に女は禁物だ」

「わかった、わかった」

「わかっちゃあいねえらしい。いまに、女で首がしまるぜ、市之助どん」

「おれはね、とっつぁん……」

市之助は頭巾《ずきん》の中から目を光らせ、

「女が憎いのさ。憎いからやっつけるんだ」

と、うめくように、

「江戸を引きはらったら、おれ一人で、しばらく行かせてくれ」

「どこへ……？」

「どこでもいいやな。すぐに帰ってくる」

大蔵にはいわぬが、市之助は名古屋へ行くつもりであった。

あの沢村歌松は、しのぶを女房にし、子を三人もうけて、今も名古屋で役者をしているという。

（しのぶの女《あま》をなぶりものにして、その上で叩《たた》っ斬る）

わざと歌松は殺さぬかわり、歌松の鼻を殺《そ》ぎとってやるつもりなのである。

何年も胸の底にあたため、たのしんでいたこの計画を実行にうつすことは惜しい気もするのだが、市之助は、いよいよ決行する気で、

（そのときの二人の面《つら》が見てえ）

今から胸がおどっているのだ。

「とっつぁん。行って来るぜ」

裏口から外へ出ると、あたりを見張っていた乞食《こじき》姿の手下で竹松というのが、

「今夜は手薄だそうで……」

と、告げた。

町方の非常警戒がゆるむ夜を、市之助は事前に知った。後でわかったことだが、三年も前から、奉行所の足軽をつとめていた葵小僧一味の者がいたそうだし、盗賊改方・与力の筒井宗七郎邸へも、渡り中間《ちゅうげん》として住みこんでいた者もあった。

すでに、一年前から、二年後にかかる仕事を成功させるため、大坂奉行所へも仲間をしのばせてあるし、五人ほどは大坂市中に、それぞれの店をひらき、職につき、来年秋ごろのりこんで来る市之助や天野大蔵を迎える準備をととのえつつある。

市之助が、不忍池畔の忍川新土手へ来ると、五名の手下が闇の中にこれを迎えた。みんな商家の手代といった姿である。前のように派手なまねは、もうできない。市之助の服装だけが変らないのは、彼の虚栄がそうさせるのだ。

駕籠《かご》も辻《つじ》駕籠で、これを駕籠かきにばけた手下がかつぐ。

上野から堀留町まで、乞食の竹松の誘導によって、かたまっては離れ、離れては散りつつ、一行はたくみに道をえらび、木戸をぬけ、堀留へ着くころには、いつのまにか十八人がどこからともなく駕籠のまわりにあつまっていた。

堀留の傘問屋〔戎屋《えびすや》六郎次〕方へ押しいった一味は、いつものように、すべてを円滑におこなった。

市之助は、手下たちが金をあつめているうちに、戎屋の娘を犯した。

まだ十五歳の娘をなぶりつくし、

「たまには青柿もいいもんだ」

などと、うそぶきつつ、市之助は一味をあつめ、外へ出た。戎屋の向うに、通りをへだてて東堀留川が流れている。川には舟が二艘《そう》待っている。

獲物《えもの》は意外に少なく三百両ほどであった。商家も、こうしたことを予想し、隠すべきところへ隠してあるわけだが、市之助は決して、店の者を拷問《ごうもん》にかけ金の在所《ありか》を白状させるといったような手間はかけない。出ているだけのものをさらいとり、自分はそのまに手馴《な》れた物腰でさっさと女を犯し、あっというまに引きあげる。

だから知らせを聞いてから、捕手が駈《か》けつけてもまにあわぬことが、しばしばであったのだ。

だが、この夜は違った。

二艘の舟へ獲物と七名の手下が乗り移って漕《こ》ぎ出して行くのを見送ってから、

「よし」

市之助が駕籠へ入った、そのときである。あたりの闇の中から、呼笛《よぶこ》が鳴りわたった。

この夜、火付盗賊改方の頭・長谷川平蔵が、思いたって巡回をおこなったのは偶然であった。

平蔵は、このとき四十六歳。若いころは〔本所の鉄《てっ》〕とよばれ、江戸の暗黒街へ出入りをし、父から勘当をうけたほどの男が特別警察の長官になったのであるから、むろん手柄も多い。

そればかりではなく、長谷川平蔵は石川島に〔人足寄場《にんそくよせば》〕というものをつくり、死罪以外の囚人を教育、保護し、種々の内職をさせ、出獄後の益ならしめんとした。

この平蔵の進言を幕府が採用したのは、去年の二月である。

こうした長谷川平蔵だけに〔盗賊改方〕就任以来、思いたてば、いつでも市中巡回

をやるし、部下も四、五名ほどしたがえるだけだ。屋敷を出て、平蔵たちが伊勢町ぞいの堀河岸をとおりすぎたとき、

「御頭《おかしら》。あれを……」

同心の佐島九兵衛というものが、青い月光にうかぶかなたの堀留通りを指した。

これが、葵小僧一行が〔戎屋〕から外へ出たときである。

「それ……」

いささかの躊躇《ちゅうちょ》もなく、平蔵は同心四名、足軽一名をしたがえたのみで、ひたひたと迫った。

七人の盗賊が舟で去るまで待ったのは、平蔵の経験と冷静さがものをいったのだ。

時を待って、同心たちがいっせいに呼笛を鳴らした。

これよりさき、すでに足軽は近くの番所へ応援をもとめに走っている。

「来たな」

市之助は、にやりとした。

十一対五である。ものの数ではない。

事実、おどりこんでいった佐島同心が、まっさきに市之助の一刀をあびて転倒した。

「斬れ！」

断固として平蔵は命じるや、足軽の手から取っておいた六尺棒を、いきなり市之助

へ投げつけたものだ。

棒は矢のように飛んだ。

音をたてて闇を切りさき、その棒は生きもののように市之助の面上を襲った。

市之助は余裕《よゆう》たっぷりに顔をふって、棒をかわした。

かわしたとき、棒の先端が、わずかに市之助の鼻先をかすめた。

かすめただけだと感じたのだが、

「あっ……」

その力はするどかった。ぽろっ……と、市之助のつけ鼻が落ちた。

「あ、ああっ……」

市之助の声は悲鳴にも似ていた。

落ちた鼻へ、かがみこんで手をのばした市之助に、四十六歳とは思えぬ俊敏さで長谷川平蔵が殺到《さっとう》した。

「あっ、あっ……」

あわてて躰《からだ》をおこしたが、市之助は痴呆《ちほう》のように立ちすくんだままである。

平蔵がなぐりおろした十手《じって》を脳天へ受けて気絶するまで、葵小僧市之助は虚脱したように立ちすくんだままであった。

この夜、葵小僧ほか二名が捕えられ、三名が死亡。あとは逃げたとある。〔盗賊改方〕では、佐島同心以下三名死亡。わずかに同心一名が平蔵とともに生き残ったのみで、いかに激烈な乱闘であったかが知れよう。

市之助は捕えられてからも、

「畜生め、鼻さえ落ちなけりゃあ……」

と、何度もくりかえして、

「どうして、むざむざと捕まったか、おれにもわからねえ。鼻が落ちたとき、とたんに躰中の力が煙のように消えてしまった……」

と、平蔵に告白した。

あの夜に市之助が帰らないと知った翌朝、天野大蔵は、さっさと店をたたみ、

「実は、せがれが御存知のように商《あきな》い下手で、借金もかさむし、どうにもならず、これから大坂へ引き揚げるつもりでございます。いえ、せがれは今朝《けさ》早く金ぐりのためさきへ発《た》ちました」

隣家の日野屋久次郎へあいさつをし、老いた大蔵は、どこへともなく消え去った。

捕えられた市之助も手下の者も、感心に大蔵のことや唐物屋のことを白状しなかった。

市之助は死を覚悟し、押しいった先で犯した女の名をぺらぺらとしゃべった。

（ざまあみやがれ）

しゃべれば調べなくてはならぬ。すべては表沙汰《おもてざた》になるし、女たちは続々と奉行所へ呼ばれることになろう。

（日野屋の女房も、いいざまだ）

ほくそ笑《え》んでいたが、長谷川平蔵は、このことをきくや、手数のかかる裁判の段階を通すことなく、平蔵一人の決断によって、三日のうちに彼等の死刑を決裁させ、八日後には、葵小僧市之助ほか二名の首をはねてしまった。

取り調べの記録もすべて自分の手におさめ、その独断的処置をなじる奉行所関係の人々に対しては、

「もともと火付盗賊改方という役目は、無宿無頼のやからを相手に、めんどうな規則も手つづきもなく刑事にはたらく、いわば軍政の名残りをとどめる荒々しき役目でござる。ゆえに、われらは、その本旨をつらぬいたまででござる」

こういいはって、一歩も退《ひ》かなかった。

葵小僧事件についても、奉行所と盗賊改方との間で、いつもひきおこされていた反目が協力をうまず、手違いもずいぶんとあったのだ。

徳川の世も、寛政のこのころになると、やたらに官僚臭がつよくなるばかりで、何事にも儀礼だの制度だのと、複雑な慣例がふえるばかりとなり、政治は死んでいる。

このことが刑事問題にも波及《はきゅう》し、くだらぬ犯罪が後を絶たなかった。

それにしても……。

長谷川平蔵の水際立った処置のおかげで、多くの女たちが、その不幸な〔秘密〕を白日の下にさらさずにすんだのである。葵小僧召し捕りをきき、生きた心地なく日をすごしていた日野屋久次郎とおきぬ夫婦も、

「これからは、本所の方角へ足を向けては寝られない」

と、いいあった。

長谷川平蔵の屋敷が、本所二ツ目にあったからである。

葵小僧の死罪がすんで、寛政四年の正月元旦《がんたん》を迎えた日野屋夫婦は、可愛いいさかりの男の子の久太郎をまじえて、雑煮《ぞうに》を祝った。

夫婦とも、はればれとしていたが、そのうちに、おきぬがいった。

「あなた。それにしても、おとなりの近江屋さんはお気の毒に……」

「私にうちあけてくれれば、なんとしてでも助けてあげたものを……」

と、久次郎も残念そうに答えた。

白浪《しらなみ》看板

一

〔盗人《ぬすびと》にも三分の理〕という諺《ことわざ》があるけれども、盗賊・夜兎《ようさぎ》の角右衛門《かくえもん》の場合には、

「つまるところ、いま、この世の中で金と力のあるやつどもは、みんな泥棒《どろぼう》と乞食《こじき》の寄り集まりだ」

と、いうことになる。

その金と力のあるやつどもから盗みとるのだから悪いことではない。彼らが盗んだものを盗み返すだけのことで、

「これほどにしなけりゃあ、世の中のつりあいがとれねえものな」

と、これが角右衛門の〔理〕であった。

さらに角右衛門が、自分と、その一味のものへきびしく課した戒律は次のごとくである。

一　盗まれて難儀するものへは、手を出すまじきこと。
一　つとめするとき、人を殺傷せぬこと。
一　女を手ごめにせぬこと。

そして、新たに角右衛門の手下になったものには、角右衛門が三ヵ条をしたためた紙片を嚥下《えんか》させたという。

第三条の〔つとめ〕するとき、というのは〔盗み〕するときといいかえればよいのだが、犯罪を〔つとめ〕だと自負しているところなぞ、いかにも、当時の盗賊の一典型でもあるし、われから夜兎なぞと洒落《しゃれ》のめして名乗る芝居気も同様で、いやしくも〔つとめ〕する気で盗むほどの輩《やから》は、必ず大形《おおぎょう》な名乗りをあげ、盗みに入るときの衣裳《いしょう》にまで独創を競い合った。

角右衛門が生きていた、いわゆる江戸時代中期から後期へかかろうとするころは、日本に戦乱が絶え、天下が徳川将軍のものとなってから約百年を経ており、都市を中心に、すさまじいばかりの発展をとげた商業資本と指導階級である武家社会とが狎《な》れ合い、貧富の差と身分の上下が錯綜《さくそう》し、矛盾をはらんだまま、異常な繁栄へ突き進んでいたのである。

あるところにはあり、無いところには無いというこの繁栄は享楽《きょうらく》と消費に裏うちをされており、いうまでもなく、農村その他の労働力の上にきずかれたものであるから、絶えず危険をはらんでいた。

幕府も、大名も、これに苦しみつつ、何度も施政の改革をこころみては失敗をかさね、しかも大町人たちの財力は、ふくらむばかりとなる。

役職にあるものの汚行《おこう》や収賄《しゅうわい》が常識となった。

だから、夜兎の角右衛門などが、三分の理をとなえてはばからぬことになる。

角右衛門のように規模がひろい組織をもつ盗賊は、二年か三年に一度、大仕事をやればよいし、それだけに都会を中心に狙《ねら》いをつけるわけだが、当局も、むやみに氾濫《はんらん》する盗賊たちには必死で立ち向かった。

江戸では、奉行所のほかに、一種の特別警察ともいうべき〔火付盗賊改方《ひつけとうぞくあらためかた》〕という役職があって、頭《かしら》には旗本の中でも特に手腕あるものが任じ、盗賊の探索、捕縛には非常なはたらきをしめした。

だが、夜兎の角右衛門は四十になるそれまで、一度も〔お縄《なわ》〕をかけられたことがない。

「おやじも六十年の生涯《しょうがい》を、召し捕られずに隠れぬいたが、どうやら、おれも、おやじにあやかれそうだな」

五年ぶりに、上方から江戸へ戻って来た角右衛門が、先代からの手下で、他《ほか》のものからは〔隠居〕とよばれる前砂《まいすな》の捨蔵《すてぞう》に、こういった。

「のう、捨蔵。これで後は、二度か三度……いや、二度でいい。大仕事をやってのけたら、それでおしめえだ。そうなったら、うんと楽をしてもらうぜ」

角右衛門は捨子であった。

生まれて一年目に、浜松の旅籠《はたご》〔なべや〕三郎兵衛方《かた》の軒下へ捨てられていたのである。

捨てられたのは夜ふけで、しばらくは眠っていた赤子が火のつくように泣き出したのに気づき、なべやの女中が拾いあげた。

翌朝、このことをきいた泊り客の一人が、

「その捨子の顔を見せておくれ」といい、一目見て、「私がもらいましょうよ」と、いった。

この泊り客は、江戸・日本橋通《とおり》一丁目の足袋《たび》股引《ももひき》問屋の主人で亀屋《かめや》儀八《ぎはち》と宿帳にしるし、手代らしい若者を二人つれていた。

なべや方では、小柄《こがら》で色白の、人品のよい亀屋儀八を一も二もなく信用し、

「この年になって一人も子宝にめぐまれないのでね。泊り合せたのが運というものだろうから、私が、よい子に育てましょう。ですが、このことは何分内密にしておいて

いただきたい。というのは今日只今《ただいま》から、この子は亀屋の後つぎになるのだからねえ」

おだやかにいって、儀八は〔なべや〕へ金五両の祝儀《しゅうぎ》をはずみ、捨子の角右衛門をみずから抱き、浜松を去った。

この儀八が、夜兎の先代で、名を角五郎といった。すなわち、角右衛門が〔おやじ〕とよぶその人である。

先代は、京にも大坂にも家をもっていたが、本拠は江戸で、根津《ねづ》権現《ごんげん》社の門前町にある水茶屋〔すすきや〕を経営し、女房《にょうぼう》のお栄がすべてを切りまわしていた。

角右衛門は不自由なく育てられ、その過程において、先代夫婦のたくみな教育？により、

「おれのうぐいすも、どうやら啼《な》きそうだよ」

と、先代にいわしめた。

例の〔三分の理〕と戒律を叩《たた》きこまれ、角右衛門が先代に従い、初めて仕事《つとめ》をやったのは明和《めいわ》四年十二月のことで、四谷《よつや》御門前の蠟燭《ろうそく》問屋〔伊勢屋《いせや》〕九兵衛方へ押し入り、九百八十二両余を強奪した。

このときは、角五郎、角右衛門以下九名の同勢で押しこみ、盗賊どもは、いずれも揃《そろ》いの紺地に白兎《しろうさぎ》を染めぬいた筒袖《つつそで》の仕事着に紺股引、紺足袋といういでたちで、黒《くろ》

頭巾《ずきん》をすっぽりかぶっていたのだが、主人夫婦から家族、店の者まで縛りあげてしまったあと、三、四歳の女の子供が目をさまして泣き出したのを、

「おお、よしよし。おじさんがおいしいものをあげようねえ」

と、先代が抱きあげ、ふところから、宮永町《みやながちょう》の菓子舗〔松浦や〕の八千代《やちよ》饅頭《まんじゅう》を出してあたえると、その子がけらけらと笑い出した。

夜兎の先代は、子供好きで、こうした場面を、角右衛門も数度見ている。

こういうとき、子供をあやす先代の声は別人のもので、

「おれたちは十色ほどの声を持っていなくちゃアいけねえ」

角右衛門もうるさくいわれ、

「道を歩いていても、ぼんやりするなよ。歩いている人間の姿形をよくおぼえておくことだ。いざとなったとき、坊主《ぼうず》にでも乞食にでも、または二本差しの立派な武家にも化けなくちゃアならねえのだから……」

と、先代はいった。

安永《あんえい》三年の夏に、先代・夜兎の角五郎が〔すすきや〕で、女房や角右衛門にみとられながら安らかに死んだ。

角右衛門は、二十五歳に成長していた。

「もう大丈夫だ。心おきなく、お前に二代目をゆずって死んで行けるぜ」

先代は死の床にあって、

「おれが、こうして畳の上で死ねるのも……」

つまり、三ヵ条の戒律をきびしく守りぬいて来たからで、それが守れぬというのは天道にそむくわけだから、必ず召し捕られてしまうと、いいわたし、

「お前についちゃア安心だし、また、乾分《こぶん》のすることに間違えはねえが、若いものには、くれぐれも気をつけることだ。もしも、乾分どもが掟《おきて》を破ったとき、そいつは、お前一人の肩に背負わにゃならねえ」

「ふむ。わかった。だが後学のためにきいておきてえ。一体、どんな背負い方をしたらいいのだえ？」

「ふん。そうなったら、お前一人、いさぎよく、名乗り出て、お縄につくことだ。それほどの決心がなくて、おつとめが出来るものか」

事もなげに、先代はいった。

先代が死んだ八年後に、養母のお栄も死んだが、このときまで、二代目・夜兎の角右衛門は、自分が捨子だったことを全く知らなかったという。

「おれたち夫婦が死んだ後で、角右衛門へきかせてやってくれ」

という先代の遺言通りに、前砂の捨蔵が、

「実はねえ、二代目……」

すべてを語ると、角右衛門は意外にさばさばと、

「そいつは知らなかったが……どっちにしても、おれの両親は、あのお二人をおいてほかにはねえ。そうだろうが……その理屈じゃアねえか、とっつぁん」

こういって、顔色も変えなかった。

先代が死んだときから、角右衛門は、白兎を染めぬいた揃いのコスチュウムを廃止することにした。

このころになると、爛熟《らんじゅく》した世相とは反対に警察組織がととのえられ、芝居気取りで盗みをするわけにも行かなくなったからである。

それだけに、四十歳の正月を寛政《かんせい》元年に迎えた夜兎の角右衛門のよろこびは大きかった。

「おしん。どうやらおれも、畳の上で往生が出来そうだな」

先代からゆずられた根津権現門前の〔すすきや〕の一間で、角右衛門は、女房のおしん、ひとりむすめで十歳になるおえんと共に、上機嫌で屠蘇《とそ》を祝った。

二

この年の二月七日の昼すぎ、角右衛門は、どこかの大店《おおだな》の番頭といった物堅い扮装《ふんそう》

で〔すすきや〕を出た。

浅草・鳥越《とりごえ》にある松寿院という寺の門前に小さな花やがあり、この店の亭主が、夜兎一味の隠居、前砂の捨蔵なのである。

去年の春、上方で一仕事して、角右衛門と共に江戸へ戻った捨蔵は、丁度、売りに出ていた花店の権利を買いとり、一人きりで暮している。

ひょろりと痩《や》せた体をひどく曲げて、この六十をこえた老盗賊は、毎日、黙念と花を売りつづけてきたのだが、

「とっつぁん。そろそろ手をつけようじゃアねえか」

訪ねて来た角右衛門へ、

「で、いつにおやりなさるのだえ？」

皺《しわ》だらけの面《おもて》に血をのぼせた。

「来年。元日の夜――」

「ふうむ……」

二人が狙っているのは、京橋・大根河岸《だいこんがし》の海苔《のり》問屋〔長坂屋〕勘六であった。

長坂屋は、江戸城内をはじめ、紀州・尾州・水戸などの大名屋敷へも海苔、海草類を入れている大問屋で、格も上等なら財産もたっぷりしすぎている。

奉公人も三十人に近いし、ここへ押し込むのは夜兎角右衛門にとっても、かなりの

大仕事だ。

しかも、人を殺傷すべからずという例の戒律を損《そこ》ねずに〔つとめ〕を成功させるためには、一年の準備期間も短すぎるほどであった。

出来れば、先《ま》ず、一味のうち一人か二人を奉公人として長坂屋へ住みこませることが必要であるが、これは、適当な者が、いまの一味にはいない。相手が大店だけに身もともきちんとさせなくてはならぬし、そのための工作をととのえるには、もっと長い歳月をかけねばなるまい。

すでに、按摩《あんま》くずれの徳の市というものを長坂屋の近くへ住まわせ、徳の市は巧みに取り入り、去年の暮から長坂屋出入りとなって主人夫婦の肩をもみ、ひどく気に入られているそうだ。

いまの江戸には一味の者が合せて五人ほどいるが、諸方へ散っている仲間をあつめ、少しずつ江戸市中に潜伏させるための仕度だけでも、面倒な手間がかかるものなのだ。

「今度は、うっかり気をゆるめてはならねえ。去年、火付盗賊改方の頭領になった長《は》谷川平蔵《せがわへいぞう》という旗本は、若えころ、本所界隈《かいわい》で鳴らしたごろつきだったそうなが……それが、とっつぁん。家をついで、先手組《さきてぐみ》に入ってからは、大した切れ者になったというぜ」

「へへえ……」

「そのやつが、今度は盗賊改メだ。何しろ、むかし札つきだったころには、こそ泥や博打《ばくち》うちや、くら闇《やみ》の中で息をしている連中とは友達づき合いをしていたというんで、手づるは四方八方に通じていやがる」

「そうだってねえ」

「たった四月《よつき》の間に、お縄にかけた盗人《ぬすっと》が大小合せて二十七人というから、おどろくじゃアねえか」

「ねえ、二代目」

「なんだ」

「あんまり事を急ぐのは、こいつあ危ねえ。何、長坂屋が消えてしまうわけじゃアねえのだから、何も来年元日と、日を決めねえでも……」

「いや、そいつはいけねえ。日が決まらねえじゃア仕度が出来ねえ。押しこむ月日に向かって、一日一日と、こっちの意気込みも強くして、体にも気がまえにも、ぴったり一分の隙《すき》もねえようにして行くのが、先代ゆずりの心組みだ。とっつぁん、臆病風《おくびょうかぜ》に吹かれたのか、年だなあ」

「二代目。冗談はよしなせえ。まあ、ようがしょう。やってみましょうよ」

下相談をすまし、角右衛門が帰途についたのは八ツ半（午後三時）ごろだったろうか……。

鳥越から新堀河岸《しんぼりがし》を菊屋橋へ出て、土《ど》ブ店《だな》とも新寺町《しんてらまち》ともよばれる大通りを、角右衛門は車坂《くるまざか》へ向かって歩いた。

両側は寺院ばかりで、強い風にあおられ、大通りが埃《ほこり》にけむっていた。

前方に上野山内の木立が見える広徳寺《こうとくじ》門前まで来たとき、

「おや……？」

角右衛門は、すぐ前を行く若い男のそぶりに気づいた。

その商家の手代らしい男は、きょろきょろとあたりに目をくばり、目を血走らせ、埃の道を見つめ、ふらふらと歩いている。

「落しものですかえ？」

角右衛門が思わずきくと、

「は、はい……」

手代の顔は、まるで死人であった。

「何を？」

「お店《たな》の、金を、落しました」

「いくら？」

「四十五両ほど……」

「それは大変だ」

手代は、蔵前片町《くらまえかたまち》の札差《ふださし》〔堺屋《さかいや》〕伊兵衛《いへえ》方のものであった。

「それはどうも、困りましたねえ」

角右衛門も、この手代の相談相手になるつもりはない。

(若いものは仕方がねえもんだ)

苦笑して行きすぎようとしたとき、

「おーい。おーい、もし……」

叫んで、広徳寺の塀際《へいぎわ》にうずくまっていた乞食《こじき》が通りを横切り、駆けて来た。

垢《あか》と埃と汗にまみれた襤褸《ぼろ》をまとい、日に灼《や》けた黒い顔、手足が目の前に来たとき、

(これでも女か……)

角右衛門は目をみはって、

(や、右腕がねえ)

若いのか老女なのか、その区別もつかぬ女乞食なのである。

赤茶けた手ぬぐいで頬《ほお》かぶりをしているその下から、それでもたっぷりと束ねた髪の毛が辛うじて、女であることを証明しているのであった。

女乞食は角右衛門に目もくれなかった。

「もし、そこのお人」

「へ……」

きょとんと振り向いた手代へ、

「お前さん、昼ごろに広徳寺の前で、これを落しなさったろう」

一本しかない手で紫の袱紗《ふくさ》包《づつ》みを突き出した。

「あっ……」

むしゃぶりつくように、若い手代は包みを引ったくり、女乞食をにらみつけ、

「と、とと、盗《と》ったな」

と、わめいた。

「何をいいなさる。中をあけて、しらべてごらん。中のものを盗るほどなら、この埃の中を二刻《ふたとき》(四時間)も、落し主が戻って来るのを待っているかい」

ぴしりと、鞭《むち》のような声である。

「へ……」

ぶるぶると体をふるわせ、手代は包みの中をひらき、さらに絹の布をもって包んだ小判をあらためて見て、

「あ、ありました、ありました」

今度は、へたりこんで金包みを前においたまま、両手を合せて女乞食を拝み出した。

「ありがとう存じます。かたじけのうございます……」

いうなり、手代はそこにひれ伏し、引きつるような泣声をあげはじめる。

人だかりがしてきた。

「お前さん。早く仕舞わないと、またそのお金が何処《どこ》かへ飛んで行ってしまうよ」

角右衛門が声をかけると、手代は、あわてて、包みをふところへねじこみつつ、

「もし、お乞食さん。お名前をおきかせ下さいまし。もし、もし……」

叫んだとき、女乞食は黄色い埃の幕の中へ消えようとしていた。

「あっ。もし、お乞食さん……」

「これさ」

手代の肩をつかんだ角右衛門が、

「早く、お店へ帰りなさい」

「でも、あなた……」

「とても名乗るようなお人じゃないよ、あのお乞食さんは……何とまあ、大したお人が、この世の中にゃアいるもんだ」

駆け出しながら、

「礼は私がいっておこうよ」

と、角右衛門が手代にいった。

三

間もなく、夜兎の角右衛門は女乞食を連れて坂本二丁目にある〔鮒八《ふなはち》〕という料理屋へ入った。

大通りから根岸の方へ入ったところにある藁《わら》ぶき屋根の小さな店だが、鰻《うなぎ》がうまい。

あれから、女乞食を追いかけてつかまえ、この店へ連れこむまでが大変であった。

どうしても厭《いや》だというのを、

「お前さんの気持がたまらなくいいもんで、私ア一緒にめしを食いたくなっただけのことなんだ。ねえ、たのむから、つき合っておくれよ」

ようやく口説きおとし、鮒八ののれんをくぐると、女中が女乞食を見て顔をしかめたけれども、角右衛門は馴《な》じみの上客であるから文句はいえない。

二階の小間へ入って、

「さっきは、うなぎが好きだときいたから、この店へ来てもらったのだが、ここは鯉《こい》もうまく食べさせるのだよ。生簀《いけす》に飼ってあって、そりゃ肉のしまったうまい鯉だ」

「いいえ。うなぎが好きなんじゃアないんです」

女乞食は左手を膝《ひざ》の上へきちんとおき、身を固くしている。

よく見ると、着ているものも襤褸は襤褸だが、よく手入れもしてあるし、異臭もただよってはいない。

骨張った体つきの顔色もよくない女乞食を、角右衛門は五十前後と見た。

「好きじゃないのに、どうして食べる？」

「好きだかきらいだか、まだ生まれてこの方、うなぎを食べたことがないから……」

「ほほう」

「おいしいのだってねえ、うなぎは——」

「そりゃ、うまいさ」

「見たことは何度も見たし、匂いを嗅《か》いだこともあるし……死ぬまでに一度、どうしても食べてみたい、いえ食べないで死ぬものと思っていたけれど……」

乞食の声は恥ずかしげではあったが、言葉づかいも下卑《げび》てはいなかった。

酒がきた。

「のむかえ？」

「いっぱいだけ」

鯉のあらいがきた。女中たちが白い眼《め》で、じろじろと片腕の女乞食を見ては出入りをするのだけれども、女乞食は、この点、気にもとめないようであった。

「お前さんにきくがね」

「さっきのことさ。あれだけの大金を拾って、平気だったかえ？　私なら返さないな」

と、角右衛門は笑ってみせた。

「でも……」

女乞食は、まだ鯉のあらいには手をつけずに、

「旦那《だんな》。乞食というものは、人のおあまりをいただいて暮しているんですよ」

「うむ……」

「世の中には義理があるのさ」

「だからといって……」

「でもねえ、旦那。御承知じゃアないか知れないけれど、私ばかりじゃなく、乞食というものは、わりと拾いものを返しますよ」

「へえ、そうかね」

「そりゃアねえ……」

「何だね？」

「笑っちゃアいけませんよ、旦那」

「笑うものか、いったい……？」

「へえ？」

「人間、落ちるところへ落ちてしまっても、何かこう、この胸の中に、たよるものがほしいのだねえ」

「たよるもの、ねえ……」

「いえば看板みたいなものさ」

「かんばん、かね……？」

「人間、だれしも看板をかけていまさアね。旦那のお店にもかけてござんしょう」

「あ、ああ……」

「乞食《こじき》のかけている看板は、拾いものを返すってことなんですよ」

「ふうん……」

「せめて、その看板の一つもかけていないことには、こんな商売はして行けないものね」

うなぎが来た。

窓の向うは百姓地で、左側に上野山内の森が夕闇に溶けかかっていた。

風は、もう落ちていた。

「さア、おあがり」

すすめると、女乞食は、ふっくらと焼きあがって皿《さら》にもられているうなぎを、目ばたきもせず呼吸をつめ、凝視《ぎょうし》している。

「どうしたのだい？」

「へえ……」

ぺこりと頭を下げ、女乞食が左手に箸《はし》をとって、うなぎを食べた。

口へ入れて、もぐもぐ嚙《か》んで、嚥下《えんか》したとき、女の両眼から泪《なみだ》がふきあがってきた。

角右衛門は、おどろいた。

「ど、どうしたのだ、大丈夫かえ？」

女乞食は首をふった。

「いけなかったか？」

「いいえ……うなぎって、こんなに、おいしいものだったんですかねえ」

「おいしいか、そいつはよかった」

「とうとう、私は、うなぎを食べた、食べましたよ」

泪をぬぐおうともせず、あっという間に食べ終えた女乞食に、

「私のもお食べ」

「いいのかね」

「いいともさ」

今度は、ゆっくりと食べはじめた女乞食に、

「お前さん、いくつになるね？」

「二十六」

「え……？」

「そうは見えない、と、旦那は思っている。五十にも六十にも見えるだろうね」

「いや、そんな……」

「たった七年の間に、私は、こんな顔になってしまった……」

「その右腕は、どうしなすった？」

ぼろの着物の右肩から筒袖《つつそで》がたれ下っているのである。自分のそれへ、ちらりと視線を走らせながら、

「切り落されたんですよ」

と、女乞食はいった。

「切られた、とね……」

「七年前にね」

「どこでだい？」

「駿府《すんぷ》のお城下に、大和屋という大きな紙問屋があって、私は、そこで飯たきをやっていた。七年前の暮の、あれはたしか二十八日だったけれど、泥棒《どろぼう》が七人も押しこんできてねえ」

「ふむ……」

「私はそのとき、便所《おしも》へ行っていて、うまく見つからなかったもんで……それで、何とか外へ逃げ出し、このことを知らせなければと思ってね。庭づたいに、そっとぬけ出して、それでもまあ塀の外へ出たとたんに、見張りの泥棒に見つかってしまい、いきなり……」

「う、腕を切りゃアがったか」

「ええ。背中も少し切られました。そのまま引っくり返って……あとは、もう、おぼえていません。いいあんばいか悪いあんばいか、それでも死ななかった。でも……でもねえ、旦那。片腕しかない飯たき女なんぞ、もうつかっちゃアくれませんでしたよ」

うめくように、角右衛門がいった。

「お前さん、身寄りはないのかえ？」

「そんなものがいたら……いいえ、ほしくはありませんよ、そんなもの……」

いいさして、うなぎを食べ終った女乞食は、ふといためいきを吐き、

「うなぎって、ほんとに、おいしいものなんだねえ」

うっとりと、いった。

夜兎の角右衛門は顔面蒼白《そうはく》となり、うつ向いたまま煙草入《たばこい》れから煙管《きせる》を引き出したが、その煙管は煙草盆の縁《へり》へ、わなわなとあたって、ひどい音をたてた。

四

女乞食のおこうに、角右衛門は持ち合せの一両余をわたし、

「これで、お仲間に酒でもあげておくれ」

というと、おこうもよろこんで受け取った。

おこうと別れてから、角右衛門の体は多忙をきわめたのだが……。

それはさておき、車善七《くるまぜんしち》が支配する浅草見附の乞食溜《こじきだま》り へ帰ったおこうは、自分の小屋に親しい仲間をよび、角右衛門からもらった金で酒肴《しゅこう》をととのえ馳走《ちそう》をした。

そのとき、おこうが仲間の乞食たちに、

「ふとした縁で、見ず知らずの、どこかの旦那によばれ、きれいな座敷の客になり、生まれてはじめてのうなぎを食べた。おいしかったの何のって……まるで私ア、極楽浄土とやらで夢を見ているような、いい心もちでねえ……こんな、うれしい、たのしいおもいをしたことは、ほんに生まれてはじめてだ。この心もちのまんまで、このまま、もう私ア、あの世へ行ってしまいたい。どうせ、これから生き残っていても、二度と、あんなおもいは出来まいから……」

しみじみと、しかし満面に笑みをたたえ、うれしげに語ったという。

仲間は、むろん冗談だと思い気にもとめなかったのだが、この夜ふけ、女乞食おこうは、首をくくって自殺してしまったのである。

夜兎の角右衛門が浅草の乞食溜りへやって来たのは、その翌朝であった。

「首をくくった……」

角右衛門は、乞食たちからすべてをきき、痴呆《ちほう》のような表情になった。

おこうの死顔は安らかなもので、うなぎの味覚に飽満した満足をそのままに、うすい笑みさえ口もとに浮いていた。

しばらくして、角右衛門は金三十両をこの溜りの頭にわたし、

「おこうさんとやらの回向《えこう》をたのみます。あとは、みなさんで何か食べて下さいまし」

と、いった。

角右衛門は、溜りを出ると、まっすぐに鳥越へ向かった。

松寿院前の花やは固く戸を閉ざしている。

裏口から入った。

老盗賊・前砂の捨蔵は、すでに旅仕度をととのえ、角右衛門を待っていた。

「とっつぁん。昨日の女乞食は亡《な》くなったぜ」

「え……どうしてまた……」

「うなぎを食べさせたのが仇《あだ》になった」

ざっと語ってから、

「とっつぁん。では、たのむ。七年前のあの夜、駿府の大和屋の塀外で見張りをしていたのは名草《なぐさ》の綱六だ。おぼえているな」

「へえ。たしかに綱六……」

「くちなわの平十郎どんからたのまれて、あのときはじめて綱六を手下につかったのだが……やっぱりとっつぁん。あいつはむごいところのあるやつだった」

「綱六は、いま備前《びぜん》の下津井《しもつい》に隠れている筈《はず》だがね、二代目」

「おれは、もう二代目じゃアねえ」

「へえ……」

「昨夜、家へ帰り、女房子には因果《いんが》をふくめてきた。かきあつめた金は全部で百八十九両二分。このうち五十両は、おしんにやった。残りの……」

いいさして、角右衛門が重い胴巻を捨蔵の前へ置き、

「これを、みんなで分けてくんねえ」

「じゃア、これが、お別れで……」

「いうまでもねえ。先代ゆずりの掟《おきて》を手下が破ったのだ。何のかかわり合いもねえ女の腕を切り落すなんて畜生め……こうなっては、もう、晴れて盗みも出来ゃアしねえ。

とっつぁん、夜兎の角右衛門は盗人《ぬすっと》の面《つら》よごしになってしまったよ」

「仕方もござんせんねえ」

捨蔵は、さびしく笑ったが、

「で、どうなさいますね？」

「綱六のことか？」

「へえ」

「おめえにたのもう」

「引き受けました。綱六の右腕を叩《たた》っ斬ってやりましょう」

「いや、腕よりも……いっそ殺《や》ってしまいねえ。あの野郎、生かしておいては何をこそするか知れたものではねえ。世の中のためにならねえやつだ」

「まかせておいて下せえ」

捨蔵老人は、血気さかんな名草の綱六を殺しに行くため、江戸を発《た》つのである。

立ち上ると、前砂の捨蔵の腰は、ぴいんと伸びた。

「では、これで――」

「とっつぁん。長生きをしてくんねえ」

捨蔵に別れた後、夜兎の角右衛門は傍目《わきめ》もふらずに本所二ツ目にある火付盗賊改方頭領・長谷川平蔵の役宅へ自首して出た。

長谷川平蔵宣以《のぶため》は、このとき、四十四歳。江戸中の盗賊どもが〔鬼の平蔵〕とよんだほどの男だが、

「よく名乗って出た。ほめてやろう」

すべてをきいて、角右衛門に、

「名うての盗賊だけに、思いきりも早かったな」

「一日のばしにしておいては、私も人間でございますゆえ、気後れをしかねませぬ」

「ふうむ。なるほどな。人を殺傷せぬことが、まことの盗賊の掟だとな……」

「はい。その看板を、とうとう倒してしめえました」

「そうさ」

長谷川平蔵は、むずかしい顔つきになり、

「その女乞食の看板と、お前の看板とは、だいぶんに違うのだ」

「へ……」

「お前の看板の中身は、みんな盗人の見栄《みえ》だ、虚栄というやつよ」

「へえ……」

「どうもわからぬらしいな。わかるまで牢《ろう》へ入っていろ。わかってから首をはねてやろう」

夜兎の角右衛門は、どうしてか刑を受けなかった。

長谷川平蔵は、江戸時代の警吏の中でも異色の存在である。

後に、葵小僧《あおいこぞう》という役者上りの盗賊を捕えたときのことだが、このやつは盗みに入ると必ず女を犯していたため、この被害者だけでも十数人に及んだ。

これを知って、平蔵は取調べもろくにせず、いきなり葵小僧を死刑にしてしまったので、奉行所や幕閣からも、かなりうるさい文句も出たが、

「もともと火付盗賊改方という御役目は、無宿無頼のやからを相手に、めんどうな手つづきもなく規則もなく刑事にはたらく、いわば軍政の名残りをとどめる荒々しき役目でござる。それがしは、その本旨をつらぬいたまで」

と、はねつけ、びくともしなかった。

このため、葵小僧に犯された女たちは、取調べも受けることなく、その不幸な秘密を白日の下にさらけ出さずにすんだのである。

翌寛政二年の秋ごろから、夜兎の角右衛門は、長谷川平蔵のためにはたらきはじめている。

角右衛門は回向院《えこういん》裏に小さな小間物屋をひらき、ひとり暮しをつづけながら、江戸の暗黒街を探りまわり、火付盗賊改方の盗賊検挙をたすけた。

前にのべた葵小僧事件でも、角右衛門の活躍は非常なものであったらしい。

寛政三年になると、長谷川平蔵は、石川島に〔人足寄場《にんそくよせば》〕というものをつくり、死罪以外の囚人を入れて、これを保護、教育し、手職をつけさせ、出獄後の益ならしめんとした。

幕府は、この平蔵の進言を採用し、かなりの経費も出したようである。

人足寄場が出来ると、角右衛門は小間物店をたたみ、寄場へ入って囚人たちのめんどうを見ていたようだ。

それでも、ときどき、ふいと消えてしまうので、囚人たちが、

「ああ、こりゃアまた大きな手入れがあるぞ」

語り合ったという。

この間、角右衛門の女房や娘は、その消息を少しも知らなかった。

死刑になれば市中に知れわたるから、それとわかるが、そのうわさもない。自首するといって家を出たまま、消えてしまった夫を、

(もしかすると気が変り、どこかへ身を隠しているのでは……)

などと、おしんは気もそぞろだったが、自首した年の秋の夜に、ふらりと前砂の捨蔵が〔すすきや〕へ顔を見せた。

「捨蔵さん、夫《うち》と一緒じゃなかったのかえ」

おしんがきくと、

「いいや」

捨蔵は首をふった。その頬からあごへかけて、刀痕《とうこん》が生なましい。

「左様で。名乗り出てから行方が知れずとねえ」

沈思の後に、捨蔵が、

「もしも、二代目がお戻りなすったら、名草の綱六がことは、おっしゃる通りにいたしましたと、こうつたえておくんなせえ」

「あいよ……でも、戻って来るのかしら？」

「ような気がしますねえ」

「じゃ、名乗って出たのではないのだね」

「とんでもねえ」

「え……？」

「名乗って出たから、戻って来るかも知れねえということさ」

「だって、お前さん……」

「おかみさん。もう、あっしは二代目にも、おかみさんにもこの世では会えめえ。お達者で……」

「どこへ行きなさるんだえ？」

「どこかの山の中で……は、はは……二代目の目が光っていねえところへ逃げて行かなくちゃア、こいつはどうも、とんでもねえことになるからなあ」

わけもわからず、それでも引きとめにかかるおしんであったが、捨蔵は、草鞋《わらじ》がけのまま土間から一足も上らず、

「ごめんなせえ」

雨の中を出て行ってしまった。

この後……。

それは寛政六年夏のことだが、奥州《おうしゅう》・川俣《かわまた》に潜伏していた例の大盗くちなわ平十郎を、長谷川平蔵の部下五名が逮捕に向かったとき、これを先導したのが角右衛門であった。

平十郎は、むかしの仲間も同様で、兄弟分の盃《さかずき》をかわしたほどの男なのだが、これを捕えるためにはたらくというのは、角右衛門も、よほど長谷川平蔵の人柄《ひとがら》にひきこまれたからであろう。

平蔵は、このとき病床にあったが、

「お前が出向いてくれれば、もう安心だ。たのむぞ」

と、角右衛門を送り出した。

このころ、平蔵は人足寄場の取扱を免ぜられており、角右衛門も寄場を出て、今度

は横網町の河岸《かし》で小料理屋の主人におさまり、板前も女中も使っていたそうだ。

だが、依然として家族が待つ〔すすきや〕へは帰らず、女房も消息をまったく知らない。

くちなわ平十郎を捕えて帰った翌寛政七年正月十二日の朝、角右衛門の店の女中が、二階六畳に寝ている角右衛門を起しに行き、障子を開けて見て、

「きゃあ……」

悲鳴と共に、腰をぬかした。

角右衛門は床の上へ仰向《あおむ》きに寝たまま、その胸に深ぶかと脇差《わきざし》を突刺されたまま、血の海の中で死んでいた。

犯人は、ついにわからなかったが、むかしの仲間からうけた恨みは察するにあまりあるというべきであろう。

長谷川平蔵は、角右衛門の骨の一部を自邸の庭へ埋め、ここに小さな稲荷《いなり》の祠《ほこら》をつくり〔角右衛門稲荷〕と称し、朝夕の礼拝をおこたらなかったが、この年の五月二十日、平蔵も心臓の発作をおこして、急死をした。

死の三日前まで、平蔵は盗賊改方の役職に在《あ》った。

四度目の女房

一

毎朝、目がさめると、寝床へ仰向《あおむ》けになったまま、熱湯でしぼった手ぬぐいで躰《からだ》のすみずみまで、何度も湯を替えてはふき清めてもらう。

起きて廁《かわや》へ行く。

出て来ると、待っていて、手水《ちょうず》をかけてくれ、いま新しい手ぬぐいで水気をぬぐってくれる。

顔を洗いおわると、このときも別の手ぬぐいが差し出される。

膳《ぜん》に向う。

熱い飯と味噌汁《みそしる》、新鮮な漬けもの。毎日同じような朝飯なのだが、いつ食べても美《う》味《ま》い。

着替えにかかる。下帯《したおび》は毎朝、洗いたてのものを出してくれる。半纏《はんてん》、腹掛《はらがけ》、股引《ももひき》などの仕事着には垢《あか》ひとつ浮いてはいず、毎朝きちんと火熨斗《ひのし》があてられていた。

気持よく道具箱をかつぎ、仕事に出る。

仕事をおえて帰る。

一緒に湯屋へ行き、一緒に帰る。

「ああ、いい湯だった……」

と、長火鉢の前へすわるや、ぱっと酒がはこばれる。のむ。のむうちに夕飯の膳が手早くととのえられる。ぜいたくなものは並んでいないが、なにを食べても美味い。

夜がふける。寝床へ入る。

女房の、小柄《こがら》ではあるが遺憾《いかん》なくふくらみをたたえた肉体が、ひしと伊之松《いのまつ》へとりすがってくる。

「畜生め、うまくやってやがる」

と、仲間の大工たちが伊之松へ向ける羨望《せんぼう》の視線は、まだ熄《や》むことをしらない。

おまさが伊之松と夫婦になってから足かけ三年目の春を迎えたわけだけれども、

「いくら子が無《ね》えからといっても、とてもとても、ああはいかねえ。伊之松と替りてえと、つくづくおもうよ、なあ……」

仲間たちは、嘆声を洩《も》らさざるをえない。

甘くて、熱い。

「畜生め」

「うまくやってやがる」

であった。

いま、三十歳になる伊之松だが、見かけは二十六、七の若々しさで、小づくりながらひきしまった、いかにも敏捷《びんしょう》そうな躰つきだし、それでいて温和な気性で、四年前に〔大喜《だいき》〕の親方の下ではたらくようになってから口喧嘩《くちげんか》ひとつしたのを見かけたものがいない。

大工《だいく》としての腕も相当なもので、

「伊之は、沼津《ぬまづ》在のうまれで諸方をいろいろと経《へ》めぐり歩いたらしいが、どうして大したものだ。ひとつ目をかけてやろう」

親方の喜兵衛も大いに肩を入れ、一年後に、老職人の佐次郎のひとりむすめだったおまさを、

「伊之、いいむすめだ。どうだ、もらってみちゃあ……」

仲に入ると、伊之松は一も二もなく承知をした。

すでに、そのころからの「畜生め」である。

おまさが亡母のかわりに、老父の佐次郎へつくしてきたすべてを見ている仲間の大工たちは、伊之松がひきあてた夫婦運《くじうん》の大当りをうらやみもし、くやしがりもした。

佐次郎が安心をしたものか、まもなく病死をし、おまさがこの父親へつかえたすべてが、さらに情熱をともなって、伊之松ひとりへかけられてきた。

夫婦となって三年目、おまさの情熱はいささかも終熄《しゅうそく》しなかった。

むろん、亭主としては悪い気持ではない。うれしくてたのしくて、新婚当時は、さすがに無口な伊之松の顔つきもだらしないゆるみを見せていたようであるが、

（どうも、息がつまってきた……）

このごろの伊之松は、仕事場で道具をあやつりながらも、無意識のうちに、ふっと嘆息が出ることがあった。

「あたしを、こんなにしたのは、みんなあんたよ」

と、おまさは伊之松の腕の中で咽《むせ》び泣くような、よろこびのささやきを洩《も》らすのだ。

（そうかもしれねえ……）

じっと、砥石《といし》の水に濡《ぬ》れた右手の指を見つめながら伊之松は、

（それにしても、どうもなあ、息がつまってきた……）

と、おもう。

いつか、こんなことがあった。

仲間のつきあいで、どうしてもことわりきれずに深川《ふかがわ》で女と遊び、朝帰りをしたことがある。

このとき、おまさは伊之松を出迎えるや、いきなり台所へかけこみ、包丁《ほうちょう》をつかんで喉《のど》を突いた。昂奮《こうふん》の極に達していたので、うまく失敗してくれたが、そのときの傷あとが、いまもおまさのくびから右の耳朶《みみたぶ》のあたりまで浅くのこっている。

おまさは、亭主が好きで好きでたまらないのだ。湯屋にも、仕事以外の外出にも必ずついて行く。暇《ひま》があれば、たゆむことなく賃仕事に精を出し、稼いだものは、みんな亭主へ「少しでもおいしいものを……」と、いうことになる。

いつでも伊之松と一緒なら死ぬ覚悟だし、亭主が自分を裏切ってほかの女に手を出したりすれば、もちろん死ぬ覚悟なのである。

男たるもの、これだけ女房に惚《ほ》れられれば本望というべきであろうが、

(どうも、息がつまってきた……)

その伊之松の嘆息も、男なら、わからぬものではない。

その年——天明四年の秋の或《あ》る夜のことだが……。

大工の伊之松が、浅草・元鳥越《もととりごえ》の住居《すまい》から忽然《こつぜん》と姿を消した。

おまさは熟睡しており、着のみ着のままで一文の銭も持たずに亭主が家を出て行ったことを知らなかった。

おまさの枕もとの行燈《あんどん》の紙へ、伊之松の筆で、たまりかねたような、あわただしい走り書きが、

〔おまさをきらって去るのじゃない〕
と、残されていた。

二

伊之松が失踪《しっそう》してから半年をへたころ、日本橋・室町《むろまち》の塗物問屋〔橘屋信濃《たちばなやしなの》〕方《かた》へ十人組の強盗が押しいり、金二千五百余両をうばいとって逃走した。

橘屋は、江戸城にも尾張家にも出入りをゆるされているほどの豪商であるが、店構えは中位どころのかまえで、そのかわり蔵の中に財産《かね》がうなっているという評判であった。

その蔵の錠前は見事に、やすやすとはずされ、主人夫婦が異常に気づいて目ざめたときには、すでに枕もとへ黒の覆面《ふくめん》、装束《しょうぞく》に身をかためた怪盗一味が五人も立っており、彼らは、この主人夫婦を人質にしたかたちで、

「それ、早くかたづけろ」

首領らしい男の指令で、十人が風のように動いた。そしてまた、いかにもしずやかに、あくまでも迅速にはたらき、「あっ……」というまに、蔵の中から金を盗み出すと、たちまちに姿を消してしまった。

いつのまに、どこから潜入したものか……。

橋屋の戸口という戸口は、怪盗一味が去ってのち、完全に戸締りがされてあったという。

奉公人の大半は、この〔ひそやかな異変〕に気づかず、眠りこけていたのである。

「こいつは、この店の内外に通じている奴の手引きがあったにちげえねえ」

と、出張《でば》って来た警吏がいった。

しかし、ついに怪盗一味を逮捕することはできなかった。

ちなみにいうと、この橋屋は総檜《そうひのき》づくりの凝《こ》った建築で、工事は〔大喜〕が請け負い、三年前に完成したものだ。

〔大喜〕といえば、失踪中の伊之松の親方である。

だから伊之松も、当時は橋屋の工事場へ来て、いそがしく立ち働いていたことになる。

それはともかく、このことに警吏たちが考え及ばなかったのは、歳月をへているためもあってのことだったろうか……。

三年前の工事中に、伊之松は決して誰の目にもとまらぬ箇所へ微妙な細工をほどこし、らくらくと屋内へ潜入することができる〔仕掛け〕をつけておいた上に、橋屋の店、母屋、蔵など、すべての工事と、完成したときの様子をこまかく頭に入れ、これを三枚の図面につくり、差し出している。

だれに差し出したのかといえば、伊之松の〔お頭《かしら》〕にである。すなわち怪盗一味の首領・赤池《あかいけ》の綱右衛門にである。

だから赤池一味は、およそ三年の歳月をかけて〔橘屋信濃〕方へ押しこむ計画をたてていたことになる。

となれば、盗賊仲間で、伊之松が〔大工小僧〕と異名をとった所以《ゆえん》も首肯《しゅこう》できようというものだ。

「へへえ……橘屋に、そんな押しこみが入ったのか」

「だが、戸締りはちゃんとしていたというぜ」

「おかしなこともあるものよなあ」

〔大喜〕方の大工たちも、そんな噂《うわさ》話をしたが、そのころになると、一時はやかましく彼らの口をにぎわした伊之松失踪事件も、あまり話題にのぼらなくなってきていた。

そして……。

おまさの姿も、どこかへ消えてしまっている。

だが、おまさは江戸にいた。

上野・池《いけ》ノ端《はた》の出合い茶屋の女中となってはたらいていたのである。むろん、彼女のことであるから、一時は自殺を決意したわけだけれども、あの夜、伊之松が行燈へ書きのこした〔おまさをきらって去るのじゃない〕の文字が、どうしても脳裡《のうり》から消えぬ。

（なにが起きて、どんな理由《わけ》で、あたしの手の中からぬけだしてしまったのか……それは全くわからないけれど、でも……でも、あのひとには、きっと、あたしにいえないような、急な事件《こと》ができたにちがいない）

ともに暮した三年の、夜ごと、わが肌身《はだみ》へ加えられた伊之松の強烈な愛撫《あいぶ》や、細身だがひきしまった彼の体軀《たいく》から発散する挽《ひ》きたての材木の香りのような体臭を想《おも》うにつけ、

（あたしは、あのひとにきらわれたのじゃない。あのひとは、きっと帰る。帰って来てくれる……）

その信念は、たちまちに凝固《ぎょうこ》たるものになっていった。

姿を隠したのは、そのころの女の身で、亭主に逃げられたという外聞《がいぶん》を恥じただけにすぎない。

おまさは、亡母の縁類にあたる小間物屋の世話で、池ノ端の茶屋〔ひしや〕へ住みこみで働くことになった。

出合い茶屋が、上野の森をのぞむ不忍池《しのばずのいけ》の風致地区へ軒をつらねるようになったのは十年ほど前のころからで、懐石ふうの料理や酒も出すが、本来は男女の逢《あ》い引きの

ためのもので、場所が場所だけに高級でもあり、また近ごろはさかんな繁昌《はんじょう》ぶりをみせている。

おまさは下働きの女中として入ったのだが、よくはたらくし、気もつくわけで、女主人のおせいに可愛がられた。

けれども、おまさは決して消えた亭主のことを主人にも同輩にも洩《も》らすようなことがなかった。

それは〔橘屋押しこみ〕の事件があって一月ほどをへてからのことだが、

「おせいさん、なんとか一つ、よろしくお願い申したいのだがね」

と〔ひしや〕の女主人の前へ、ぽんと切餅《きりもち》（二十五両包み）を置いて、いきなり切りだした者がいる。

この男、中屋利三郎といって、大伝馬町の薬種《やくしゅ》問屋の主人であった。

まだ三十を越したばかりだし、金もあるだけに遊びもはげしい。いつも女を替えては〔ひしや〕の離れ座敷を愛用していた。

「なにを、お願いされるのでござんしょう？」

おせいは瞠目《どうもく》して金包みと、利三郎の顔を見くらべた。

二十五両といえば、当時、江戸の庶民が二年間は暮せる大金だ。

「おまさのことさ」

「あの、女中の……？」

「一晩だけで、いいのだ。私はもう、たまらなくなってしまっている」

「まあ、もの好きな中屋さんで……」

いいかけて、女主人が、

「けど、さすがに、お目が高い……」

「ね、そうだろう、そうだろう」

「けど、それは……」

「たのむ。このとおりだ」

「けど……」

「また、けど、かえ」

「おまさは承知しますまいよ」

「と、私も思う。で、ものは相談だが……」

おまさを可愛がっている女主人も二十五両には目がくらんだらしい。

三日後の夕暮れ……。

女を待つまに、ちょいと相手をしてくれとたのまれ、おまさは中屋のいる離れ座敷で酌をしてやりながら、つい、すすめられるままに盃《さかずき》を二つほどあけた。

たったそれだけで他愛《たわい》もなく、おまさのからだが、ぐったりと畳へのびた。

薬種問屋の主人だけに、中屋利三郎は盃の中へ妙な薬でもまぜておいたのであろう。

おまさが気づいたときには、ほの暗い夜具の中で裸身をみっしりと利三郎の両腕にだきしめられていた。

「あっ……いや、いや……もう……」

うめいたが、四肢《しし》の自由が全くきかぬ。

力という力が全身からぬけきっている。

もはや、どうにもなるものではなかった。

三

それから、二年が経過した。

伊之松は、尾張・名古屋の城下に住みついていた。

今度は、城下・淀町の富五郎という棟梁《とうりょう》の職人として、伊之松も近くの長屋に住み、またも、女房をもらっていた。

これで、五度目の女房であった。

盗賊・赤池の綱右衛門一味の〔大仕事〕があるたびに、〔大工小僧〕の伊之松が果す役割はきまっている。

今度の計画は、名古屋城下第一の商業地区といわれる上本町の呉服店で〔安田屋彦兵衛〕方の金庫《かねぐら》を破ろうというのだ。

安田屋はこの夏から店舗の一部と住宅を大改造し、この工事は淀町の富五郎が請け負った。

その少し前に、伊之松が〔淀富〕方の職人となっている。

この前の大仕事と同じだんどりであった。

例によって無口に、いつも微笑を絶やさぬ、人あたりのよい、まじめな職人として、伊之松は、たちまちに親方や仲間の信頼を得た。

「みなさんが親切にして下さいますので……へえ、もう一生をこの名古屋でおわりたいと存じます」

と、伊之松は親方にもいい、それを裏書きするように女房をもらい身をかためた。

すべて仕事がおわるまでは一点のうたがいをもたれず、心おきなく準備をおこなうためなのだ。

こんどの女房は、同じ町内に住む按摩《あんま》・由《よし》ノ市《いち》のむすめで、おのぶという。

こんども親方の口ききだし、伊之松は信用があるから、

「あの男にはめったな女を世話できない」

親方が十分にえらんだだけあって、おのぶも気性のやさしい丈夫な女だが、

(くらべものにはならねえ……)

日常の何気ない事ひとつをとってみても伊之松は、

(ああ……おまさはどうしているか。おれが逃げて死んじまったかもしれねえなあ……)

おまさは〔大仕事〕のたびに替えてきた四度目の〔女房〕ということになる。

こんどのおのぶは、おまさとは対照的な大柄な女で、乳房にも腰まわりにもたっぷりと量感があり、はたらきものだし、伊之松の世話はよくするし、女房としては一級なのだが、

(やっぱり、くらべものにならねえ……)

であった。

あのおまさの女房ぶりには、当時の伊之松は〔大仕事〕がなくても、

(こんなに一分の隙《すき》もなくぴったりと吸いつかれちゃあ、息苦しくてたまらねえ)

逃げだしたくなったことも何度かある。

一緒に行けぬときは、湯屋へ行く時間も胸のうちで計《はか》っていて、帰りに伊之松が近所の居酒屋でちょっとのみ直してもどってでも来ようものなら、

「どこの女と逢っていなすったの?」

すさまじい目つきで迎えたものだ。

それにしても、いまになってみると、おまさと暮した三年間の、いかに快適な生活

であったことよ……である。

食べる、のむ、ねむる、着る……人間の、男の日常のすべてが清潔に、むしろ快楽をともなうほどの変化をもってととのえられ、それを伊之松は心ゆくまで享受していたものであった。

（おまさのような女は、この世の中に一人きりしかいねえだろうよ）

いくら、おのぶが懸命につくしてくれても、それは女房として、おまさにくらべると、むしろ鈍重にさえ見えてくるのだ。

そのころ……。

おまさは、まだ江戸に生きていた。

彼女は、下谷《したや》・坂本一丁目の〔政右衛門横町〕の長屋を借り、おこうという老婆とともに住んでいた。となり近所には、この老婆を、「伯母《おば》なんです」といってあるが、実は池ノ端の茶屋ではたらいていたころ、飯炊きをしていたおこうと知り合い、身よりもなく老軀《ろうく》をもてあましはじめたおこうを引きとってやったものだ。

平常のおまさは、この老婆を相手に仕立てものの賃仕事などをして、ひっそりと暮しているが、七日、あるいは十日に一度ほど、外出をして二刻《ふたとき》（四時間）ほどを留守にする。それも昼間にかぎられてい、日が暮れれば外へ出ない。

おまさの外出は〔客〕をとるためであった。

二年前のあの夕暮れの茶屋の一室で、中屋利三郎が去ったのち、おまさは、死のう、と思った。あさましい肌身に茫然《ぼうぜん》と衣類をつけおえたとき、彼女のうつろな視線が枕もとの懐紙の上にならべられたものをとらえた。

小判が五枚であった。これは中屋が特別におまさにあたえたもので、さらに、女主人は二十五両のうち十両を、

「中屋さんからあずかったものを、ぜんぶ、お前さんにあげるのだよ」

と、わたしてよこした。

あわせて、十五両。このような大金を、おまさはうまれてこのかた見たこともないほどだ。

この燦々《さんさん》たる十五枚の小判を見たとき、がらりと、おまさの心が変った。

(あのひとがどんな姿で帰ってくるかしれないが……この十五両を見たら、なんというだろう……)

である。

おまさは、自殺を中止にした。

だからといって、客をとるつもりはなかったのだが、一度そうなると、中屋利三郎のたのみを「では、これだけにして下さいな」と、女主人を仲介にし、ずるずると、三度四度とつづくことになってしまった。

伊之松によって〔女〕になった彼女の肉体は、放蕩《ほうとう》ものの中屋の巧妙な愛撫《あいぶ》をうけ、さらにはげしく花をひらいた。

中屋利三郎は、まもなく家産をつぶしてしまい、おまさに逢《あ》うこともできなくなったが……。

しかし、こうなると、おまさは男の躰《からだ》なくしては生きられぬ女になってしまっていた。

出合い茶屋〔ひしや〕の女主人の紹介による上客のみの相手をする。しかも昼間の客にかぎる。場所は〔ひしや〕であって、坂本からは半刻《はんとき》（一時間）もあれば往復できるのだ。

男とちがい、女の心と躰は、女自身の考え方ひとつで自由自在になる。

（あたしのこころは、伊之松《あのひと》だけのものなんだ……）

だから、肉体で金をかせぎ、あのひとが帰って来たときに、

（よろこばせてあげたい、よろこばせて……）

なのである。

それで、あの執拗《しつよう》に一人の男の心身を独占しなくてはすまなかったおまさの胸のうちは納得がついたのであった。

中屋にはじめて犯されたときのように、一度で十五両になるようなことはむろんな

かったけれども、以来、おまさは一月《ひとつき》に六、七両は稼いだ。

そして、ためこんだ百枚に近い小判を、彼女は、彼女だけが知っている秘密の場所へ隠しておいた。

おまさが坂本に住んでいることは、下谷・広徳寺裏にある親類の小間物屋が知っている。

もし、伊之松が江戸へもどり、元鳥越の旧居へ来て彼女を見なければ、かならず、その親類へたずねて行くことであろう。

四

また、二年がすぎた。

この年の秋もすぎようとするころ、名古屋城下の富商・安田屋彦兵衛方に強盗八名が押しいり、千五百余両を盗み取って逃走、この事件も迷宮入りとなった。

いうまでもなく、伊之松の姿も名古屋から消えている。こんどの女房には、行燈《あんどん》の文字も残されてはいなかった。

赤池の綱右衛門のような大泥棒になると、仕事の後では一定の休養期間があり、一味の者は、それぞれに散ってつぎの仕事の呼び出しを待つ。

盗金の分配も慎重をきわめ、一仕事おえると、その前の仕事で盗んだ金をわけることになっている。盗金の隠匿《いんとく》場所も、赤池ほどの男になると諸方に十数ヵ所もあって、ここがまた一味の者の連絡所《アジト》にもなるし隠家にもなる。こうした場所を〔盗人宿《ぬすっとやど》〕とよぶ。

「きれいに盗みとって、乾分《こぶん》の者たちを一人も御用にせず、いつかは、ひっそりと身を退《の》いて、のんびりと隠居暮しをたのしむのだ」

これが、大泥棒の首領たる者の理想であった。

赤池の綱右衛門一味は二十名余もいて、これが二つに分かれ、一手は大仕事の〔実行〕に、一手はつぎの仕事のねらいをつけるために諸国へ散る。

一仕事するのに、二年三年なら早いほうだし、ことによると五年がかりの大仕事になることもあって、大泥棒になると仕事のスケールも大きくなるが、準備の費用もなまなかなものではないのだ。

〔大工小僧〕の伊之松は、名古屋の仕事がおわると、すぐに東海道を下った。この休養期間に江戸へ出てみる気になったのである。

(おまさは、どうしているか……生きているのか、死んでしまったのか……)

だが、一度捨てた女に二度とかかわりあうな、というのが盗賊仲間のきびしい掟《おきて》であった。

伊之松の父・禄蔵《ろくぞう》も初代〔大工小僧〕として、いまの赤池の親分が若いころから一緒に仕事をして来て、これは一人前の盗賊に伊之松を仕込んだのち、七年前に病死をしている。

だから伊之松は、仲間の掟にそむく気はないが、蔭《かげ》ながらでもおまさの消息を知りたいと考えたまでである。

こういう気持にさそわれること自体が、すでに本格の盗賊精神から浮きあがりかけていることなのだが、このとき彼は、そのことに気づいてはいない。

遠州《えんしゅう》・掛川《かけがわ》の城下まで来ると、ここの〔ねじ金や〕という旅籠《はたご》の番頭をしている伝七という者が、伊之松を待ちうけていて、

「すぐに京へ行って下せえ。なんだか、急に親分がよんでいなさる」

「おれだけかえ？」

「いえ、急に一仕事あるらしいので」

伝七は、赤池の息のかかった情報係ともいうべき男だ。

伊之松は舌うちを洩《も》らした。

「どうしなすったい？　伊之さん……」

「なあに……なんでもねえ」

首領の指令は絶対のものである。

伊之松は、京へ踵《きびす》を返した。

京では、寺町三条下ルに〔日野屋与助〕という小さな旅籠があって、ここが赤池一味の〔盗人宿〕の一つだ。

日野屋方には、すでに須川《すかわ》の小兵衛という中年男が待っていて、

「伊之松。すまねえが明日、広島へ飛んでくれ。お頭が待っていなさる」

「また仕事ですかえ？」

「わからねえがとにかく、お頭のいいつけだ。この男を連れて行ってくんねえ」

小兵衛は傍の男を、伊之松へ引き合せた。

「前に銭神《ぜにがみ》の左市お頭のところではたらいていなすった仁吉どんだ」

銭神の左市は、盗賊仲間でも知れわたった男で、去年の正月に岐阜城下で病死したことを、伊之松も耳にはさんでいた。

「めでたいことだ。おれたちもあやかりてえな」

と、赤池一味の者も、七十余年の生涯を畳の上でおえた銭神左市の死をよろこびあったものである。

で、銭神とは親交の深かった赤池の綱右衛門が、仁吉という乾分を引きとることにしたのであろう。

仁吉の異名を〔蛞蝓《しゃくじろ》〕とよぶ。つまり〔なめくじ〕の意味だ。異名のとおり、頭髪

のうすいぬるぬるした容貌《ようぼう》をしており、眉毛《まゆげ》のほとんどない両眼が針のように細い。

「ま、よろしく引きまわしてやっておくんなさいよ」

須川の小兵衛が出て行った後で、しゃくじろの仁吉が、しきりと伊之松の機嫌をとった。

酒が出て、酔いがまわると、仁吉はかなり饒舌《じょうぜつ》となった。

気のゆるせる盗賊仲間たちと酒をのむと、伊之松でもこうなる。

仕事にかかっている間は神経を張りつめ、つとめて無口にしているだけに、堰《せき》を切ったようにしゃべりたくなるのである。

「つい、この間まで江戸にいてね」

と、仁吉がいった。

「江戸にね……江戸も変ったろうな」

「まあね……おれはその、坂本の政右衛門横町の長屋に住んでいたんだが……そこでね、伊之松さん」

盃《さかずき》をなめつつ、仁吉が淫《みだ》らな笑いを浮かべた。

「長屋の、おれのところの一軒おいた先に、女が住んでいてね。うんにゃ亭主もちじゃあねえ、婆さんと二人っきりさ。こいつ、年増《としま》ざかりのなんともいえねえ女だった……」

「ふうん……」

「賃仕事なぞをして、ひっそりと暮しているんだが、いやもう、あぶらの乗った躰つきによだれが出るような……」

「それで、どうしたね?」

こいつ、いい寄ったのか……こんないやな野郎にだかれる女の面《つら》が見てえ……などと思いながら伊之松が話をそそのかすと、

「いやもう身もちの堅《かた》い女で、二度も三度も肘《ひじ》鉄砲をくらったもんだから、おれも黙っちゃあいられねえ気になってね。伊之さん、とうとうやっちまったんだ」

「え……?」

「めずらしく夕暮れどきにね、その女が上野山内のほれ、屏風坂《びょうぶざか》を下って来るところを見かけたもんだから、いきなりとびついてくびをしめ、青竜院のうしろの森の中へ引っぱりこんでね」

「おもいをとげたというわけかい」

「ところがよ。おれもどうかしている。いざとなって草の上へ寝かした女の肌へふれてみると……もう冷たくなっていやがるのさ」

「死んだ……?」

「さほどに強くしめたとも思えねえのだが……」

「罪なことをしたものだね。それで、どうした？」

「死人に何するつもりはねえ、気味が悪くてね」

手前の面のほうが、よっぽど気味が悪いや……と、伊之松はいってやりたかった。

「その森ん中の、大きな銀杏《いちょう》の樹の下へ穴を掘って埋めこんじまったよ、その女をさ……いやはや惜しいことをした。その女、ここの、くびのところから耳朶《みみたぶ》へかけて、こう、すーっとね、浅い刃物の切り傷の痕《あと》があってねえ。ありゃあ、きっと、なにかいわくのある女にちげえねえ。とくべつに顔だちがいいというわけのものじゃあねえのだが、なんともいえねえ色気があってな……」

うつむいたまま、伊之松の声が低く訊《き》いた。

「仁吉どん。その女の名はなんといったね？」

「うむ……一緒に住んでいた婆《ばば》あは、おまさ、おまさとよんでいたっけ」

翌朝になって、二階の一間に寝ていた〔しゃくじろ〕の仁吉の絞殺死体が発見された。

となりの寝床にいたはずの〔大工小僧〕の姿は、どこにも見えなかった。

五

雑木林の闇《やみ》に、師走《しわす》の風が鳴っていた。

上野山内、寛永寺《かんえいじ》から下谷・車坂《くるまざか》の通りへ下る屏風坂の下谷口には御門があり、坂の上には番所もあったが、大工小僧の伊之松が、青竜院裏の深い木立の中へ潜入することなど、わけもなかった。

その木立の中の大銀杏の根元を、伊之松は鍬《くわ》で掘っている。

強い風が、土を掘る音を消してしまっていた。

「ああ……」

鍬をほうり捨て、伊之松が呻《うめ》いた。

掘った穴の底に、女の腐爛《ふらん》死体があった。

昨日、江戸へ到着し、伊之松は、坂本一丁目の長屋から、おまさが行方不明になったことをさぐりだしている。

(おまさ……二十六になっていたはずだなあ……)

顔もかたちも腐れかかって、曲物《まげもの》製の龕燈《がんどう》のたよりなげな灯《あかり》では、その死体から、もうおまさのおもかげを見ることはできなかった。

(ああ……やっぱり……)

穴の中へ両足を突っこんだまま、伊之松は虚脱したように立ちつくした。

上野山内をまわる夜番の拍子木《ひょうしぎ》の音が、風の中をぬってかすかにきこえる。

つい今まで、まったく、その気はなかったのに……。

伊之松の躰《からだ》が〔あやつり人形〕のようにうごきはじめた。

短刀《あいくち》で木の小枝をいくつも切り落し、手早くなにかの細工《さいく》をしはじめた。それがおわると着物をぬいで、引きさき、何本もの紐《ひも》のようなものをこしらえ、小枝を組み合せた網のようなものへしばりつけた。

つぎに、残った着物の残片を小枝の網の上へかぶせ、さらに掘りおこした土や石を盛った。

そして、その小枝の網の下から、そろそろと身を入れ、伊之松は穴の底の腐爛死体へおおいかぶさり、小枝の網にしばりつけた紐を強く引いた。

さすがに大工小僧の細工であった。

小枝の網が穴の底へ落ちるとともに、網の上の土がどっと落ちこみ、周囲に盛りあげておいたほかの石や土をもさそいこんで、穴をおおった。

青竜院裏の、この森の中には人が入るべき用もない。

翌年の春になると、早くも、伊之松を生き埋めにした土の上へ雑草がのびはじめた。

そのころ……。

おまさは生きていた。

下谷とは遠く離れた芝《しば》の新網町《しんあみちょう》の長屋で、おこうと一緒に暮していた。

政右衛門横町を夜逃げ同様に引きはらったのは、同じ長屋に住む気味の悪い三十男が執拗《しつよう》に言い寄ってきたからである。

「まるで、なめくじのように気味のわるい」

と、おこうもいった。

〔しゃくじろ〕の仁吉が、屏風坂で首をしめ、死体を犯してから青竜院裏の土の中へ埋めこんだ女は、おまさなどとは関係のない、通りすがりの女だったにすぎない。

仁吉のような男は、手ひどく相手の女からはねつけられた腹いせに、そのようなまねをして、これを勝手な妄想とともに他愛もない〔話〕につくりあげ、得意げに吹《ふい》聴《ちょう》するものなのである。

それにしても、仁吉の話は真偽とりまぜて、うまくできすぎていたようだ。

ことに、仁吉の、

「……その女のくびのところから耳朶へかけて、すーっと、浅い刃物の切り傷の痕があってねえ」

その一言は、大工小僧のすべてをうばいとってしまったようだ。

春は、すぎようとしていた。

老婆のおこうを相手に、ささやかな夕飯の膳《ぜん》に向いながら、おまさがいった。

「もうじきに夏だねえ、おばさん。なんだかもう、むしむしする」

「明日は、また池ノ端へ……？」

「ええ」

女ざかりの血のいろがみなぎった襟《えり》もとを、ふっとつくろいながら、おまさが、

「あのひと、いまごろ、どこにいるのかしら？」

耳の遠いおこうにはきこえぬほどの、つぶやきを洩《も》らした。

市松小僧始末

一

その侍の懐中物をとりそこねたのは五尺にもたらぬ小男だが、仲間うちで〔豆仙〕とよばれている浅草無宿の仙之助という腕ききの掏摸《すり》であった。

「はなせ、はなしゃあがれ。俺あなにもしれねえ、なにもしれねえのになにをするんだ。痛《いて》え!! 痛えったら痛え……」

永代橋《えいたいばし》のまん中である。

豆仙は、つかまったとたんに、すばやく盗んだ財布《さいふ》を大川（隅田川《すみだがわ》）へ投げこんでしまっていた。

「やい、この……いったい、俺がなにをしたといやあがるのだ!!」

「掏摸め、なにをほざく」

衣服も恰幅《かっぷく》も堂々たる中年の侍は、食ってかかる豆仙の躰《からだ》をぐいぐいと引きまわし、橋の欄干《らんかん》の上へ、彼の両手をぴたとかさねさせてしまった。

まわりを押しつつみ、見物をしている人びとのざわめきがどっとゆれ動いたとき、

「ぎゃあっ」

掏摸の絶叫が、澄みわたった秋の空を引きさいた。

豆仙の両手は、欄干の上へ田楽《でんがく》刺《ざ》しになっていた。

「無礼者め」

低くいいすてると、侍は人ごみを肩でわけ、さっさと箱崎《はこざき》の方向へ橋をわたって行ってしまったが、そのあとが大変であった。

「掏摸だ!!」

「とんでもねえ畜生だ!!」

「いい気味だ、もっと痛めつけてやれ!!」

わざわざ橋向うから石ころを拾ってくるものもいる。荷から抜いた天秤棒《てんびんぼう》で、めったやたらに撲《なぐ》りつけるものもある。つばを吐きつけてくるものもいる。

なにをされても、豆仙は、ただもう悲しげな呻《うめ》き声をあげるばかりで、小柄《こづか》一本にぬいつけられた両手を抜くも引くもできないのだ。

(あのお武家は、かなりおつかいなさる。ちょっとやそっとでは、あの小柄は抜きとれないわ)

おまゆは、人の波にもまれながらあわれな掏摸の苦悶《くもん》を見つめていた。

（きっと殺されてしまうだろう）

石が飛ぶ。棒がうなる。

豆仙は、もう声をあげるちからもなくなったようだ。

江戸では、関西と違い、掏摸がつかまって袋だたきに殺されてしまうということがめずらしくない。関西では、掏摸と知ってもそっとしておけ、それでないと、後々仇《あだ》をされるからという用心ぶかい気風なのだが、関東は荒っぽい。ことに江戸の魚河岸一帯が掏摸には鬼門となっていて、見つかったら最後、絶対に生きてはもどれないといわれている。

「だからよう、上方ではな、腕がにぶい野郎でも、あんまりあぶねえことはねえのだが、江戸じゃあそうはいかねえ。お前たちも、まあ、せいぜい腕をみがくこったな」

などと、弟分の掏摸たちに鼻をうごめかしていた豆仙も、とうとうこの始末になってしまった。

（なんだか可哀想なようにも思えるけれど……でも、まさか助けるわけにもいかないわ）

大伝馬町の木綿問屋、嶋屋重右衛門のひとり娘で、今年二十二になるおまゆは、女中も小僧もつれず、深川の富岡八幡《とみがおかはちまん》へ参詣《さんけい》に出かけた帰り途であった。

橋上の野次馬たちは、豆仙へ罵声《ばせい》を投げつけながらも、そのうちの何人かは、驚嘆の目をおまゆにも向けてきている。

ぶしつけな群衆の視線には食傷しているおまゆなのだが、しかし無理もなかった。

おまゆは女ながら背たけは六尺に近く、体重は二十三貫という大女で、それが高だかと髪を結《ゆ》いあげているのだから、どこへ出ても人目をひきつけるのにてまひまはからない。

しかも、豊かな白い肌《はだ》と肉が造型する顔貌《がんぼう》は、ととのっていて愛らしいのである。

このとき、わあっ……という喚声《かんせい》が、橋の下を通る舟や、岸辺に群れている人びとからわきおこった。

おまゆは欄干際へ進んだ。野次馬どもは、おまゆの躰が少しでも当ると突きとばされるようにはね退《の》いた。

（あら……？）

下をのぞいて見て、おまゆは息をのんだ。

橋の下へ漕《こ》ぎ寄せた小舟から橋杙《はしぐい》にとびついた頬《ほお》かむりの男が、矢のように欄干へ駈《か》け登ってきたのである。

人間わざとは思われなかった。

手足の動きが目にもとまらないほどの速さで、その男は豆仙がぬいつけられている欄干まで登りつめたかと思うと、自分の両足を欄干に引っかけ、ぐいと躰を折り曲げ、豆仙の両足をつかんでだきこみ、みずから躰を反《そ》らせた。

「あっ‼」と、おまゆは叫んだ。

仰向《あおむ》けに豆仙の両足をだいたまま、男は、まっさかさまに大川の水へ吸いこまれていった。

豆仙の両手を縛っていた小柄が午後の陽に光って宙におどったのは、ほとんど同時であった。

二

たっぷりと量感にみちみちた乳房。その谷間に男の顔を埋めさせ、おまゆは恍惚《こうこつ》となっていた。

あの秋晴れの永代橋で、掏摸の豆仙を救って大川へ逃げた男なのである。

いうまでもなく、この男は同じ掏摸仲間だ。豆仙の弟分として顔の売れた市松小僧又吉という。

もうあれから二ヵ月もたった師走《しわす》の中旬なのだが、今年はあたたかい日和《ひより》がつづき、今日も大川の水は、おだやかな初冬の陽ざしをみたしてゆったりと流れている。

船宿の小さな部屋は、炬燵《こたつ》の温気《うんき》と、男女ふたりの体温とで蒸《む》れきっていた。

両国橋西詰の、大川へ流れこむ神田川《かんだがわ》をはさんで密集している船宿のうち、玉屋というのを、おまゆは又吉との逢引《あいびき》に利用していた。

「おまゆさんをだいていると、いい気持だなあ。ついまったく、ついつい、うっとりしちまうなあ」

又吉は、おまゆの紅《あか》い乳首をしゃぶりながら、甘えた声でこんなことをいうのだ。

当人は女をだいているつもりらしいが、これはどう見ても、女にだかれているといった方がよい。むろん又吉は豆仙ほどの小男ではないが、細身のひきしまった躰つきで、両国の見世物小屋に出ていたころは、玉乗り、綱渡りなどの曲芸のうまさと前髪だちの美貌とで、女の見物を熱狂させたものであった。

年があければ二十《はたち》になる又吉なのだが、前髪をまだ落してはいない。その前髪が、おまゆの胸肌をさすり、しなやかな又吉の躰は、巨大な彼女の肉塊に陥没《かんぼつ》してしまったかのようである。

「又さんは逃げないわねえ、きっと——私から逃げてはいかないわねえ」

「そのせりふは、おいらがいいてえ。捨てたら恨《うら》むぜ」

などと、同じような他愛のない囁《ささや》きを、何度もくりかえしながら、二人とも愛撫《あいぶ》の動きを飽くことなくつづけにつづける。

おまゆは大満足であった。

両親とも尋常な躰つきなのに、ひとり娘の彼女が、こうも大らかな発育をとげてしまい、おかげで二十二になる今日まで縁談のととのったためしがないのだ。

奉公人も三十人を越える嶋屋なのだが、おまゆに迎える養子が見つからないので、父親の重右衛門は頭を痛めている。

もちろん、大身代の嶋屋だけに、それを目当ての縁談はあるのだが、おまゆは頑《がん》としてうけつけない。

「嶋屋は私ひとりでつぎますよ、お父さん。そして、そのあとは店の切り盛りがしっかりできる番頭でもえらび、店をつがせればいいじゃありませんか」

「それではお前、嶋屋の血が絶えてしまうじゃないか」

「だからお父さんお母さんが生きておいでのうちは私がやる。そのあとは、もうどうでもいいじゃありませんか。人間、自分の家のお墓だって、三代四代ともなれば無縁になるのが世のならいだと、茅場町《かやばちよう》の先生もおっしゃってました。だもの、お父さん、嶋屋は私の代までだってかまわないじゃありませんか」

「実はねえ」

と、こんどは母親が、

「この間も、お父さんと話し合ったのだけれど、瀬戸物町の彦太郎が、うちへ来てもいいというのだけれど……」

「あらそうなの。それなら彦太郎さんにあとをつがせなさいな。私は出てゆくわ。私だって茅場町の先生の代稽古《だいげいこ》ぐらいはできるんだもの」

「馬鹿をいいなさい。まあ、お前という子は……」

母は泣き、父は怒る。

(こんな躰《からだ》にうんでくれたのは、誰なのよ!!)

と、怒鳴りつけてやりたいところなのだが、近年は、おまゆもじっと耐《た》える。肉がつき背が伸び、それが際限もなくなったころから、何十度、何百度もくりかえされてきたことなので、女としての自分の肉体に対する悲嘆と怒りが、近ごろではやっと凝《ぎょう》固《こ》し、それが反撥《はんぱつ》のかたまりとなって、ひそかに彼女の胸に蓄積されている。

蓄積は放出をともなう。

だから、ときどき、おまゆは暴《あば》れるのである。

彼女が十九歳のときに、家の近くで一刀流の町道場を構えていた内堀左馬之介《うちぼりさまのすけ》という剣客の門へ入ったのもそれだし、内堀先生が、一昨年の夏に、裏茅場町へ新設した道場へ移ってからも、おまゆは稽古にかよっている。

内堀道場へは、近くの八丁堀《はっちょうぼり》の役宅から、町方の同心などもかなりかよって来る。

おまゆの技倆《ぎりょう》は、こういう連中と立ち合っても、めったに負《ひ》けはとらないところまで来ていた。

きりりと髪を束ねて鉢巻きをしめ、稽古着の下にひろびろと胸を張り、相手を見下すように木刀を構えられると、捕物には熟練した同心たちでも威圧される。

腕か胴に、彼女の打ちこみがきまったときなどは、

「おまゆの底力にゃあ、息がとまるよ」

などと、こぼさざるをえないのだ。

廻方《まわりかた》の同心などは、三つ紋付きの黒羽織に、大小、十手《じって》をたばさみ、手先を従えて颯爽《さっそう》と市中を巡回するのだが、町なかで、ひょいとおまゆに出会ったりすることがある。

こんなときには、おまゆのよき稽古相手で腕も互角の、気性のさっぱりした永井与《よ》五郎《ごろう》という若い同心なども、

「嶋屋のじゃじゃ馬が向うからやって来やがる」

苦笑いを手先のものに見せ、横道へ入ってしまったりする。

前にのべた瀬戸物町の彦太郎というのは、おまゆの母の甥《おい》で、線香問屋〔森田屋〕の次男坊だ。自分と夫婦になるというのも、嶋屋の身代があればこそだと、おまゆは信じてうたがわない。

口ではお世辞をつかいながらも、おまゆを見る彦太郎の目のいろには、軽蔑《けいべつ》と諦観《ていかん》

と嘆息が隠しきれずにただよっている。

いつだったか彦太郎が遊びに来たときに、おまゆは、ちょうど運びこまれた木綿の荷を、荷車から蔵の戸口前へほうり投げて見せてやったことがある。

なにしろ、一包み十貫余もある荷が三台の荷車へ山盛りになっているやつを、左右の腕を交互に伸ばし、片手づかみにつかみあげては、ぽんぽんと五間もの距離をほうり投げ、息もつかずに投げおろしてしまったのを見て、彦太郎の顔面は蒼白《そうはく》となった。

「彦太郎さん。私のお婿《むこ》さんになると怖《こわ》いわよ」

こういって、にやりと顔を見てやったら、彦太郎は瘧《おこり》にかかったようにふるえだし、そのふるえがとまらなくなってしまったものだ。

それはさておき、おまゆと市松小僧又吉の再会のことについて、ふれておかなくてはなるまい。

それは、永代橋の一件から二十日ほどたった或《あ》る日のことだ。おまゆは道場で稽古をおえ、細川侯中屋敷前にかかっている中ノ橋をわたり、新右衛門町へ出ようとするところで又吉に出会ったのである。

夕暮れどきで、あたりには、あまり人通りもなかったが、市松小僧は、おまゆとすれ違いざま、いきなり濡《ぬ》れ手ぬぐいを肩からとって、おまゆの面へ何気なくはたきつけた。

はたきつけておいて、その隙に懐中物をとる手口で、それがまた、めったに失敗したことがない又吉なのだが、このときは駄目であった。

手ぬぐいは空をはたき、又吉の腕はおまゆに捻《ね》じあげられ、ふり放そうにも逃げ出そうにも、

「う、う、う……」

苦痛を嚙《か》みしめるだけが精一杯の又吉の躰中に、たちまち脂汗が吹きだしてきた。

これを見張っていた豆仙がこんどは俺が助ける番だというので、橋向うから駈《か》け寄って来ると、

「このあま！」

引き抜いた短刀《あいくち》で、おまゆの、手首を斬ったつもりが、

「ああっ」

豆仙の躰は、もんどりうってたたきつけられていた。

おまけに、

「うわあ！」

転倒するはずみに自分の刃物で自分のどこかを傷つけたものらしく、豆仙は、ぽたぽた血をふりまきながら、もう後もふりむかず逃げてしまった。

「む……」

と、これはおまゆの気合である。

又吉に当て身をくれたのだ。だらりとなるのを苦もなく引きかかえ、しばらく行って辻駕籠《つじかご》をよび、又吉を投げこんだおまゆは、駕籠かきに聞いた船宿の玉屋へ運びこんだ。

その夜……おまゆは家へ帰らなかった。

又吉は、気がつくと船宿の一室で素裸にされていた。両手両足は紐《ひも》でくくられている。すべてはおまゆがしたことであった。

これも、蓄積の放出というべきであろうか……。

男というものへの恨み、憎しみ、そしてあこがれ……そういったものが複雑な層をなして一つのものとなり、当時でいえば老嬢のおまゆに、こうした所業をなさしめたのであろう。

びっくりしたのは又吉である。

「やい‼ なにをしやがるんだ。おいらはな、市松小僧と異名をとった……」

「永代で、ちびの掏摸《すり》を助けたのはあんただったのね」

「……あ、知ってたのか」

「あの男、あんたを捨てて逃げちまったわ」

「畜生め。兄貴ぶりゃあがっても、いざとなるとからきし駄目な奴だ。こんど会ったら只《ただ》じゃあおかねえ」

「威勢がいいのね」

「おい。おい、ねえちゃん。手と足をなんとかしてくんな」

「あんた、可愛い顔をしてるわ。いくつ？」

「来年、はたちよ」

「前髪が似合うわ」

「ねえさんは、嶋屋の娘さんだろ」

「知ってたの。そう……私のことは、わりあいに評判がたっているものね」

「剣術がうめえのだってね」

「…………」

「豆仙と賭《かけ》をしたんだ。見事、ねえさんのふところを空《から》にしたら、あいつはおいらに十両よこさなきゃならねえとこだったんだぜ」

「お気の毒だったわね」

「ねえさん……」

又吉は、おまゆをぴたりと見すえて、ふかいふかい嘆息をもらすのである。

「なによ？　なんなのよ、ためいきなんかついて」

「だって……だってなあ。ねえさんが、とても綺麗《きれい》なんだものなあ……」

ぴしゃりと、又吉は頬を打たれた。

「痛え……まあ、なんてえちからなんだろう」

「そっちが、ふざけたことをおいいなら、こっちだって許さないから」

おまゆは、又吉の裸をつねったり、さすりまわしたり、鼻をつまんだり唇を引っぱったり、お尻《しり》をたたいたり、さんざんになぶりはじめた。

そのうちに、二人の呼吸が、妙にたかまりはじめてきた。

顔に当ったおまゆの手のひらを、又吉の唇と舌が強く吸ったとき、おまゆは竦《すく》みあがった。

「な、なにをするのよ」

「いいよ。どうにでもしておくれよ、ねえさん……」

甘えて、又吉はうっとりと目をとじている。

おまゆの胸は高鳴り、掻《か》きみだされ、騒然となった。

「いいよ、なにをしても……おいらねえ、お前さんが好きになっちまったんだもの」

おまゆは、又吉の手足を自由にしてやった。

又吉は逃げることも忘れ、おまゆの襟《えり》もとを掻きわけ、胸肌に鼻を押しつけてきた。

羞恥《しゅうち》と、得体《えたい》の知れない感動とで躰中《からだじゅう》を火照《ほて》らせ、おまゆは、もう夢中になって又吉をだきしめていった。

翌朝になって家へ帰ると、大変な騒ぎである。出入りのものや町内の岡っ引まで動員して、おまゆを一晩中探しまわっていたらしい。

両親は、涙と大声とで、口ぐちに彼女を責めたてたが、おまゆは、にこにこと明るい微笑をたたえ、一言も口をきかない。

無言の微笑こそ、彼女の満悦をもっとも雄弁に物語っていたといえよう。

こうして、又吉との出会いはたゆむことなくつづけられてきた。

両親の心配を全くうけつけないおまゆなのである。

又吉が逃げたら彼を殺して自分も死ぬつもりのおまゆであった。又吉もまた、そんな気ぶりはみじんもないといってよい。

そうかといって、嶋屋の身代に目をつけているのでもないようだ。

会って、おまゆの豊満といえば豊満な、はっきりいえば豊満という語感からはみだしすぎている彼女の肉体に、鉄線のような細く固い自分の躰を埋め、鼻をならして甘えかかる市松小僧なのである。

「どうして、私のことを、こんなに好きになってくれたの？　いってよ。ねえ、教えてよ」

おまゆが思わず腕に力をこめると、

「痛てて……もう少し、かげんしてだいておくれよう」

と、又吉はうったえながら、

「好きになるのに理屈がいるかい。そうだろう」

「うれしい」

「おいらもうれしい」

又吉は、おまゆにだかれていると、なんともいえないこころよさに、心も躰も、とろけてしまうようになる。

おまゆの躰からは、十歳のときに失ってしまった母親の匂いがする。

又吉の母親は、おまゆより背たけは低かったが、三十貫近くもあった大女で、下《しも》総《うさ》・小金井《こがねい》村のうまれであった。

又吉の父親はわからない。それを聞く前に母親は病死してしまった。いずれ村の男どものなぐさみものになったのだろうが、母親は赤児の又吉を背負い、村を追い払われるようにして江戸へ出て来ると、力仕事に働き、そのうちに両国の見世物小屋へ女相撲となって出るようになったのである。

それは延享《えんきょう》二年の春で、女相撲と座頭相撲が、はじめて興行の許可をされたときのことであった。

母親はまもなく死んだが、それから又吉は見世物芸人として生きてきた。

市松格子の舞台衣裳《いしょう》を好んで着た又吉だけに、掏摸の仲間へ入ってからも市松小僧と名乗り、前科も重ねて、右腕には三つの入墨《いれずみ》がある。

あと一つ、この入墨がふえようというときには、入墨を入れるまでもなく死罪ときまっているのが、掏摸へ対する公儀の刑罰であった。

三

翌宝暦《ほうれき》六年の春になって、おまゆは、ついに決意をかためた。

「おまゆさんが夫婦になってくれるというんなら、火の中へでも飛びこむ気だ」

又吉も、こんなことをいって意気ごんでみせる。嘘ではないらしい。

嘘でないことは、おまゆが自分のからだで感得していることであった。

みにくいと思い、そうきめてしまっていた自分の肢体へ、又吉の愛撫《あいぶ》がどんな真情をこめてくわえられてきたか……。

おまゆがあたえる愛撫を、又吉がどんなふうにうけいれてきたか……。

女として、これほどたしかな証拠はないというところまで自信がもててきたので、
おまゆは父親の重右衛門にすべてをうちあけ、嶋屋へは彦太郎を迎え、自分は家を出るといいはなった。

娘の放埒《ほうらつ》にも、見て見ぬふりをし、そのうちになんとか落ちついてくれようと考え

ていた重右衛門も、これには仰天した。

しかし、おまゆの決意は凛乎《りんこ》たるものだ。

なだめすかしても叱ってみても、とうてい手におえない娘だということは、うんざりするほど身にこたえている重右衛門夫婦だが、

「けれども、掏摸《すり》あがりの、そんな……しかも年下の男と……」

それでもなんとか翻意《ほんい》させようと、弱々しく説得にかかってみたが、

「又吉は堅気《かたぎ》になります。いいえ、私がそうさせます。この年になるまで、本心から私を好いてくれたのは又吉だけなんですもの。誰がなんといったって一緒になります。もし、それがいけないなら、二人で死ぬ覚悟をきめてあるんですから……」

おまゆは、きっぱりといいきる。

まだ少年のおもかげが薄く匂っている面に血をのぼらせ、又吉は力みかえっておまゆに誓ったものだ。

「おいらは、また両国へ出て玉乗りをしても、お前に苦労はかけねえつもりだ」

もうこうなっては仕方がないと重右衛門は考えた。

母親のお峰は半狂乱の体《てい》で娘の不徳をなじるのだったが、けれども落ちつくところは、結局、不幸な娘への憐憫《れんびん》と、親としてなんとなく後めたい責任感のようなものが、重右衛門夫婦を沈黙させてしまうのである。

親類一同へも表向きは発表できないことだ。

いちおうは勘当というのも変なものだが、それに似た形式にして、重右衛門は、おまゆに金三百両をあたえ、思うままにさせてやることにした。

「お金はいりません、私がわがままをするんですもの」と、おまゆはしきりに辞退をしたが、まさか手ぶらではなしてやるわけにもいかない。

「五年の間、見事に世帯をはりとおせたら、私もまた考え直すつもりだが、その間は家へは帰って来てはいけないし、私もお母さんも許さないよ、いいかえ」

金を娘にわたし、重右衛門は念を押した。

「承知しています」

おまゆも決然とこたえる。

金三百両をもとでにして、おまゆは、深川黒江町《くろえちょう》に小さな店をひらいた。小間物屋になったのである。

のれんの意匠を又吉の好きな市松格子にして、その石畳模様の黒のところへ〔市松屋〕とつけた屋号を白で染めぬいた。

新生活へとびこむおまゆの緊張はさておき、又吉のよろこびは非常なものであった。

「おいらは、なにも好きこのんでぐれ出したのじゃねえ。親も兄弟もなく、ひとりぼっちで、世の中へ出て行くだけのうしろだてというものが、子供のときからなに一つありゃあしなかったんだものな。お前のおかげで、おいらも男になれる」

いさみたって、前髪も落した又吉はおまゆとともに、本所相生町《あいおいちょう》にある同業者へ商売の仕方を教わりに行き(これは重右衛門がひそかに手配してくれたのだ)開店と同時に、懸命となって働きはじめた。

櫛《くし》・笄《こうがい》・簪《かんざし》・元結《もとゆい》・丈長《たけなが》・紅・白粉《おしろい》などのほかに紙入れや煙草入れ、財布などの袋物も店頭にならべた。

場所も富岡八幡宮参道にあったし、おまゆ又吉の評判もひろまり、わざわざ永代橋をわたって買い物に来る女たちがひきもきらないという有様になった。

こうなると、又吉はもう楽しくてたまらない。

仕入れの要領もたちまちにおぼえ、おまゆを店において、自分から荷を背負い、深川一帯の遊里へ売りに出かけるという働きぶりであった。

夏がきた。

川と水にかこまれた水郷深川では、そここの湿地で水鶏《くいな》が鳴きはじめる。

旧暦六月一日は富士詣《もう》での日で、その前日から江戸市中は、この行事でにぎわう。

深川では、八幡宮境内西方に、岩石で富士山を模したものをきずいてあり、その下に浅間《せんげん》神社があって、当日は参詣《さんけい》の人びとが群集する。

この日、又吉はおまゆに頼まれ、境内で売っている麦わらづくりの蛇を買いに出かけた。

買い物をすまし、門前町の通りへ出て来た又吉の目が、ぎらりと光った。

(あの侍だ!!)

去年の秋に、豆仙の両手を小柄《こづか》でぬった侍が、悠然《ゆうぜん》と人ごみの中に揺られてゆくのを、又吉は見た。

見たとたんに、異様な戦慄《せんりつ》が火箭《かせん》のように又吉の身内をつらぬいた。

この侍は富岡八幡へよく参詣に来るものとみえる。

いずれどこかの藩中で、名のとおった侍なのであろうが、そんなことを考えてみるゆとりもなく、本能的に、又吉はその侍の後を追っていた。

おまゆが店番をしている我家の少し手前の路地へ切れこんだ又吉は、侍の先まわりをして蛤町《はまぐりちょう》の裏通りを永代橋へ駈《か》けた。

麦わらの蛇もどこかへ振り捨ててしまっている又吉は、そのまま橋のまん中までわたってゆき、あの侍を待ち受けたのである。

やがて、侍の姿が見えた。

又吉は全身の緊張を、さりげなく鼻唄《はなうた》につつみながら歩きだした。

富士詣でへ往来する人の波が橋上を満たしている。

すれ違いざま、あざやかに財布を掏《す》りとったとき、又吉の五体はおそろしい歓喜にふるえた。

侍は気がつかなかった。

しかし又吉は、息をつめて橋を渡りきると、すぐに走り出した。

わざとまわり道をして、佐賀町から竹越侯下屋敷にそった道へ出、そこで盗《と》った財布を出し、にやりと眺めてから、これをなんの未練げもなく川へ投げこんでしまった。

（おいら、見事にやってのけたんだものなあ。豆仙の野郎でさえ失敗《しくじ》ったあの侍も、おいらにゃあ手も足も出なかったんだ）

勝利の快感に又吉は酔った。

（いけねえ。蛇を買い直さなくちゃあ、おまゆに叱られる）

浮き浮きと竹越屋敷の角を右に曲った瞬間、又吉はぎょっとした。

同心の永井与五郎がそこにいたのだ。

非番だとみえ、上布《じょうふ》の着流しで十手も帯びていない永井同心だが、双眸《そうぼう》は鋭く又吉を見守っている。

又吉は、そのまま、へなへなと膝《ひざ》を折った。

川を行く舟の櫓《ろ》の音が、夏の昼下りの陽照りの中に、重くきしんでは流れて行く。

水売りが怪訝《けげん》そうに二人を見て、通りすぎた。

「見ていたぜ」

と、永井与五郎はいった。

「お前、こんど御用になったら、どうなるか知っていたはずだなあ」

又吉の喉《のど》はひりつくように痛かった。声も出ない。

「お前の女房はおれと同門。女にしては見上げたもんだが……あのおまゆにした約束を、お前は忘れたのか」

「…………」

それから半刻《はんとき》（一時間）もして、麦わらの蛇を持ち、家へ帰った又吉は、帰りが遅れたいいわけもそこそこに、

「おいら、あんまり、かんかん照りつけられたもんで、気持がわるくなってね。しばらく、八幡さまの茶店に寝ころんでいたんだよ。ど、どうも、頭が痛え。痛えよ、おまゆ……」

しきりに心配するおまゆに床をとらせ、この暑いのに頭から夏ぶとんをかぶって、汗みどろの又吉は身じろぎもしなかった。

四

店先へ入り、潜《くぐ》り戸《ど》を閉めてから、永井与五郎は、おまゆに声をかけた。

「おまゆさんには気の毒だが、覚悟をしてもらわなくちゃあならねえ」

その言葉を聞いたとき、おまゆには、もうすべてがわかったような気がした。

すでに、夏は去ってしまっていた。

富岡八幡の祭礼がすむと、深川の町や水には、冷《ひ》んやりとした秋の気配が、しずかに忍びよって来る。

裏の小さな庭では、虫が鳴いていたし、外は月夜であった。

その日——仕入れに行くといって、昼前に家を出た又吉は、夜になっても帰らなかった。

夕飯の膳《ぜん》の前へ石のようにすわったおまゆは、不安と焦燥《しょうそう》にさいなまれつづけていたのである。

六ッ半（午後七時）をまわったころになり、戸をたたくものがあるので、出てみると永井与五郎なのである。

永井は一人で入って来たのだが、例によって着流しに三つ紋黒羽織。十手もたばさんでいる。

「又吉のことでしょうか？」

「うむ……」

永井は上り框《かまち》に腰をおろし、

「今だからいうのだが、又吉はな、この夏に……そうだ、富士詣での日だったが、永代の上で悪いことをやらかしたのだ」

「ま……」

「知らなかったかえ。そうだろうな」

おまゆの脳裡《のうり》に、あの日、頭痛がするというのに頭からふとんをかぶって、夜になるまで起きてこなかった又吉の姿が思い浮かんだ。

「そのとき、おれは見のがしたのだよ、おまゆさん。そのこころは、わかってくれような。おれは、内堀道場の同門として、あの又吉へのお前さんのこころ意気を、大切に育てあげてやりたかったからだ」

「…………」

「あのとき又吉は、死んでもおれとの約束は守る。二度とこんなことはしませんと、こうまあ、おれに誓ったのだ」

「さようでございましたか」

「いうまでもなく、こんど御用になれば死罪が定法《じようほう》だ。そうなってしまっては、お前さんのしてきたことがなにもかも無駄になってしまうからなあ」

「はい……」

「ところが、今日の夕方だ。馬喰町《ばくろちよう》で、また手を出したところを地廻《じまわ》りの岡っ引に見つかってしまい、又吉め、死物狂いで逃げやがった」

「それで……それで？」

「まだ捕まらねえが、どうやら手先どもが、この近くへ追い込んだようだ。こうなってはおれ一人の量見《りょうけん》じゃあどうにもならねえ。せめて、おれの手でお縄《なわ》をと、こう思ってなあ」

「……………」

おまゆは、のっそりと上へあがり、永井同心へ茶をいれて出した。

「や、有難う」

永井も無言。おまゆと沈黙のまま、どのくらい刻《とき》がたっていったろう。

「おまゆさんは、やつがここへもどって来ねえでくれ、そう願っているんだろう」

「……………」

「おれは帰って来ると思う。高飛びするにしても、一度はお前さんの顔を見なくては飛べねえ又吉だよ。それほどあいつは、お前さんに惚《ほ》れているのだ」

虫の音がやんだ。

おまゆが、ぎくりとした。

永井は、ゆっくりと茶碗《ちゃわん》をおいた。

「おまゆ……おまゆ……」

又吉の声だ。裏手から店先のつぎの間へ入ってきて、

「おまゆ。そこに、誰もいねえな?」

「いませんよ」

「う……そうか」

又吉が出て来た。永井を見て棒をのんだような顔つきになった。

そのとき、おまゆが又吉へとびかかり、横ざまに投げ倒して押えつけた。

ちょっと永井は、あっけにとられたかたちである。

「かんべんしてくれ。おまゆ。や、やる気じゃあなかったんだ。金がほしいわけでもなんでもねえ。おらあ、やる気じゃあなかったんだよう」

「それなら、なぜ、お前さんは……」

「わからねえ。自分でもなにがなんだかわからねえ」

と、又吉は泣き声で喚《わめ》いた。

「自分でもわからねえうちに、しらずしらず、おいらの手が、指がうごいちまうんだ」

又吉が首をあげて、永井にいった。

「旦那《だんな》。あのときの永代でやったのが口火になっちまったんでさ。あれからっていうもの、おいらは、どんなに苦しくって、切《せつ》なかったか、しれやしねえ」

「習慣というものはおそろしいもんだ。おまゆさんと夫婦になるまでのお前の習慣は、そのまま生きがいというものにつながっていたのだものな。だが、こんどは駄目だ。しょっぴくぜ」

永井は縄をとって腰をあげた。

「待って!! ちょっと待って下さいまし」

「おまゆさん。そいつはいけねえよ」

「待って!! 待って!!」

おまゆの巨体が風のように裏手へ消えた。

又吉は頭をかかえ突っ伏している。泣いているようであった。

すぐに、おまゆがもどって来た。

あっというまもなかった。

おまゆは、いきなり又吉の右腕をつかみ、手にした薪割《まきわ》りを振りかぶったのだ。

「なにをする!!」

永井の声と同時に、薪割りは又吉の右手に落ちた。

「わあっ」

血が撥《は》ね飛び、たまげるような又吉の悲鳴があがる。

右手の五本の指が薪割りで絶ち切られたのだ。

おまゆは、膝《ひざ》の下に失神してしまったらしい亭主の躰《からだ》を押えつけ、涙だらけの顔を上げて、永井にいった。

「な、永井さま。これで、こんどは——こんどだけは……」

「………」

「もしいけなければ、左手の指も女房の私が切り落します」

おまゆは凄《すさま》じい形相《ぎょうそう》になっている。色白の豊頰《ほうきょう》には血の飛沫があった。

「む……」

永井も、さすがに言葉が出なかった。

又吉を追っていた岡っ引の弥七が手先二人とともにとびこんで来たのはこのときである。

「旦那。こいつはいってえ」

弥七も眼をまるくした。

「弥七。女房が亭主の指をつめた」

「へ……」

「弥七」

「へえ……？」

同心と岡っ引の目が、空間でなにかをささやきあったようだ。

「へい」

弥七が深くうなずいた。

「そうか……」

と、永井は弥七へいった。

「お前が承知なら、おれに異存はねえ」

弥七は、手先二人をうながして外へ出て行った。

これにつづいて潜り戸へ半身をくぐらせながら、永井与五郎がおまゆへいった。

「おまゆさん。医者にはおれが声をかけておこうよ」

喧嘩《けんか》あんま

一

「むさくるしい按摩《あんま》だな。おい、こら。きさま、手を洗ってきたか!!」

豊《とよ》ノ市《いち》は、部屋の障子をあけたとたんに、怒鳴《どな》り声をあびた。

中年の男の濁声《だみごえ》であった。

目が見えなくても、豊ノ市には、その声の主が侍だということはすぐにわかった。

だから、じっと癇癪《かんしゃく》をおさえ、

「へえ、へえ、洗《あろ》うてまいりましてござりまする」

平《へい》つくばるようにして、おそるおそる部屋に入った。

おそるおそるというのは、なにも客の侍を恐れているわけではない。

豊ノ市は、自分自身の人なみはずれた短気の爆発を恐れていたのであろう。

「どうも、きさまのようなむさい奴に躰《からだ》をさわられるとたまらん」

「おそれいりまする」

「もっと、ましな奴を、なぜ呼ばぬのか。女あんまでも呼べばいいに、宿の者も気がきかぬ」

客は一人きりらしい。

豊ノ市は、唇をかみしめ、六尺に近い巨体をちぢこめて、顔をうつむけたまま、身じろぎもしなかった。

何度も、こういうおもいをしている豊ノ市なのだが、そのたびに、煮《に》えくりかえるような激怒とたたかわねばならない。

相手が侍でなければ、一も二もなく、

「そんなに、おれにもまれたくないなら、やめにしろ」

怒鳴り返し、さっさと部屋から出てしまうところだ。

だが、二年ほど前、侍の客へ口答えして「無礼者!!」という一喝《いっかつ》とともに、豊ノ市は廊下へつまみ出され、階段から蹴落《けおと》されたことがある。

そのときに、豊ノ市は腰と足をひどく打ち、腰のほうも寒くなると痛むが、右足の骨がどうにかなり、今では跛《びっこ》をひくようになってしまっている。

「これに懲《こ》りて、もうもう決して、お客さんと喧嘩をしてはいけないよ。もし、お前さんがそうなってごらん、私も、お美代《みよ》も生きてはいないからね」

女房のお伝《でん》が、そのときには真剣になって、豊ノ市へせまった。

「約束をしておくれ、もうきっと喧嘩はしないという約束を、不動様《ふどうさま》にしておくれ」

不動明王《ふどうみょうおう》は、亥年《いどし》うまれの豊ノ市の守り本尊であって、小さな家の仏壇のそばにお札《ふだ》が祀《まつ》ってあるのだ。

その前で、豊ノ市は誓いをたてさせられた。

（まったくだ。侍なぞに楯《たて》をついては、首をちょん斬られるということもあるからなあ、そんなことになったら、女房と子供が大変なことになる）

しかし、それからも豊ノ市の癇癪はおさまったわけではない。

按摩として、この東海道・藤沢《ふじさわ》の宿《しゅく》へ住みついてから、もう七年になるのだが、……喧嘩《けんか》あんまの豊ノ市……の評判は、まだ絶えていない。

それでいて、けっこう名ざしの客がいるのは、やはり豊ノ市の〔あんま術〕が、すぐれていたからであろう。

しかし、なじみの客は旅人でなく、藤沢宿に住む人に多い。

「豊ノ市をよんで、もしもまた喧嘩沙汰《ざた》をひきおこされてはたまらない」

というので、旅籠《はたご》では、客のもとめに応じるときには、別のあんまをたのむことが多いのだ。

この夜もおそくなって、藤沢宿の旅籠〔ひたち屋権右衛門〕方へ泊った旅の侍が、

「あんまをよべ」

といったときも、〔ひたち屋〕では、別のあんまをたのんだ。

ところが、その日は、江ノ島まいりの講中《こうじゅう》が三組も宿場の宿々へ泊っていて、あんまが全部出はらっているという。

「早くせい、早く」

その侍が、やかましく催促《さいそく》するので、

「お侍さまならば、豊ノ市も気をつけていることだし、間違いもおこるまい」

こういうことになり、豊ノ市が呼ばれたのである。

二

「ま、いい。早くもめ」

侍にいわれ、豊ノ市は一礼して、床《とこ》の上に寝そべっている侍の躰へとりついた。

侍は、したたかに酒気をおびている。

一滴《いってき》も酒をやらない豊ノ市は顔をしかめて、もみにかかった。晩春の夜で、部屋の中はむしあついほどであった。

「もっと、しっかりもめい」

「へえ……」

「きさま、下手《へた》くそではないか」

「へえ……」

「へえだと――下手を承知であんま稼業《かぎょう》をしておるのか。では、きさま、けしからん奴だな。ええおい。きこえとるのかっ」

「はい」

「けしからんやつだと申しているのだ」

「は……」

侍は、しきりに豊ノ市へからんできた。

酒ぐせがよくないらしい。

「なんだきさま、毛むくじゃらの海坊主のような、蛸《たこ》入道のような面《つら》をしておるくせに、そんなもみ方しかできんのか。強くもめ、もっと強くもめというのだっ!!」

いきなり侍は、足をもんでいる豊ノ市を蹴とばした。

それでも、豊ノ市は我慢をしてまたも侍の足にとりつき、力をこめてもみだした。

「痛い」

侍はとび起き、豊ノ市の顔をつづけざまに撲《なぐ》りつけた。

「なにをいたされますかっ」

　ついに、豊ノ市も逆上《ぎやくじよう》してしまった。

「な、な、なんだときさま……おのれ!!　あんまのぶんざいで……」

「いかに、めくらのあんまだとて、あまりの御非道《ごひどう》には、だ、だ、黙ってはおられませぬ」

「おのれ」

「あんまだとて、人間でござりますっ」

「おのれ」

「めくらの片輪ものをおなぶりなされるのが、さ、さむらいの道でござりますかっ」

　怒りだすと、豊ノ市は夢中になり、相手が侍だろうが大名だろうが、少しもおそろしくなくなってくる。

「ぶ、無礼者!!」

　たたみかけられて、その侍は豊ノ市の、するどい舌鋒《ぜっぽう》にいい負かされ、まっ赤になって立ち上るや、

「来いっ」

　豊ノ市のえりをつかんだ。

「なにをするのだ」

　懸命にこれをふり払って、廊下へ逃げ出そうとする豊ノ市のうしろから、

侍は、身をかえし、まくらもとの大刀をつかんだ……いや、つかもうとしたのだ。

「やや……？」

無い。

大刀も小刀も、まくらもとから消えているではないか。

「あっ……」

きょろきょろと、侍は部屋中を見まわした。いくら見まわしても無いものは無い。

侍は、まっ青になった。

武士が大小を盗まれたということは、まことにもって重大事である。

このことは、豊ノ市も知らない。

斬られると思い、無我夢中で廊下へよろめき出ていたからだ。

廊下のそこここで人のざわめきがする。

宿の女中の叫び声もした。

「お、お助け、お助け……」

こんどこそは、おれも死ぬかもしれないと思い、豊ノ市は両手を泳がせ、足もともしどろもどろに、廊下を逃げようとした。

「こっちだ、こっちだ」

そのとき、豊ノ市の腕をつかみ、かかえこむようにして手をかしてくれたものがある。

「さ、早く来なせえ」

その男は、すばやく廊下から中庭へおり、片腕だけで大きな豊ノ市の躰《からだ》を引きずるようにして庭をすすみ、木戸をあけて、裏手の小路へ出た。

出たとき、その男が、宿の中のざわめきに向って、

「女中さん、おいらの勘定は部屋の中においてあるぜ」

と、叫んだ。

三

豊ノ市は、藤沢宿《じゆく》に近い引地《ひきじ》村の百姓家の納屋《なや》で暮していた。

納屋といっても、もうここに住みついて七年にもなるのだから、手入れもしてあり、改造もさせてもらい、女房のお伝と、五歳になる娘のお美代との三人暮しには事を欠かない。

按摩《あんま》という商売はつらいもので、十人ものお客のうち「御苦労さま」と声をかけてくれるものは一人か二人だといってよい。

大方のものは、躰をもませながら好き勝手なことをいい、めくらの神経が寒くなるようなことまで、平気で口にのぼせるものだ。

盲目となったからには〔按摩・鍼《はり》・灸《きゅう》〕の業《わざ》をおぼえ、それをもって衣食の道とするより生きる道はない。

盲目という強い劣等感がある上に、世の中から卑しいとされている職業にたずさっているのだから、豊ノ市のような按摩は、少年のころから苦労という苦労を味わいつくしてきているのだ。

「わたしはねえ、お前という女房ができなんだら、とっくの昔に、首をくっていたかもしれないよ」

などと、豊ノ市は、女房のお伝によくいうことがある。

豊ノ市は、実際のところ、自分が何歳になるのか、はっきりとはわからない。

ただ、下総《しもうさ》・小金井《こがねい》村のうまれだということは、おぼえている。

父親は、わからない。

「父《ちゃん》は、うちにはいないのか？」

と、四つか五つになったころ、母親にきいたことがあったが、

「ああ、いねえともよ」

母親は、豊ノ市に事もなげに答えたものだ。

そのころの母親の印象といえば、

「なんでも、私のおふくろはね、それこそ女相撲《ずもう》のようによう肥《こ》えたひとで、米俵を片手に一つずつ下げ、息も切らさず、とっとと駈《か》けて行ったもんだ。まあ大変な力もちだし、おそらくなんだろうねえ。どこかの男のなぐさみものにされて、私をうみおとし、それからは村の庄屋《しょうや》の家へ住みこんで、もう、まっ黒になってはたらいていたところを見ると、身よりも、あまりなかったようだよ」

お伝に語ってきかせたように、それだけの印象しかないのだ。

そのうちに、庄屋の家に逗留《とうりゅう》をしていた座頭《ざとう》夫婦が、そのころは平吉《へいきち》とよばれていた豊ノ市を連れ、江戸へ行った。

「ずいぶん、私も泣き叫び、おふくろをよんだものだが……とうとう駕籠《かご》に入れられてね」

江戸では、下坂検校《しもさかけんぎょう》通玄《つうげん》という、りっぱな家をかまえている人のところへ連れて行かれた。

「お前の身の上をきいて可哀想におもい、これからは、わしが仕込んでやることにした」

下坂検校は、そういった。

盲人にも下は流しの按摩から、座頭・勾当《こうとう》・別当《べっとう》・検校という位《くらい》があり、平家琵琶《びわ》などの音曲や、学問や治療にすぐれたものは、京都にある久我大納言家のゆるしを得て、位をもらうこともできる。

このほかにも総検校とよばれる最高の位があり、なにしろ一番下の座頭になるためには金四両というものをおさめなければならず、もっとも下の按摩から検校になるまでは八百両に近い大金が必要だという。

さいわいに、下坂検校は豊ノ市を可愛がってくれたので、

「お前も十五になり、少しはもみ療治《りょうじ》もできるようになったのう。これからは豊ノ市と名のれ。二十《はたち》になったら座頭にしてやろう」

そういってくれてからまもなく、下坂検校は急死をした。今でいう脳溢血《のういっけつ》でもあったのか……。

検校が死ぬと、豊ノ市は四方八方から憎まれるばかりとなった。

巨体の上に、白くむいた目も大きく、鼻もふとく唇も厚く、どうみても可愛げがない少年の上に、少しの愛嬌《あいきょう》もなく世辞《せじ》もいえず、なにかといえば検校の家の下女や弟子たちと喧嘩《けんか》をするし、亡き検校の後妻に向っても、荒々しい口のきき方をしたりする。

「私が、こうなったのも、母親の行方《ゆくえ》がまったくわからなかったからだ。それで、どうもね、自棄《やけ》になったのだろうよ……検校さまも、私をひきとってすぐに、小金井村

の庄屋のところへ、おふくろのことを問いあわせたが、そのときには、もう、おふくろは、どこかへ行ってしまったそうな……」

庄屋の話によると、豊ノ市の母親は、小金井村のうまれではないらしい。うまれたばかりの盲目の赤子を背負った旅の大女が、なんとか使ってくれと庄屋の家へころげこんできたのだという。

そして、豊ノ市の母親は、庄屋の家の人々にも、あまり、くわしい身の上話をしなかったらしいのだ。

下坂検校の家を出奔《しゅっぽん》してからの豊ノ市の人生が、どのようなものであったかは、お伝もよくは知らない。

「話したくはないからねえ」

いくらお伝がきいても、豊ノ市は語ろうとはしなかった。ずいぶんと、ひどい目にあってきたものらしい。

その夜——。

あやうく、乱暴な侍に斬り殺されそうになった豊ノ市を〔ひたち屋〕から連れ出し、無事に、引地村の我家まで送りとどけてくれた男は、

「江戸で小間物店をやっている又吉というものですよ」

といった。

声の調子では、二十四、五だと、豊ノ市は感じた。

「なあに、後《あと》のことは心配いらねえ。あの侍は浪人者じゃあねえ、どこかの大名の家来だ。それなのに、侍の表道具を二本とも盗まれたとあっちゃあ、どこへ喧嘩のもってゆきばもあるめえよ。お役所へ届けることもなるめえ。手前の恥になることだものな。なに、いくら探しても無駄さ。見つからねえところへ隠しちまったからねえ。は、は、は」

　手をひかれて夜道を歩きながら、豊ノ市が、

「では、あなたさまが……？」

　びっくりした。

「そうよ。あっしが、とっさの隙《すき》に盗まなけりゃ、今ごろ、お前さんの首は胴についちゃあいねえぜ」

「でも……いつ、お盗みに？」

「お盗みにはよかったな。実は、あの侍のとなりの部屋に泊りあわせていてね。もう、あの野郎が、お前さんをなぶり放題《ほうだい》にしていやがるのをききながら、じりじりと気をもんでいたのさ」

「そうでございましたか……」

「あぶねえと思ったとき、間《あい》の襖《ふすま》をあけて、野郎の大小を音もなくこっちへひっこめ、

襖をしめておいた、というわけだ。そのときはねえ、あんまさん。お前が侍に撲《なぐ》られていたときよ」

「おどろきました」

「こんなことは、あっしにとっちゃあなんでもねえことさ」

事もなげに、その若者はいった。

小間物屋にしては口のききようが、ひどく伝法《でんぽう》なので、豊ノ市は不審《ふしん》に思ったが、あえてきくことはやめた。

〔ひたち屋〕の方は、安心であった。

主人夫婦が、豊ノ市の短気だが実直な性格と、すぐれた技術を見こみ、ひいきにしてくれたし、主人は町役人にも顔がきく。

下手《へた》にさわぎだせば、大小をとられた侍の恥になることだし、事実、侍はあれからかなり暴れたりわめいたりしたそうだが、翌朝になると、金を出して古道具からまにあわせの大小をととのえさせ、逃げるように宿場を出て行った。

主人は「あの按摩《あんま》はとおりがかりのもので、おそらくは、別の旅籠《はたご》に泊っていた旅流しの按摩らしゅうございます」と、あの侍をごまかしてしまったという。

これらのことは、翌朝になり〔ひたち屋〕の使いのものが知らせてくれたことだ。

もちろん、豊ノ市も〔ひたち屋〕へあやまりに出かけた。

「それにしても、お前さんの度胸《どきょう》のいいのには恐れいったよ。それにさ、その若い旅のお方……そうそう、江戸の深川・黒江町《くろえちょう》の又吉さんというお人も、只者《ただもの》じゃあないな。あの侍が、お前さんを斬ろうとする前に、となりの部屋から刀を、しかも二本とも……大したものじゃあないか」

と、〔ひたち屋〕の主人は豊ノ市にいった。

「それで、侍の刀はどこにあるのかねえ。あれからうちでも大さわぎで、客あらためをしたり、隅々まで探しまわったりしたのだがね」

「申しわけございません」

「まあ、いいよ。刀は、その又吉さんがどこかへやってしまったのだろう」

「はい。私も、それをたずねました」

「ふむ、ふむ」

「すると……まあ、いいやな、と、こう申されまして……」

「なにしろ、よかった、よかった。役人にこられては恥になるから、困るらしく、届けずともよいと、あの侍がいいだしたのには、思わず胸の中でふきだしたよ」

主人は機嫌がよかった。

〔ひたち屋〕を出て歩き出しながら、昨夜は我家に泊ってくれ、きかれるままに語った豊ノ市の身の上話を、身をのり出し、心から聞いてくれた又吉のことを、豊ノ市は思いぅかべていた。

「おしまいには、あの又吉さんが、じいっとお前さんの顔を穴のあくほど見つめては、お前さんの話に聞きいっていたようですよ」

今朝、又吉が発《た》った後で、女房が豊ノ市にそういったものだ。

もう一つ豊ノ市をおどろかせた女房の言葉がある。

「若くって、そりゃもう美《い》い男ぶりでしたがねえ、お前さん、あの人の右手の指は、五本とも無かったんですよ」

「ふむ、ふむ……」

四

「いやはや、とんだ江ノ島まいりさ。お前と夫婦喧嘩をやらかし、気ばらしに出かけた旅の旅籠、久しぶりにあんなことをやったが、でも、こいつはゆるしてくれるだろうね」

江戸へ帰った又吉は、指五本がそろった左手を女房のおまゆに見せ、

「だが盗みをしたことには間違いがねえのだから、もし、お前が、この左手も切ってしまいてえというんなら……」といいかけると、

「切りませんよ。ゆるしてあげる」

こういいかえしながらも、おまゆの両眼からは、みるみる涙があふれだしてきた。

「すまない……あのときのことを思うと……もう、私は、たまらなくなるんです。いくらお前さんが……」

「よしてくれよ、おい」

と、又吉は片手をふって、

「お前が、ああしてくれなかったら、いまごろ、おれはどうなっているか……思っただけでも、ぞっとするよ」

「そう思っておくれかえ、ほんとうに……？」

「あたり前じゃねえか」

亭主の又吉の右手の指五本を切り落したのは、この女房のおまゆなのである。

おまゆは大伝馬町の木綿問屋・嶋屋重右衛門のひとり娘にうまれた。
十六、七のころから、めきめきと躰《からだ》が肥《ふと》りだし、二十《はたち》ごろになると体重二十三貫という大女になったおまゆである。
これはまさに悲劇であった。

縁談があるといえば、きまって嶋屋の聟《むこ》となり、その財産目当《めあて》の男たちばかりで、

「私は、もう、お嫁になんか行かない!!」

おまゆは、十九の春から、裏茅場町《うらかやばちょう》の内堀左馬之介《さまのすけ》という一刀流の剣客のところへ、剣術の稽古《けいこ》にかよいだしたものである。

内堀先生は、前におまゆの家の裏長屋に住んでいたこともあって、嶋屋とも親交がふかい。

女ながら〔すじ〕がよいというのか……。

二年も稽古をつづけると、おまゆの技倆《ぎりょう》はとみに上った。

もしかすると、あれだけ夢中になって稽古にはげんだのも〔いくらかでも痩《や》せたい〕という、彼女の願望があったからではないだろうか。

しかし、痩せなかった。

剣術をやるために、肥った体軀《たいく》にいかめしさが加わり、

「嶋屋のむすめも、いよいよ化物《ばけもの》になったね」

近辺の評判も、耳へ入ってくる。

それでいて、おまゆの顔つきは、なかなか美《い》いのである。

ふっくらとした愛らしい顔だちであった。

「首だけなら、いつでも嫁にもらいたいもんだね」

などと、男どもがうわさをする。

このおまゆが、二つ年下の亭主を見事に自分で見つけだしたのだ。

それが、いまの又吉なのだが、これには、嶋屋重右衛門夫婦も、親類一同も、つくづく考えあぐねてしまったものだ。

「むすめをもらってくれるというなら、どんな男でもいい」

と、かねがね洩《も》らしていた重右衛門も、

「そんな男にひっかかるとは……」

嘆き、怒り、断じて許さぬと叫んだ。

又吉は、そのころ〔市松小僧〕とよばれた名うての掏摸《すり》であった。

二十になっても前髪をおとさず、色の白いきりりっとした男前だから、見たところは十六、七の少年に見える。

二人が知り合ったのは、市松小僧がおまゆのふところを狙《ねら》ったからだともいうが、別の仲間がおまゆからひどい目にあわされた、その仕返しに、おまゆをたたきのめそうとして襲いかかり、反対に押えつけられてしまったのだともいう。

どちらが本当なのか、二人に聞いてみなくては、わからないことだが、まず、似たりよったりの因縁《いんねん》から知り合ったものであろう。

これから、二人の恋愛がはじまる。

まじわりをむすんでしまってから、おまゆが、

「又吉と夫婦になりたい」

といいだしたのだ。

父親には、てっきり嶋屋をゆするため又吉が娘に手を出したのだ、としか思えなかった。

「ふざけるな。肥った女が好きな男は、おれだけじゃあねえや」

市松小僧はこういい、

「お前、出て来ちまえ」

いっぱしの亭主づらをして、二つも上のおまゆに命じ、さっさと駈《か》け落ちをしてしまった。

このとき、間に入ってくれたのが、廻方《まわりかた》の同心で永井与五郎というものであった。

内堀道場は八丁堀に近いので、同心ばかりでなく、奉行所の与力《よりき》の中にも、稽古に来るものがいる。

だから、江戸市中の警察官である永井与五郎とおまゆは、内堀先生の兄妹弟子ということになる。

「きっぱりと足を洗う、というなら、おれが仲に入ってやろう」

と、永井同心は市松小僧にいった。

「洗う!!」

と、市松小僧は誓った。

おまゆとなら、どんな苦労でもやってみせる、といいきるのだ。

「おまゆさんは、腕もつよいし、いいひとだが、たとえばおれが嫁にもらうとしても……やはりもらわねえだろうよ」

と、永井与五郎はかねがね思いもしていたし、大女にうまれついた〔剣術友だち〕を気の毒にも思っていたものだ。

「又吉は、しんそこから、娘御に惚《ほ》れているようですよ」

と、永井同心が嶋屋をおとずれて、重右衛門に告げた。

「まさか……」

「まさか、ということはありますまい。あんたの娘さんなのですぜ」

「はあ……」

重右衛門は、おそれいった。

「して、おまゆは、いま、どこに？」

「私の女房があずかっていますよ、又吉ともども……」

これできまった。

巾着切《きんちゃくきり》の市松小僧の親代わりに、同心・永井与五郎がなろうというのだ。

二人は夫婦になった。

だが、親類たちへも発表できるような縁組みではない。

市松小僧又吉は、前に三度もお縄をくらっている男なのである。

いちおうは勘当《かんどう》ということになり、重右衛門は、おまゆに金三百両をあたえた。

この金をもとにして、二人は深川の富岡八幡宮参道にある売り店を買い、ここで小間物屋をはじめたのだ。

商売は、うまくいった。

ところが半年後に、又吉が永代橋の上で、どこかの藩士らしいりっぱな侍のふところから財布を掏《す》りとったのである。

これを、永井与五郎に見られた。

もちろん、それは金ほしさにやったことではない。

十五のときから掏摸をしつづけてきた習性を、又吉は忘れきれなかったのであろう。

永井与五郎に追われ、江戸の町を逃げまわっていた又吉が、突然に、深川の家へあらわれた。

深夜であった。

「お前に一目会ってから自首して出ようと思い、やっと、ここまで来たんだ」

と、又吉は悲痛に、

「いけねえ、いけねえと思いながら、知らねえうちに、この手がうごいてしまいやがってえ……」

泣き声をあげた。

このとき、張りこんでいた永井与五郎が手先をつれて飛びこんで来たのだ。

「もう駄目だ。おれの顔にもかかわることだし、ゆるしてはおけねえ。しょっぴくぜ」

と、永井が怒鳴ったとき、

「待って！」

おまゆが叫び、身を返して裏口へ駈け去った。

おまゆは、すぐに、薪割《まきわ》りをつかんで駈け戻って来た。

手先が又吉に縄をかけようとするのを突き飛ばし、おまゆは又吉を、そこへねじり伏せておいて、いきなり、又吉の右腕へ薪割りをふりおろしたのだ。

「ぎゃっ!!」

血しぶきと共に又吉は悲鳴をあげ、次いで気をうしなった。

永井与五郎は、このおまゆのふるまいに心をうたれ、又吉に縄をかけることを思いとどまったという。

江戸時代の警察制度には、こうしたゆとりが〔お目こぼし〕という味わいふかい言葉のもとに発現されることが多かったらしい。

ということは、世の中にも人の心にも、現代には失われた何物かが、あったからなのであろう。

以来、又吉の〔盗みぐせ〕は、ぴたりと止《や》んだ。

それから二年、小間物商の亭主として、また女房として、まだ子供がないのはさびしかったが、又吉もおまゆも仲よくやってきたのである。

又吉が、江ノ島まいりに出かける原因となった夫婦喧嘩《げんか》なぞは、なに、それこそ犬も食わないものであった。

又吉が、藤沢宿の旅籠《はたご》で、あんまの豊ノ市を助けるにつき、あの侍の大小二つを隣の部屋から盗み、間髪《かんはつ》を入れずに、これを自分の部屋の窓から裏手の川へほうりこんでしまったという話をきき、

「そりゃあお前さん、いいことをしておくれだったねえ」

おまゆは、心からいった。

そんなことで、又吉の〔盗みぐせ〕が元へもどるなぞとは思ってもみないおまゆであった。

この二年間の亭主の姿を見ていれば、もう少しも心配のいらぬ又吉になっていることを、おまゆは確信している。

もっとも右手の五本の指を切断されてしまったのでは、たとえ悪い癖が起っても、どうにもなるまい。

五

翌年の、ちょうどあれから一年目の晩春の或《あ》る日に、
按摩《あんま》の豊ノ市が、ひょっこりと、深川の店へたずねて来た。

又吉も仕入れから帰ったところで、

「ごめん下さいまし」

「おう、おう……お前さんはあのときの……それにしても、よく私のところがわかったものだねえ」

おどろいた。

「へえ、へえ、わけはございません。〔ひたち屋〕の宿帳でわかりました」

「なるほど、違《ちげ》えねえや。おい、おい、おまゆ……こっちへ出ておいで。ほれ、このあんまさんが、あのときの……」

「まあまあ、これはこれは、ようおいでなさいましたねえ」

「おかみさんでございますか。私は、豊ノ市と申しまして、去年の今ごろ、御主人さまにあぶないところを……」

「そんなことはよござんすよ。まあ、とにかく、お上りなさい」

「あ、上って下せえ、豊ノ市さん」

「さようでございますか。では、遠慮なく……」

豊ノ市がいうには、七年の間に、女房がためこんでくれた金が四両になったので、これを江戸の〔総検校《そうけんぎょう》〕のところへおさめるため、江戸へ出て来たのだという。

この納金によって、豊ノ市も盲人として〔座頭〕の位《くらい》がもらえるわけであった。

座頭になったからといって、すぐに生活が向上するわけでもないが、鑑札《かんさつ》をもらっておけばどこへ行っても盲人仲間のつきあいもふえ、仕事の上にも便利になるし、なによりも本人自身が、

「おれも、これで座頭になれた」

という誇りにみたされるものである。

「よし、このつぎには、よく本もよみ、治療もうまくなり、金をためて勾当《こうとう》の位をもらおう」

こうした希望もうまれてくる。

「そりゃあ、よかったねえ」

又吉も目を細めた。

「なにもかも女房のおかげでございますよ」

「まったくだ、女房というものは大変なもんだよ、豊ノ市さん」

又吉が、にやりとおまゆを見ると、おまゆは顔をうつむけながら、又吉をにらんだ。

用事もすんだことだし、すぐにも帰るといいつつ、豊ノ市は、わざわざ藤沢からもってきた魚の干物《ひもの》なぞのみやげものを出した。

「まあ、いいやね。二、三日とまっていっておくんなさい」

「それがいい。浅草やら深川やら、私たちで御案内しましょうよ」

又吉夫婦は、豊ノ市をひきとめた。

豊ノ市も、

「そのように親切な言葉をきいたのは何年ぶりでございましょうか……」

涙ぐみ、結局は夫婦のすすめに従うことになった。

翌日は、おまゆが店番をして、又吉が富岡八幡《とみがおかはちまん》をはじめ深川のそこここを案内した。

つぎの日は、店をやすみ、又吉夫婦が舟で大川を浅草まで行った。

「江戸は十年ぶりでございますよ、大そう、にぎやかになったようでございますなあ」

豊ノ市は懸命に耳をそばだて、耳から江戸の繁昌《はんじょう》をくみとろうとしている。

その日は、舟を両国橋西詰の船宿玉屋《たまや》へつけた。

玉屋は、おまゆの実家である嶋屋重右衛門とも懇意の船宿である。

かつて、おまゆと又吉が何度も逢引《あいびき》をしたのも、この玉屋においてであった。

「嶋屋さんも御繁昌で、けっこうでございますねえ」

と、玉屋の女房がいった。

ひとり娘のおまゆが家を出たので、嶋屋へは、おまゆの従弟《いとこ》の彦太郎が養子に入り、万事うまくやっているのだ。

両国の盛り場から浅草へ出て、浅草寺《せんそうじ》へ参詣《さんけい》をし、吾妻橋をわたって川向うの景色をたのしんだのち、三人は、また浅草へとってかえし、〔ほうらい屋〕という料理屋へ入った。

この店では〔蓬萊茶漬《ほうらいちゃづけ》〕というのが名物になっているが、そのほかに、いろいろと料理もできるし、美味《うま》いので評判な店であった。

たんざく独活《うど》や木の芽の入った吸い物や鯛《たい》のつくりを口にするたび、

「こんなおいしいものは、うまれてはじめて口にいたしました。ああ……一口でもいいから女房に食べさせてやりとうございますよ」

豊ノ市は、もう感激の体《てい》である。

夕暮れ近くなって、三人は、また〔玉屋〕へもどった。

ここで汗ばんだ躰《からだ》を湯ぶねにつけて、さっぱりとしてから、ゆっくりと夕飯をとった。

「あのときは、けれども、おもしろかったなあ」

又吉は、去年の藤沢の宿でのできごとを思い出しては、

「あのときの、あの侍のあわてぶりは忘れられねえ。どうも、あいつらは、ふだん上役にぺこぺこしてやがるもんだから、旅へ出ると威張りちらしたくなるものらしいね」

「そのとおりでございますよ」

と、豊ノ市もうなずき、

「なんでも、あのときの侍は掛川《かけがわ》の御藩中だとか、あとで聞きましたが……」

「ふうん、そうかい。いやに肩をいからせた四十がらみの奴だったが、あれで掛川の城下へ帰れば、女房子供もいるんだろう。それなのに、あのとき、お前さんをいじめやがった、あのいじめ方はどうだ。となりで聞きながら腹ん中が煮えくりかえってねえ」

「私も、どうも……うまれつき、気が短うございましてね。でも、あれからというものは、大分に気もねれてまいりましたよ。うっかり癇癪《かんしゃく》をたてて、こんどは首をはねおとされたなぞということになっては、女房子供が……」

「また女房子供か――あは、は、は、……お前さんも、私同様に、おかみさんには頭が上らないとみえるねえ」

「そのとおりでございますとも」

にぎやかに夕飯をすませ、すっかり暮れてしまった大川へ舟を出した。

三人が玉屋から舟を出したすぐ後から、これも玉屋で酒を飲んでいた三人の侍が舟を出した。

又吉夫婦と豊ノ市をのせた舟の、そのすぐうしろから、侍たちの舟がついて行くのである。

二つの舟は、前後して、深川へ入り、亀久橋《かめひさばし》の河岸についた。

「待てい‼」

舟からとび上った三人の侍が、風をまいて追いかけて来た。

「私どもでございますか？」

と、おまゆが落ちついてきいた。

「いかにも……」

ぱっと、三人の侍が、又吉たちを取りかこんだとたんに、

「あっ」

又吉が目をみはった。

「おまゆ、そいつだ。そこにいるのが、去年、藤沢で、おいらに刀を盗まれた馬鹿野郎だよ」

「黙れい‼」

おまゆの前にいた侍が、いきなり刀を抜いた。

まぎれもなく、あのときのやつだ。

豊ノ市は、がたがたとふるえだし、又吉にしがみついたが、すぐに、

「い、いけません。やるのなら、私の首を斬って下さい」

いいはなって、よろめくように前へ出て行こうとした。

「どいておいでなさいよ」

と、おまゆが豊ノ市の腕をつかんでひきもどし、

「お前さん、退《さが》っていておくれよ」

といった。

河岸の向うには船宿の灯も見えるが、人通りもない幅《はば》一間半ほどの川ぞいの道であった。

堀川の向う岸は、松平大膳《まつだいらだいぜん》の控《ひかえ》屋敷である。

月が出ていた。

三人の侍は、事もなげに、

「覚悟せよ」

とか、

「つまらぬことをいいふらされて黙ってはおかぬ」

とか、

「早くかたづけろ。見られてはまずい」

とか、それぞれに勝手なことをいいながら包囲の輪をせばめてきた。

「お三人とも、掛川藩の方々でございますね」

と、おまゆが笑いをふくんでいった。

その落ちつきはらった態度が、三人の侍には異様に思えたらしい。

一瞬、三人は、ぱちぱちと目をまたたいたようだが、

「こやつ!!」

刀を盗まれたまぬけ侍が、おまゆにはかまわず、刀をふりかぶって又吉と豊ノ市へ斬りつけて来た。

その侍へ、おまゆが、ぱっととびかかった。

「ああっ」

どこをどうされたのか、侍の躰が、ふわりと宙《ちゅう》に浮いて、

「うわ……」

叫び声の半分が、川の水と、水の音にのまれた。

「おのれ!!」

「女郎《めろう》、推参《すいさん》な」

残った二人が抜きうちに、おまゆへ斬ってかかった。

おまゆの肥体が、魔鳥のように動いた。

「ぎゃ……」

「う、うーむ……」

ばたばたっと、二人の侍が路《みち》の両側に転倒した。

おまゆの当身《あてみ》をくらったのだ。

「おまゆに勝つにゃあ、もっと修行をしてこなくちゃあいけねえ」

と、又吉が豊ノ市にいった。

「うちのかみさんは巴御前《ともえごぜん》よ」

川へ落ちたやつが、月にきらめく川波をみだして、必死に泳いでいた。

六

もし、待ち伏せでもされたら、途中があぶないというので、おまゆが、わざわざ豊ノ市を藤沢まで送って行った。

やがて、江戸へ帰って来たおまゆに、

「お前、豊ノ市さんのおかみさんを見たかえ？」

と、又吉がきいた。

「あの人のおかみさんも、お前と同じように、いい躰《からだ》つきをしていたろう」

「あい」

「お前、豊ノ市さんの身の上話を聞いたかえ？」

「いいえ……すぐに、引っかえしてきましたよ」

「そうか……」

「でも、なぜ？」

「あの人の身の上を、おいらは聞いたよ。去年、あの人の家へ泊ったときにね」

「そうなんですか。けど、お前さん、その話を、私にはしておくれでなかったねえ」

「うむ……」

「なぜ……」

「いま話す。あの人は、下総小金井村のうまれだよ」

「では、お前さんと同じ……」

「そうさ。おふくろも同じだ」

「えっ」

と、さすがのおまゆもびっくりした。

「下総小金井の庄屋《しょうや》の家ではたらいていた大女が旅絵師にだまされ、なぐさみものにされて子をうみ、しかも、そいつがうまれながらの盲目《めくら》とあって育てきれずに江戸のなんとか検校《けんぎょう》のところへやってしまい、それからすぐに、その大女も小金井を出た。旅まわりの見世物芸人たちと一緒に、その女は、女相撲をやって暮しているうち、一座の男にまたもやなぐさみものにされ……」

「もう、よござんす」

「またもや、子をうんだというわけよ。その子がおいらだってことは、お前も知っていたはずだなあ」

「………」

「おふくろは、小《ちい》せえときのおいらに、よく、昔うんだめくらの子のことを、話してきかせてくれたっけ……」

しばらく、夫婦は沈黙していたが、ややあって、おまゆがいった。

「どうして、お前さんは兄弟の名のりをしなかったのだえ？」

「しねえのが本当さ」

「なぜ？」

「だってそうじゃあねえか。豊ノ市つぁんに……いや、あの兄きに、私が同じ腹からうまれた弟でございますと、なにもわざわざいうことあねえ。人と人の気持というものはなあ、血のつながりでどうにかなるものじゃあねえよ。あの人とおいらの気持が、ぴったりと通じあえば、これからも永い永いつき合いができようし、そうなりゃあ、もう兄弟も同じことだ。それでいいじゃあねえか。なにもかもさらけだしてしまっちゃあ、味もそっけもなくなろうというもんだ」

「そうかねえ……」

「お前とおいらだって、もとはあかの他人よ。そいつが、どうだえ、今のおれたちは……」

「ふ、ふ、ふ……」

「兄弟の名のりをあげるなんてえことは、つまらねえことさ。仲よくつづくもんなら、豊ノ市さんとおいらは、死ぬまで仲よしよ。江戸へ来てもらったり、こっちから出かけたり……」、

「お前さん、今年で、いくつになったっけねえ」

「お前はいくつだ」

「二十六さ」

「そこから二つ引いてみねえ、おいらの年齢《とし》が出るじゃあねえか」

「また、それをいう」

「じゃあ、なぜ、おいらの……」

「いいえ、私あねえ……」

「なんだよ？」

「お前さんが今いったことをきいてさ……」

「きいて、どうした？」

「お前さんも、ずいぶん、二年前とくらべて……」

「くらべて、どうした？」

「あの……」

「あの?!」

「たのもしくなったと、思いましたよ」

「よしゃあがれ。さ、飯だ飯だ。この四日間は、焦《こ》げだらけの飯を食っていたんだぜ。それから今夜は早目に店をしまおうじゃあねえか」

おまゆが、肥えた躰をよじらせ、

「あい」

と、甘え声で返事をした。

ねずみの糞《ふん》

一

深川・黒江町《くろえちょう》にある〔市松屋〕という小間物《こまもの》屋のあるじの又吉は、もと〔市松小僧〕の異名《いみょう》をとった掏摸《すり》である。

店の名も、みずからの過去をいましめるためにつけたものだそうだし、堅気《かたぎ》になってから六年をへたいまでは、富岡八幡宮参道にある店でのあきないのほかに、旗本屋敷の出入りも数ヵ所あり、店舗《てんぽ》もひろげ、小僧二人を使い、すっかり落ち着きも出て、

「とても、二十六には見えない」

との評判、もっぱらであった。

又吉の右手は、五本の指が切断されている。

切断したのは、女房のおまゆである。

切断のために使用したのは薪割《まきわ》りの鉈《なた》である。

おまゆは、亭主又吉より二つ上の二十八歳だが、細身で小柄《こがら》な又吉にひきかえ、背たけは六尺に近く、体重は二十三貫という大女で、まさに蚤《のみ》の夫婦の典型といってよい。

生まれつきの体格が立派すぎて、六年前までのおまゆには縁談もなく、男も近寄らなかった。

肌も白く、顔だちも愛らしいおまゆなのだが、

「わたしは、もう、一生お嫁になんかゆかない」

大伝馬町の木綿《もめん》問屋〔嶋屋重右衛門〕のひとりむすめだった彼女は、〔こんな、からだに生んでくれたのはだれなのよ〕

むすめざかりになるにつれて、女としての自分の肉体への悲嘆と怒りが反動的に爆発した。

家の近くで、一刀流の町道場をかまえていた内堀左馬之介《うちぼりさまのすけ》の弟子となり、剣術をやりはじめたのだ。

ときに、おまゆは十八歳であった。

その後も、内堀道場が裏茅場町《かやばちょう》へ移転してからも、おまゆは熱心に稽古《けいこ》をしつづけ、ついに〔切紙《きりがみ》〕をゆるされるまでに上達をした。

そのころ、

「嶋やの仁王《におう》むすめ」

といえば、界隈《かいわい》でもきこえたもので、盛り場や街路で無法をはたらく土地《ところ》の無頼漢ともを見つけては、手当り次第に、おまゆは腕力をもってこらしめたものである。

「よし。おいらが女仁王の鼻をあかしてやらア」

と、市松小僧の又吉が、中ノ橋に待ちうけ、おまゆの懐中物をねらったのだが、みごと取って押えられ、当身《あてみ》をくわされたあげく、辻駕籠《つじかご》に投げこまれて、神田川辺《べ》りの玉屋という船宿へ押しこめられた。

わざと洒落気《しゃれつけ》を出して前髪もとらぬ市松小僧が、あまりにも細っそりと白く美しかったので、おまゆは船宿の一室で両手足を紐《ひも》でくくった彼を、さんざんにいじめてやったものだ。

さて、どんないじめ方をしたものか……。

翌年の春、おまゆが、市松小僧と夫婦になりたいといい出したときの嶋屋夫婦のおどろきは当然であったろう。

しかし、いい出したらきくものではないおまゆである。

結局、嶋屋重右衛門が折れて、資金を出し、小間物店をもたせてやったのである。

いまでは、嶋屋も親類すじから後とりを迎えているし、むすめ夫婦の店が六年の間に堅実な発展を見せていることを、父母もよろこんでいてくれているが……。

一度、こんなことがあった。

夫婦になって一年目の夏の或日《あるひ》。又吉は永代橋の上で、どこかの藩士らしいさむらいから財布《さいふ》を掏《す》りとってしまった。

むろん、金ほしさにしたことではない。

十三のときからこの道へ入っていた又吉の習性《しゅうせい》が、そうさせたのであろう。とられたさむらいは気づかずに行ってしまったが、この現場を廻《まわ》り方の同心・永井与五郎に見られた。

ちなみにいうと、この永井は内堀道場の門弟で、おまゆとは〔きょうだい弟子〕ということになる。

永井同心に追いつめられた又吉は自宅へ逃げこみ、ここで捕えられた。

「おまゆさんの前だが、ゆるしてはおけねえ。しょっぴくぜ」

縄をかけようとする永井に、

「待って！」

叫んだおまゆが薪割りをつかんで駈《か》け戻り、

「いけねえ、いけねえと思いながら、知らねえうちに、おれの指がうごいてしまったんだよゥ」

泣き叫ぶ亭主の右腕をつかんでねじ伏せ、いきなり薪割りをふり下したものだ。

悲鳴をあげて、又吉は失神《しっしん》した。

「何も申しません。どうか、これで、又吉をお見のがし下さいまし」

おまゆは、顔面から胸もとにかけて亭主の血飛沫《ちしぶき》をあびたすさまじい顔つきのまま、永井与五郎へ両手を合せた。

この、おまゆのふるまいには、さすがの永井同心も驚愕《きょうがく》し、感嘆もした。

そして永井与五郎の一存で、又吉の犯行は〔お目こぼし〕になったわけである。

以来、又吉の盗みぐせは、ぴたりとやんだ。

「よく思いきって、ばっさりとやってくれた。あの利腕《ききうで》がついているかぎり、私は、きっとまた、やったにちがいないよ」

又吉は、あのときの女房の処置を、いまでも感謝している。

こういうわけで、夫婦の仲のよさは人も知るところのものだが、ここで、又吉が六年前に、おまゆへ打明けた身の上ばなしのうちの一つの言葉をのべておこうか。

「……おれの母親《おふくろ》は下総《しもうさ》小金井の生まれでね、三十貫もの大女で、おれが物ごころのつくころには、見世物小屋で女相撲をやっていたもんだ」

だから、一緒になって六年もたつというのに、

「お前の乳房《おっぱい》に顔をくっつけていると、私はね、おふくろのことを思い出さずにはいられないのだよ。私あしあわせさ。だって、女房とおふくろを一人の女で間にあわせ

ているようなものだからね」

あとは待望の子どもがうまれることのみが願いで、まず申しぶんのない夫婦といってよかろう。

ところで……。

六年たった宝暦十一年の秋に入るころから、どうも又吉の様子がおかしくなった。

二

「どうもね、女房ってやつ、感づきはじめたらしいので、当分は来られないよ」

と、又吉が女の裸身をまさぐりながら、ささやいた。

浅草・橋場町《はしばちょう》の北はずれにある真崎稲荷《まさきいなり》裏の〔御茶漬・小料理〕の看板をかかげた蓬萊屋《ほうらいや》という店の二階座敷である。

浅草のこのあたりは大川（隅田川）をのぞむ景勝の地《ところ》であって、豆腐《とうふ》料理の名物を売りものに、大川ぞいには料亭が軒をならべているが、蓬萊屋は畑道を引っこんだしずかな場所にあり、あまり人目にもつかぬ。

又吉が、おまゆと夫婦になってから、はじめての浮気の相手をつとめている女は、名をおふくといい、一種の娼婦《しょうふ》である。

一種の……といったのは、彼女が単独売春をしているからで、いわば気にいったときに、気にいった相手をえらぶことができる娼婦だからだ。

江戸には〔吉原《よしわら》〕という公許の遊廓《ゆうかく》があるほかに、私娼がむらがる〔岡場所〕が諸方に点在しているけれども、いうまでもなく、ここには女の〔自由〕がない。

搾取《さくしゅ》をきらう女たちが躰《からだ》を張って生きようというときには、いつの世も単独売春がおこなわれてきており、男たちもまた、肌と気風が荒れつくしていないこの種の女たちを歓迎した。

又吉が、おふくを知ったのは、同業者の〔千秋屋《ちあきや》庄太郎〕の紹介によるもので、

「甘酒やの小女から、やもめぐらしの年増《としま》まで、そりゃもう、こたえられないのがそろっているから……」

と、そそのかされ、同業者の〔寄り合い〕が意外に早くおわった或る日の午後に、橋場の蓬萊屋をおとずれた。

蓬萊屋の亭主夫婦は実直そうな人たちで、

「うちでは、よほどに口のかたい向きだけにお世話をしていますんでね」

と、いうことであった。

女のこのみをきかれ「まかせますよ」と、又吉がこたえたので、おふくがやって来たのだ。

おまゆと同年配の年増であったが、化粧《けしよう》のにおいもない地味な女だし、顔つきも、

（おまゆのほうが、ずっといい）

のだし、あまり食欲もわいてこなかった。

けれど、又吉をひきつけたものは、おふくも、かなり大女に属する体格の所有者であったことだ。

むろん、女房のそれとはくらぶべくもないが、背すじの反《そ》ったりっぱな体格で、ことに肩の肉がこんもりと盛りあがっているところが気にいった。

又吉は大女に弱い。それも女相撲をしたほどの亡母への愛情が、別のかたちで発現するからなのであろうか……。

おふくも、小柄な又吉を見おろして、

「わたしでよろしかったら……」

にっこりとして見せた。

又吉、お見合いに合格したわけで、さっそく、夕暮れ近い微風が吹きこむ小座敷で、おふくをだいた。

だいてみると……。

乳房なぞは、おまゆの豊満《ほうまん》さにくらべてはるかに張りも小さいし、腰まわりも思いのほか小さくひきしまってい、

（やっぱり、おまゆのほうがなにもかも、たっぷりしていていいな）

と思ったが、愛撫《あいぶ》の段階をのぼりつめてゆくにしたがい、

（こ、これはどうも、たいした女だ）

又吉は息をのんだ。

おふくの四肢《しし》は強烈に撓《しな》い、あくことなく又吉を翻弄《ほんろう》した。

女房のときも、おふくのときも、女をだくというよりも、だかれるかたちになるのは小男の又吉だけにしかたもないが、男の躰は又吉ひとりより知らぬおまゆは、亭主の甘えきった愛撫をあたたかく受けるという感じである。

ところが、おふくは、

「旦那《だんな》さんを、思いきって可愛がってあげたくなってきた……」

などといい、又吉の体軀《たいく》をしめつけ、もみつくした。彼女のひきしまった筋肉のたしかさは女のものとは思えぬほどであったが、肌はなめらかで……その肌が下の筋肉と一体になり、微妙に、激烈に、又吉の腹を腰を、背を、胸をしめつけてくるのである。

かたちばかりに敷いた夏ぶとんが、天井が、床柱《とこばしら》が、目まぐるしく又吉の双眸《め》の中で回転をした。

（こ、こんな思いをしたのは、はじめてだ）

蓬萊屋を出たときの市松屋又吉の顔は、むしろ青ざめていた。

深川の家へもどったのは、もう暗くなってからで、

「どうしました、お前さん。食あたりでもしたのかえ？」

と、おまゆが見たとたんにいったほどである。

又吉は、この〔食あたり〕が病みつきとなってしまった。

それから、およそ二ヵ月の間に、何度、おふくをだいたろう……。

いつも同業の寄り合いがあるわけではなし、いままでは絶対になかったことをするのだから、当然、目につく。

おまゆはなにもいわずに外へ出してくれるが、

（なにしろ、亭主の片手をたたっ切った女房なのだから……）

又吉も、うっかりはできなかったろう。

で……。

「この辺で、しばらく遠のきたい」

と、おふくに申しでたのである。

「正直なこと、旦那は……」

おふくは少しもこだわらずに、

「おかみさんに、迷惑《めいわく》をかけちゃあいけませんよ」

と、いう。

金をわたしてだいた女だけに、又吉のほうでもやましいことはなく、また、おふくも、又吉の素姓《すじよう》については一言も問いかけてきたことはない。

五本の指がない又吉の右手を見ても、ふしぎそうな顔ひとつ見せないのである。

「じゃあ、当分のお別れですから……」

というので、その日のおふくの愛技は、ひとしお猛烈なものであった。

「年があけたら、また、きっと……きっと、きっと来るからね」

いいおいて、いつもより多く金を包んでわたし、女より先に、又吉は蓬萊屋を出て行った。

総泉寺《そうせんじ》前へ出る畑道を、ふらふらと去って行く又吉を見送ってから、それまでは道をへだてた木立の中に隠れていたおまゆがあらわれた。

「ちょいと、ごめんを……」

蓬萊屋の亭主治助は、店へ入って来たおまゆの巨体《きよたい》を見て、

「ど、どちらさまで……？」

瞠目《どうもく》をした。

巨体といっても背たけが高いのだし、しかも剣術によってきたえぬかれたおまゆが、ひろびろと胸を張って立ったところは、肥《ふと》って見えるよりも、圧倒的なりっぱさで、

小料理屋の亭主なぞが太刀打ちできるものではない。

「少し、お二階の女に用事がありますから、座敷を借りましたよ」

用意の金包みを亭主の前へおき、さっと階段を上って行くおまゆを見送り、五十男の治助が感嘆のうめきをもらした。

さて、女同士の対決となったわけだが……。

二階の廊下へ上ったおまゆは、まだ座敷にいて身じまいをしていたおふくへ、

「もし……わたくしは、いま出て行った男の女房でございますが……」

いいかけつつ、中へふみこんだ。

ふりむいたおふくが、

「あれ……」

おどろきの声をあげるのと同時に、おまゆも、

「ま、おふくさんじゃあありませんか」

いつも落ちついている彼女には似あわぬ頓狂《とんきょう》な叫びを発した。

三

「お前、行き先もいわずに店をあけて出て行ったのじゃあ困るじゃあないか。いった

い、こんな遅くまで、どこへ行っていたんだい」

その夜、六ッ半（午後七時）ごろに帰って来たおまゆを、又吉が詰《なじ》った。

おまゆが、このようなことをするのは、かつてなかったことだし、又吉も夕暮れどきに帰宅し、小僧や下女が、

「おかみさんは、旦那がお出かけになると、すぐに、ちょっと用たしにといって……」

と、きいたときには、やましいことをしてきているだけに、ほっとしたことはたしかだが、夕飯どきになっても帰ってこないとなれば、おだやかではない。

（おれの浮気を知って、実家へでも相談に行ったのだろうか……？）

小僧を大伝馬町の嶋屋へ走らせようと決心したところへ、おまゆが帰って来たのである。

「どこへ行ったのだよ？　え、え……」

「お腹がすきました。まあ、ごはんを……」

「いま、話せ」

「お前さんは、どこへ行きなすったの？」

「おれか……きまってるじゃあないか。今日は、その、千秋屋さんの交際《つきあい》で……」

「そのつきあいで、浅草へ行きなすったのかえ？」

「な、なんだと……」

「ふ、ふふ……」

「なにがおかしい。な、なにを笑うんだ」

「橋場の蓬莱屋とかいう小料理屋の二階で、お前さん、どんなつきあいをしてきなすったの」

「むう……」

うめいて、又吉は顔面蒼白《そうはく》となった。

もはやいかんともしがたい。

「ゆ、ゆるしておくれよ、おまゆ」

がっくりと……又吉が左腕を突っぱるようにして、くびをたれ、

「すまねえ、もう、決して……」

五年前に右手を切られたとき以来の悄気《しょげ》かたであった。

いざとなったときの女房のすさまじさは、又吉がよく知っている。

(もしかすると、この左手も切られるかもしれねえ)

すると、おまゆがいった。

「お前さん、まだ、このわたしを怖《こわ》い女だと思っていなさるのね。五年前の、あのとき、わたしがしたことを、お前さんは……」

「すまない、まったく、魔がさしてしまったんだよ、おまゆ」

おそるおそる見上げると、女房が泪《なみだ》ぐんで、かなしげな微笑をうかべている。

「ほんとうに……亭主の片手を打ち切った女房なのですからねえ、わたしは……」

ためいきのようにおまゆがいったとき、又吉は、いきなり肥《ふと》やかな女房の腰へだきつき、甘えた泣き声をあげた。

「およしなさいな、奉公人がきいていますよ」

「か、かまわねえ。私あ、ほんとにもう……」

「そりゃあ、たしかにお前さんの相手の女がどんなひとか、たしかめておくつもりで出かけましたが……」

「会ったのかえ、おふくと……」

「ええ」

「うへえ……」

「ところが……おどろきました、あのおふくさんには……」

「え……？」

「あのひとは、わたしの友だちだったんですもの」

「え。ほ、ほんとかい、そりゃあ」

「以前に、内堀先生の道場で、一緒に剣術の稽古《けいこ》をしたことがあります。おふくさんは半年ほど内堀先生のところに住みこんでいて、廻《まわ》り方《かた》の永井さまも、よく知っています」

「へへえ……」

「おふくさんは、心貫流《しんぬきりゅう》の剣術をまなび、わたしなど、とうていおよばぬ腕前のもちぬしなんですよ」

「へえ……お前よりも強い女がいるものかね。それがまた、どうして、あんなことを？」

「そりゃあ、お前さんのような男たちがいるからじゃありませんか」

「もう、いってくれるな」

「それよりも……今日は、はじめて、おふくさんが剣術をまなんだ理由《わけ》を知り、私はおどろきましたよ」

「なにか、あったのかえ？」

「あのころ、内堀先生のところで女だてらに稽古をしていたのは、私とおふくさんだけでしたけれど、先生も、おふくさんの身状《みじょう》については、おふくは……自分と同国のものゆえ、よろしくたのむ……と、ただそれだけおっしゃったきりでね。たった半年の間でしたけれど、なにしろ、女の弟子は二人きりなもので……ずいぶんと仲もよかったんです」

この日、おまゆが、おふくからきいたことはつぎのようなものであった。

おふくは、丹波《たんば》・亀山城下で小さな油屋をいとなむ市兵衛というものの長女にうまれた。

くめという三つ下の妹がいたが、この妹がうまれた十一年後に母が病死し、さらに半年後、こんどは父の市兵衛が急死してしまった。

「はらわたがねじくれる、ねじくれてち切れてしまう」

叫びつつ死んだというから、いまでいう腸捻転《ちょうねんてん》のような急病であったものか……。

父母は、若いころに出雲《いずも》・広瀬のあたりから出て来て、亀山に住みついたとかで、身よりもあまりないらしく、なにしろ遺言をするまもなく市兵衛が息をひきとってしまい、当時十六歳だったおふくは途方《とほう》にくれた。

結局、家持《いえもち》（家主）の口ききで、十三歳になったばかりの妹のくめは、亀山藩士・永山吉十郎の屋敷へ下女奉公にやられ、おふくは、これも家持・半四郎の世話で、亀山からは目と鼻の先の京都へ出た。

京の烏丸《からすま》五条南にある升屋正七という針問屋へ、これも下女奉公に出たのである。

ところが……。

「一年もたたぬうちに、妹が死んだことを知らされたのです」

と、おふくはおまゆに語った。

暇をもらい、とるものもとりあえず、亀山へ帰ると、妹くめの死体は家持・半四郎方《かた》へ下げわたされていた。

　少女くめの首と胴体は二つに切りはなたれていたのである。

　つまり、主人の永山吉十郎が、くめを無礼討《ぶれいう》ちにしたのだという。

「妹の首は布で巻かれ、からだにつけられていましたが、私は、そのことをきくと、押しとどめる人たちの手をふりはらい、布を解きほぐして、あの、可哀想な妹のからだが二つになっているところを、はっきりと、たしかめました。いえ、たしかめずにはいられなかったんですよ」

　と、おふくが押し殺したような抑揚《よくよう》のない声でいうだけに、むしろ、凄愴《せいそう》な感じで、きいているおまゆも、息をつめ、

「だって、おふくさん。そんなむごい目にあうほどの失敗《しくじり》を、いったい妹さんは、ほんとうにしたというの？」

「したんです……そのときは、しかたがないとあきらめたほどだし、もともと小さいときからきかぬ気の妹でしたから……」

「で、なにをしたというの？」

「主人の御膳《おぜん》についた汁《しる》の中へ、鼠《ねずみ》の糞《ふん》を入れたんだそうです」

「まあ……」

「たしかに、入れたことは入れたんです」

そのことは、くめの首を打ち落した後、永山吉十郎の届けによって、藩の役人が調べに来たときも、他《た》の奉公人たちが、これを証言した。

これでは、武家階級に特権があたえられていた当時として、くめが「ふとどき者」として処刑されてもしかたのないことであったといえよう。

だが、主人の食物に鼠の糞を投げこむからには、くめにとっても、それ相応《そうおう》の理由があったはずだ。

そう考えると、くやしくてならないのだが、人びとになぐさめられ、おふくは茫然《ぼうぜん》と京都へ帰らざるをえなかった。

永山吉十郎は百五十石どりの剣術指南役をつとめ、そのころは四十歳前後。なんでも近江《おうみ》・彦根《ひこね》の出身で、六年ほど前に亀山五万石・松平家に召しかかえられた。

吉十郎は、亀山へ来たときに妻も子もいず、やがて藩中の山田才兵衛の次女を妻に迎えたが、まもなく病死をしてしまったそうな。

いかにも剣客らしい堂々たる風采《ふうさい》だし、無眼流《むがんりゅう》の手練《しゅれん》もすばらしいものだという。

永山吉十郎について、そのようなことを、おふくが知ったのは、もっと後のことだ。

妹くめが死んで半年ほどへてから、

「永山吉十郎が殿さまのお怒りをうけ、暇《いとま》を出されて、亀山を去った」

との知らせが、おふくにとどいた。

その理由は、たしかにはわからぬが、殿さまの小姓をつとめる中井某《なにがし》という美少年に、吉十郎が男色のおもいをかけ、無体《むたい》なまねをしたらしい。

永山吉十郎が亀山を去ってから、もと永山家にいた奉公人の口から、くめの死の真相がもれはじめた。

十三歳のくめは、吉十郎によって筆舌《ひつぜつ》につくしがたい凌辱《りょうじょく》をうけ、その後も再三にわたって犯《おか》された。

「おくめの悲しみとくやしさは、鼠の糞をあいつの食べものの中へ投げこむことだけで精いっぱいだったんです。そ、それを思ったとき……まだ少女《こども》の、あの子のうらみを、私はなんとしてでも……そう思いました」

おふくの剣術は、妹のかたきうちのためにまなばれたらしい。

四

京都、三条室町《むろまち》に心貫流の道場をかまえている木村長右衛門のもとへ、下女兼内弟子となって、おふくが住みこんだのは、十八歳になった秋のころで、女ながら手すじもよく、木村も大いに目をかけてくれた。
三年後――永山吉十郎が江戸にいるらしいときいて、木村長右衛門は、おふくを剣

友の内堀左馬之介のもとへ、

「よろしく、たのむ」

と、送った。

おまゆが、おふくを知ったのはこのときで、内堀が「同国のものだ」といったのは、内堀左馬之介も丹波・福知山の出身であったからだ。

半年をへて、

「京へもどります」

と、おふくは内堀道場を去った。

京の木村から、

「永山吉十郎が大坂にいるのを見たものがいる」

と、知らせてきたからである。

おふく、いわく。

「大坂にも、いませんでした。二年ほどすると木村先生も亡くなってしまい、私も、もうなんだか、がっくりと力がぬけてしまって……ついつい、この道へ入ってしまったんですよ」

この道がなにか、いうまでもあるまい。

また、その道へふみこむきっかけが、どのようなものだったか、おふくはくわしく

語らなかったけれども、

「おまゆさんだから思いきっていいますけれど……そうなってからのわたしは、もう男のからだがなくては生きていけない女になってしまったんです。つまりねえ、私が男を知ったのは心と心がかよい合ってのことじゃあない、金がほしさにからだを売ったのがはじまりですもの、だから、もう、このからだが男をほしがれば、がまんもなくほしくなる。よござんすか、私の女のこころがほしがるんじゃあない、からだだけがほしがるんです。そこが、あなたとちがったところだし、だからこそ、あなたの御亭主とも知らず客にとるなんて……こんな恥ずかしい思いをしなくてはならないんです。きっと、妹のうらみが、私のからだの中にも巣食《すく》っているんでしょうよねえ」

かたきうちのことは、もう、あきらめているし、たとえ永山吉十郎に出会ったとしても、打ちかかる気力も自信も消えた、と、おふくはいった。

さすがに、深川の家へ来てくれとはいえなかったおまゆだが、

「明日、内堀先生をおたずねして、相談をしてみますよ」

と、又吉にいった。

同心・永井与五郎もなにかと力になってくれるだろう。

又吉としては、

「それがいい、それがいい」

と、こたえるよりしかたがない。

「おふくさんに、あんな商売をさせておけるものじゃあない。そうでしょう、お前さん」

女房がくりかえすたびに、又吉はくびをすくめた。

翌朝——といっても、昼近いころになって、おまゆが内堀道場へ出かけようとするところへ、

「ごめん下さい」

入って来たのは蓬莱屋の亭主である。

「おふくさんが、これを、こちらのおかみさんにおとどけするようにと、いいつかりましたんで」

亭主が出した袱紗《ふくさ》包みの中には手紙一通と、心貫流伝書の一巻があった。

おふくの手紙には、こう書いてある。

昨日は、とんだ恥をさらしました。おゆるし下さいまするよう。

わたくし、京へもどります。もどって、さてどうするか考えてはおりませぬが……。

かわゆい御亭主さまによろしゅう。心ぬき流秘伝の巻物は、恩師木村長右衛門さまの御形見なれど、剣を捨て、なにもかも捨てて行方さだめぬ旅へのぼるわたしに

とっては、却《かえ》って心いたむ品でございます。

もし、よろしければ、あなたから内堀先生へおわたし下されませ。

ふく

於真由さま

なかなかに達者な筆であった。

なにもかも捨てて江戸を去ったおふくだけに、むしろ新生の第一歩をふみだしたといえたかもしれない。

翌年の夏の盛りに、突然、京都から、おふくが便りをよこした。

およそつぎのごとくである。


……わたくし、嫁にまいりました。嫁になった早々に、四人の子もちになってしまいました。

ていしゅは、まつ原高くら西入町というところに住む印判師《いんばんし》にて、申すまでもなく、わたくしは後妻に入ったわけでございます。

これで落ちつきますやら、どうやら、心もとない気もいたしますが、ていしゅは四十をこえたじじ（爺）ながらなんとなくかわゆげなる気だてもあり、からだも丈夫にて、いまのところは子どもの世わやら、なにやら、いそがしゅう暮しておりまする。

「私のことはなにも書いてないかえ?」

ときいて、又吉はおまゆに睨《にら》みつけられたものだ。

この、おふくの手紙を、おまゆが内堀先生に見せると、内堀左馬之介は、こういった。

「これだから、女という生きものは強いのだよ」

五

宝暦十二年の、この年の暮れになっての或《あ》る日。市松屋又吉は得意先へ歳暮《せいぼ》にまわった帰途に、女房の実家〔嶋屋重右衛門〕方へも顔を出した。

「まあ、ゆっくりしておいで。久しぶりで一緒に御飯をいただこうじゃあないか」

岳父の重右衛門も、むかしは掏摸《すり》あがりの聟《むこ》だというので苦い顔のしつづけだったものだが、

「よく精を出しておやんなさる。いつも感心をしていますよ」

相好《そうごう》をくずしている。

嶋屋も、おまゆの従弟《いとこ》にあたる彦太郎というものが後をつぐことになり、五年前に夫婦養子で入って来ているし、これがまたよくできた夫婦なので、重右衛門夫婦も安心をしているらしい。

夕飯をよばれて帰ることを、おまゆに伝言させるべく、つれて来た小僧を先に帰した。

又吉が、嶋屋を出たのは五ツ（午後八時）前であったろう。

大伝馬町から人形町通りをまっすぐに南へ行き、酒井志摩守《しまのかみ》屋敷にそって、ぐるりとまわると、永久橋《えいきゅうばし》がある。これを渡って北新堀町を突っきれば、その対岸が又吉の住む深川である。

「うう、ばかに寒いな」

永久橋のたもとまで来て、又吉は身ぶるいをした。

嶋屋で馳走《ちそう》になった酒の酔いも、すっかりさめてしまい、凍《こお》りつくような夜であった。

橋のたもとに〔おでん・かん酒〕の屋台店が出ていた。

「熱いのを一本、つけて下さい」

又吉は中へとびこんで、いった。

このころのおでんは、現代のわれわれが食べているような煮こみのものではない。石をならべて熱した上へ、こんにゃくと豆腐をのせて水分を去り、十分に熱したところへ味噌《みそ》をつけて出したものである。

熱い酒で、又吉は豆腐を一つ食べた。

「もう一本、もらいましょうか」

又吉が、人のよさそうな屋台店の老爺《ろうや》に、こういったときである。

ぬっと、のれんをわけて入って来た男が、

「おい。おやじ」

と、濁声《だみごえ》でよんだ。

がっしりと、見上げるような男で、茶の垢《あか》じみた着物に大刀一本を落しざしにした、見るからに荒《す》さみきった五十がらみの浪人者で、したたかに酔っていた。

蓬髪《ほうはつ》には少し白いものがまじっている。

「へ、へい。へい、ただいま……」

屋台のおやじは、ぺこぺこと頭を下げながら、酒を出した。

白い眼で、又吉をねめすえながら、浪人はたてつづけに冷酒をあおり、代金も払わぬばかりか、

「おい」

なにかを催促《さいそく》する。

「今夜は、どうか、ごかんべんを……売りあげがございませんのでねえ」

「見せろ」

「どうか、もう……」

「あるだけ、出せ」

まるで強奪《ごうだつ》であった。

巨軀《きょく》をのばした浪人は、おやじが隠しかけたわずかな銭をひったくり、

「あるではねえか。老いぼれめ、この永山吉十郎を馬鹿《こけ》にすると首が飛ぶぞ」

わめくや、さっととび出して行った。

又吉の顔色が変っていた。

「じいさん。あの浪人は永山吉十郎といったね」

「へえ、御存知で？」

「いいや……」

「人泣かせの、ごろつきでねえ。きっと、そこの酒井さまの中間部屋《ちゅうげんべや》で博打《ばくち》をやってきたんでしょうが……このあたりじゃあ鼻つまみもんでね」

「そんなに悪いやつなのかえ？」

「なんでも、下谷《したや》の広徳寺裏に住んでいるそうですがね。ときどき、このあたりへ顔

を見せちゃあ、ひどい悪さをして歩くんで……」

「そんなやつを、どうしてほうっておくのだ」

「年をとっていても、ばかに腕っぷしの強いやつなんで……土地《ところ》のものも怖《こわ》がって寄りつきませんよ」

「ふうん……」

すぐに、又吉はそこを出た。

永久橋をわたって行くと、南詰のたもとにある蕎麦《そば》を売る屋台店へ、あの浪人者が入って行くところであった。

又吉は、しばらくの間、橋板へしゃがみこんで、そやつが出て来るのを待った。

出て来た。

浪人――永山吉十郎は、足もとが定まらぬほどに酔っている。

ふらふらと西へ歩き、港橋《みなとばし》をすぎて河岸道《かしみち》へかかると、立ちどまって放尿しはじめた。

音もなく近寄った又吉が、永山吉十郎のうしろから声をかけた。

「もし、丹波亀山においでなすった永山様ではございませぬか」

永山は川へ向って放尿しつつふりむき、にこにこと笑っている又吉をちらりと見て、

「いかにもな。きさまはだれか？」

先刻、おでんの屋台の中にいた又吉を、もうおぼえていないほどに酔っている。

「へえ……」

「だれだ、きさま……亀山の者か？」

「鼠のくそで」

「なに？」

「私は、ねずみのくそでございますよ」

いうや、又吉が左腕ひとつに渾身《こんしん》の力をこめて、永山の背中を突きとばした。

「わあ……」

放尿中のことだし、大酔してもいたし、もろに、永山吉十郎は川の中へ落ちこんでいった。

提灯《ちょうちん》の灯を消し、又吉は、あたりの気配をうかがった。

人気《ひとけ》は、まったくなかった。

冬の夜の、黒い氷のような幕におおわれた川面《かわも》は、永山吉十郎の躰《からだ》を呑《の》みこんだまま、音もなくしずまりかえっている。

「あいつめ、まだ悪いことをしていやがった。だからもう、いいかげんに消えたほうがいいのだ」

つぶやいてなお、又吉は川面の気配に耳をすましていたが、ついに永山は浮きあがってくる様子はない。

もしかしたら、落ちた瞬間に心臓がとまってしまったかもしれぬ。

夜ふけて……。

又吉が、家へ帰って来た。

「おそかったんですねえ、お前さん」

おまゆが、つまみものと熱い酒の用意をして待っていてくれた。

「いままで、大伝馬町にいたんですか？」

「そうだとも」

「なんだか、あやしい」

「なに……」

「おふくさんとのこともあったことだし、ちかごろのお前さんには、ゆだんがならないから」

「ばかをいっちゃあいけません」

「だって、妙に、なんだかにやにやして、おかしいじゃあありませんか」

「私が、にやにやしているかね？」

「ええ」

「そうかもしれない」

「どうして？」

「ちょいとね、うれしいことがあったからさ」

「だから、なにがですよ？」

「いえね……大伝馬町のお父さんにほめられてね。私が、よく精を出してはたらいて、おまゆを可愛がってくれるからと、大伝馬町じゃあ大安心だとさ」

熊五郎の顔

一

怪盗雲霧仁左衛門《くもきりにざえもん》の乾分《こぶん》の中でも四天王とかよばれた山猫三次《さんじ》が、潜伏中の越後で捕えられたのは、享保《きょうほう》十六年晩秋のことであった。

三次と一緒にいた同じ四天王のひとりで州走《すばしり》の熊五郎という曲者《くせもの》は、捕手《とりて》の包囲を斬り破って逃げた。

このときすでに額《ひたい》をうち割られ、捕手に押えつけられていた山猫三次へ、熊五郎は逃げながら声をかけていったという。

「山猫の。おめえの躰は、きっと、この熊五郎が奪《うば》いかえしてみせるぜ」

こういうわけで、越後から江戸へ送られる山猫三次には二十人もの護衛がつき、警戒は厳重をきわめた。

それというのも、一昨年の春に一味の木鼠吉五郎《きねずみきちごろう》を東海道筋で捕え、これを江戸へ護送する途中で、まんまと奪いかえされたことがあったからだ。

そのとき、六人の仲間をひきいて木鼠を奪いとった男こそ、ほかならぬ州走の熊五郎だったのである。

きびしく縄をかけた山猫三次を唐丸籠《とうまるかご》に押しこめ、護送の一行は、早くも雪がおりた越後の山々の下を、ただならぬ緊張をふくんで江戸へ進んだ。

一行に先がけて騎馬の役人が、三国《みくに》街道から中仙道《なかせんどう》の宿場宿場へこの知らせをもたらしつつ、江戸へ飛んだ。

江戸からは、〔火付盗賊改方《ひつけとうぞくあらためかた》〕（一種の特別警察）向井兵庫《ひょうご》の命によって、与力《よりき》の山田藤兵衛《とうべえ》が、組下の同心・手先など十五人の部下をひきい、護送の一行を途中まで出迎えるべく江戸を出発した。

二

「……そういうわけでな。向井様のおいいつけで、おれが出張《でば》って来たというわけなのだ。山猫三次というやつは、雲霧一味のうちでも意気地のないやつらしい。越後でお縄になったとき、親分の雲霧はじめ仲間の者の人相なども、いくらか白状をしたということだ。これで江戸へ連れて行き、思いきり責めつければ、きっと一味の所在をも吐きだすに違いない」

江戸から十六里余りの道を、武州熊谷《ぶしゅうくまがや》と深谷《ふかや》の間にある新堀《にいぼり》の宿《しゅく》までやって来た山田藤兵衛が、お延《のぶ》の茶店へ立ちよって、そういった。

「まあ、さようでございますか」

お延の、浅黒い顔の肌に血がのぼった。

「山田さま。そうなれば、州走の熊五郎も……」

背も低いし、かぼそくも見えるお延の躰《からだ》が昂奮《こうふん》にふるえている。

「安心しろ。きっと、お前の亭主の仇《かたき》はとってやる。それも近いうちだと思っておれ」

「は、はい」

茶店の外に控えている同心・手先たちにも、茶をくばりながら、お延は、ふっと、その人数の中に、死んだ夫の政蔵がまじっているような気がした。

かつては政蔵も、山田藤兵衛の下について目明《めあか》しをつとめていたのである。

雲霧仁左衛門は、江戸市中ばかりか関東一帯を荒しまわってきた大泥棒であった。

江戸には町奉行という警察組織があるのだが、江戸以外の土地でも自由に働ける機動性をもった〔火付盗賊改方〕が主体となり、雲霧一味の捕縛《ほばく》に血まなこになってきたこの六年間なのである。

四年前の夏、政蔵は州走熊五郎の潜伏場所を突きとめ、七人の捕手と深川・亀久《かめひさ》町《ちょう》の船宿へ踏みこんだ。

だが、けだもののように暴れ狂う熊五郎の脇差に腹《どす》を刺され、政蔵は死んだ。しかも、捕手が迫る気配を知った熊五郎は、すばやく用意の頭巾《ずきん》をかぶって顔をかくすという心憎いしかたで、見事に包囲網を斬り抜け、逃走した。

「おのれ、おのれ!!」

ひと足違いで駆けつけて来た山田藤兵衛は、足を踏みならして口惜《くや》しがったものだ。

「その熊五郎を、こんども取り逃してしまった」

と、山田藤兵衛は舌うちをして、

「しかも州走のやつめ、山猫三次をこの道中で奪いかえすつもりらしいのだ」

「まあ、それは……」

藤兵衛からすべてをきき、お延の濃い眉《まゆ》が怒りにつりあがった。

「そ、そんなことをさせてなるものか!!」

と、お延は思わず叫んだ。

「案ずるな、お延。そのために、われらが出張って来たのだ。これから急げば、おそらく明日中に、高崎と沼田の間あたりで、江戸送りの一行と出会えよう。そうなれば、いかな州走でも手は出せまいよ」

山田藤兵衛は茶代のほかに、紙包みの金をおいて立ちあがった。

「あ、そのような……」

「よいわ。坊主《ぼうず》に菓子でも買《こ》うてやれい」

「いつも、お心におかけ下さいまして……」

「当り前のことだ。政蔵の働きは尋常なものではなかったのだからな。今でもおれは……いや、おればかりか向井様も、お前たち母子のことは心におかけなされておられるぞ」

「もったいない。ありがとうございます」

「坊主は元気か？」

「はい。おかげさまで……」

「それはよかった。たしか、今年で七つになったはずだなあ。政蔵も、お前がしっかりしているので、草葉の蔭《かげ》から安どしておることだろう」

お延は、このとき目を伏せた。なぜ目を伏せたか、それは山田藤兵衛の知るところではない。

「では、いずれまた、な」

「おかまいもいたしませんで……」

「いや、いや……」

外へ行きかけ、山田藤兵衛はちょっと考えてからお延のそばへもどって来た。

「万が一……万が一のことだが……」

「はい……？」

「このあたりへ州走めが立ちまわることがあるやもしれぬ、山猫を奪いかえそうとしてな」

「あ……」

「お前も、もとは御役《おやく》の者の女房だった女だ。しかも、いまは宿はずれの茶店の女あるじ。道行くものに注意しておってくれい」

「は、はい……」

「ここに、山猫三次が洩《も》らした言葉によって書きまとめた州走の人相書がある。念のためにに渡しておくから、よく読んでおいてくれい。宿場の町役人にも渡してあるが……」

「はい」

部下を従え、深谷の方向へ速足で去る山田藤兵衛を見送ったお延は、そそくさと店の中へ駈《か》けもどり、亡夫を殺した憎いやつの人相書を読んだ。

読むうちに、お延の顔色がみるみる変ってきた。

州走熊五郎の人相書には、こうしるしてある。

無宿州走熊五郎

一、丈《たけ》五尺三寸ほど。
一、歳三十歳ほどに見ゆ。
一、小肥《こぶと》りにて色白く歯並び尋常にて眼の中細く。
一、尚《なお》、左耳朶《みみたぶ》に一ヵ所、左胸乳首の上に一ヵ所、小豆大《あずきだい》のほくろ罷在候《まかりありそうろう》。

その一つ一つが、みんな覚えのあるものであった。

ことに、最後の一条がお延に強烈な衝撃をあたえた。

(あのひとの左の耳たぶにも、たしかにほくろが……)

自分をだいた男の腕が、亡夫の政蔵を刺した同じ腕だとしたら……。

(ああ、どうしよう……)

蒼白《そうはく》となって、お延が店の土間によろよろと立ったとき、

「おっ母あ、腹がすいたよう」

五町ほど先の新堀の宿で友達と遊んでいたらしい息子の由松が、表からとびこんで来た。

街道にも、その向うにひろがる枯れた田畑の上にも、冷《ひ》ややかな夕焼けの色が落ちかかっていた。

三

その男が、お延の茶店へあらわれたのは五日前のことだ。

その日は明け方から強い雨がふり出し、終日やむことがなかった。

道中の人も絶えたようであった。昼すぎになるまでに、急ぎの旅人を送った帰りの駕籠《かご》かきが二組ほど店へ入って来、酒とうどんで躰をあたためて行っただけである。

子供の由松も、前日から一里ほどはなれた市ノ坪で百姓をしているお延の実家へ遊びに行き、二日ほど泊って来ることになっていた。

実家には兄夫婦と子供が四人いる。

(お客も、もう来やしない。店をしめてしまおうかしら……?)

暗い雨空に時刻もよくわからなかったが、そろそろ夕方にもなるだろうと思い、お延が店の戸をしめようとしたときであった。

深谷の方向から来たらしい旅人が、よろよろと店先へ入って来たのである。

「す、すみませんが、ちょっと……ちょっと休ませてもらえませんかね」

「さあさあ、どうぞこちらへ……」

男は、もどかしそうに背中の荷物を放り出し、笠《かさ》と雨合羽《あまがっぱ》をぬぎ捨てると、そのまま、苦しげに小肥りの躰《からだ》を土間の縁台の上に折って、低くうめいた。

「どうかなさいましたか？」

「すみませんが、白湯《さゆ》をひとつ……」

「はい、はい」

湯を持って行くと、男は、それでも人なつこそうな微笑をうかべて頭を下げたが、すぐにふところから丸薬を取り出した。

「どこか、工合《ぐあい》でも……？」

「へえ。こんなことは、めったにないのですが……今朝から腹が、ひどく痛みましてね……」

男は旅の陽に灼《や》けてはいたが、小ざっぱりとした風体《ふうてい》で、口のきき方にも誠実そうな人柄がうかがわれた。

薬をのみ、縁台に横たわっているうちに、男の蒼《あお》い顔はべっとりと脂汗《あぶらあせ》に濡《ぬ》れ、うめきと喘《あえ》ぎが只《ただ》ならない様子になってきた。

「これじゃあしようがありませんねえ。ま、奥へお上りなさい。私、お医者を……」

「そ、そんな、御迷惑をおかけしては……」

「と、いって、このままじゃあ却《かえ》って迷惑しますもの」

お延の気質としては捨ててはおけなかった。

旅の男を奥の部屋に寝かせ、戸締りをしてから、お延は新堀の宿へ走って、医者を呼んで来た。

「まあ、大したことにはならぬと思うが、今日は動かせないよ。ここへ泊めてやったらどうだな？　というても、女ひとりの住居だから、それも、どうかな……」

「いえ、そうなれば、私は市ノ坪の実家《さと》へ泊りに行きますから」

「あ、そうだったな。では、わしは、これで」

医者が帰った後も、男は苦しそうであった。

雨はつよくなるばかりである。

市ノ坪へ行くつもりでいたお延も、日が暮れてはくるし、雨もひどいしで、もう面倒になり、

(こんな病人といたところで、別に……)

この近辺でも、かたいのが評判でとおっている寡婦のお延であった。

夜になった。

お延も腰を落ちつけることにきめ、男の看病をしてやることにした。

発熱に喘ぎながら、とぎれとぎれに男が語るところによると……。

男は信太郎《のぶたろう》という名で、旅商人だという。もともと上方《かみがた》育ちで、古着を商《あき》なっているのだが、京・大坂からの新品も扱い、これを北国《ほっこく》や信濃《しなの》にある得意の客にとどける

こともする。旅商人としては上等の部類に入るといってよい。

「諸方の御城下の武家方にも、出入りをさせて頂いております」

と、信太郎は語った。

「まあ、そうですか。でも……」

と、お延はくすくす笑った。

「どうかなすったので？」

「いえね。あなたと私の名が同じなものですから、ちょいと可笑《おか》しくなって……」

「へえ。さようで……」

「私、お延っていいます」

「お延さん……さようで……」

まもなく、男は、ぐっすりと眠った。

お延が、男の左の耳朶のほくろに気づいたのはこのときであった。

(まあ、あんなに大きなほくろが……)

翌朝になると、信太郎は元気を取りもどした。

「もともと躰はしっかりしておりますのでね」

そうはいっても、まだ熱もいくらかあるし、食欲もない様子なので、お延は、もう一日、信太郎を泊めてやることにした。

雨はあがり、空は鏡のように青く、あたたかい陽射しが街道にみちていた。

（今夜は、市ノ坪へ泊ろう。そして明日は由松と一緒に帰って来よう。信太郎さんも明日になれば発《た》てようから……）

本当にそのつもりだったのである。

奥に寝ている信太郎を古ぼけた枕屏風《まくらびょうぶ》で囲い、店先との境の障子をしめきっておいて、その日も一日中、お延は、旅人や駕籠かきや、馬子などの客を相手に、茶を、うどんを、酒を、だんごを売って、いそがしく働いた。

日が暮れかかった。

お延は戸じまりをし、粥《かゆ》をたいて信太郎の枕元へ運んだ。

「どうです。食べられそうですか」

「へえ。いただきます」

「そう。じゃあ、ここへおいときますからね」

「おかみさんは、これから実家《さと》へお泊りに？」

「ええ……まあねえ……」

「申しわけありません。とんだ御厄介《ごやっかい》を……」

「いいんですよ、そんな……さ、起きてごらんなさい」

だきおこしてやったとき、信太郎が、急に、うるんだ声で、ほとばしるようにいった。

「おかみさん!! 私はいま、死んだおふくろのことを考えていましたよ」

「まあ、おっ母さんは亡くなったんですか？」

「顔も知りません」

「まあ……」

汗くさい信太郎の体臭を、頬にあたる呼吸を、お延はこのとき強く意識した。

四年も、堅《かた》く立て通してきた後家暮しであった。

「じゃあ、これで……ゆっくりとおやすみなさい」

離れようとしたお延の手を、信太郎がつかんだ。

「な、なにを……」

「おかみさん！　好きだ!!」

病みあがりとは思えない強い力であった。

お延はだき倒され、男の唇が、首すじから喉《のど》のあたりへ押しつけられるたびに、躰中がしびれたようになった。

「いけない。いけませんよ、そんな……」

「好きなんだ、おかみさん。好きなんだ!!」

「だって、そんな……」

いやな男だったらはね退《の》けるだけの気力は十分にもっていたお延だが、相手が明日にも旅立って行く男だという考えが、一瞬の間にお延をおぼれさせた。

(だ、誰にもわかりゃあしないんだもの……私だって永い間ひとりきりで……私だってつらかったんだもの)

急に、お延の四肢《しし》が火のついたようになった。

お延は喘ぎながら、信太郎の首へもろ腕を巻きつけていった。

その翌朝……。

「おかみさん。私と一緒になってくれませんか」

まじめになって信太郎がいうのだ。

「ばかをいっちゃあいけません。信太郎さん、昨夜《ゆうべ》のことは、お互いに忘れましょう。ね、その方が……」

「いえ、私は、ふざけた気持だったのじゃありません!!」

むしろ切りつけてくるような口調に、お延は気をのまれた。

「子供さんとお延さんと一緒に暮したい。この二日間、お前さんを見ていて、私は決心したのです。それとも、いやですか、私を……」

「いやなら、私だって、昨夜みたいな……」

「私も、二度ばかり、女といっしょに暮したことがあります。でも、そいつらは、みんな、私のもっている小金が目当てだったんで……」

信太郎という男は、二十八にもなるというのに、女にすれていないらしい。小肥《こぶと》りな躰《からだ》つきも肉がかたくしまっていて、お延に亡夫の政蔵を、まざまざと思い起させたものである。

「おかみさんは、この茶店をやり、私は旅で稼ぐ。金がたまったら、この近くで小さな旅籠《はたご》でもやってみたい。おかみさんというひとは、私に、そんな気を起させてくれましたよ」

「でもねえ、信さん……」

「とにかく、これを預けておきます。私は、これから約束の品を桶川《おけがわ》のお得意へ届けて来ます。よく考えておいて下さい。頼みます、頼みますよ。私にとっては、ここで自分の躰が落ちつくかどうかの瀬戸際なんですからね……」

お延がとめるのも聞かずに、信太郎は革の胴巻《どうまき》を預け、少しよろめく足を懸命に踏みしめ、街道へ出て行ってしまった。

胴巻は、かなり重かった。

ためらったが、思いきってあけてみると、六十両余りもあった。

(旅商人には、めずらしい堅い人だこと)

昼前に、由松がひとりでもどって来た。

夜更けになって、戸をたたくものがあるので、

「どなたで？」

と訊《き》くと、

「私です。信太郎です」

戸を開けてやると、ころげこむように信太郎が入って来た。病みあがりの躰で往復十里余の道を帰って来たのである。

その疲労でぐったりしながらも、信太郎は、返事を明日まで待てない気持だったので、といった。

信太郎は、由松にも菓子や玩具を買ってきた。

一夜のうちに、由松は信太郎に馴《な》ついた。

それを見て、お延の心もきまった。

亡夫の政蔵が、こんなことをお延にいったことがある。

「おれあな。御役目《おやくめ》がら、いつどこで、どんな目にあうかしれたものじゃあねえ。もしものことがあったら、お前、遠慮はいらねえ。いい男を見つけて一緒になってくれよ」

「なにをいってるんですよ、縁起でもない」

「本気だ。そうしてくれねえじゃあ、思いきって、おれも働けねえ」

その亡夫の言葉に甘えるような気持で、

（かんべんしておくんなさいよ）

お延は、胸の中で手を合せた。

それが一昨日のことであった。

昨日の朝、信太郎は、

「明後日《あさって》は帰ります。なに、利根川の向うの館林《たてばやし》やら佐野やらのお得意をまわる約束があるのでね」

大きな荷物には、新品古物とりまぜて、ぎっしり反物《たんもの》がつまっていた。

「行っていらっしゃい」

「こんど帰ったら、お延さんの実家へもあいさつに行きます」

「そうしておくれですか」

「当り前じゃありませんか」

由松も信太郎の袖《そで》をつかみ、

「小父《おじ》ちゃん。おみやげ、忘れちゃいやだ」

「忘れないともな、由坊。待っていなよ」

旅馴れた速足で街道を遠ざかる信太郎を見送った幸福も、今や地獄の苦しみと変った。

――左耳朶《みみたぶ》に一ヵ所、左胸乳首の上に一ヵ所、小豆《あずき》大のほくろ罷在候《まかりありそうろう》。

何度読みかえしても、州走熊五郎の人相書の文字は変ってはくれなかった。

小肥りで年のころは三十歳ほど、などという漠然とした形容よりも、ほくろの所在がなによりものをいった。

左の耳と胸にほくろがあるということが、小肥りだということが、年齢の相似を、はっきりと真実のものにした。

お延は、すでに、男の胸のほくろを見ていた。

夜明けの薄あかりの中で、由松の寝息を気にしながら、互いの裸身をだきあったとき、お延は、男の乳首を吸って、

「お延さん、こそばゆいじゃないか」

男が笑ったとき、

「あら。ここにもほくろが……」

「変なところにあるものだね」

こんどは、男がお延の乳房に顔をうめ、

「お延さんは着やせをする躰なのだねえ」

といったものだ。

(もう、間違いはない!!)

必ず帰るはずのその夜、ついに男は帰って来なかった。しかも、こんどに限って、男は例の胴巻を預けては行かなかった。

（なんてことだ。私は、お前さんを殺した奴の手に、この躰を……）

政蔵の位牌《いはい》の前で、お延は身をもんで口惜しがった。

さっきまで「小父さん、まだ帰らないね」をいいつづけていた由松も眠っている。

夜が明けて、新堀の宿《しゅく》の方から、問屋場の馬のいななきが近寄って来た。

四

お延は由松とともに朝の食膳《しょくぜん》に向ったが、一箸《ひとはし》もつける気になれなかった。

「おっ母あ。気分《きいき》がわるいの」

由松も不安そうに、お延の顔をのぞきこんだ。

「うん少し、おなかが痛くてねえ……」

それを由松への口実にして、お延は、店の戸も開けず、ふとんへもぐりこんでしまった。

ふとんへもぐりこむことよりも、まず彼女がなさねばならぬことがあるはずなのに……。

(今から考えれば、あんまり、うまく出来すぎていた……別にきれいでもなく、三十に近い、しかも子供まである私なんかに、あんな大金をもった男が夫婦になろうといいだすことさえ、おかしいはずなのに……)

山猫三次護送の一行の隙をうかがいつつ州走の熊五郎は、体《てい》よくお延の茶店(ささや)へ入りこみ、呉服商と称して外の仲間とでも連絡をとっていたに違いない。

(だ、騙《だま》されたんだ。いいえ、あいつ、行きがけの駄賃に、私を騙しゃあがったんだ)

口惜しいから、すぐにでも宿役人に届け、州走が立ちまわったことを告げればいいものを、昼近くなっても、まだ、お延はふとんへもぐっている。

「おっ母あ。おいら、市ノ坪へ遊びに行ってくらあ」

しばらくは枕元にいた由松も、つまらなくなったらしく、昼すぎに裏口から出て行ってしまった。

「由松。今夜も泊っといでな」

「うん。でも大丈夫かい」

「いいよ、心配しなくても……」

由松が出て行ったあと、お延は、ふとんをすっぽり頭からかぶり、両手に自分の乳房をぎゅっとつかんだ。

こんもりと女のあぶらを浮かせてふくらむ乳房も、乳首も、はっきりと、まだあの男の肌の感触と体臭をおぼえている。

あの男の愛撫《あいぶ》は強烈であった。

どちらかといえば淡泊な亡夫の政蔵は、女よりも酒の方で、そのために腕のいい料理人という仕事をなまけ、博打《ばくち》と酒に身を持ちくずし、三年も島送りになっていたこともある。

「ああ……う、う」

お延は、うめいた。あの男が自分の躰《からだ》にくわえた激しい感覚を思うと、耐えきれなくなってくるのだ。

憎くもあり、あの男の躰がしたわしくもある。

それに、もしも自分の訴えによって州走が捕まるようなことがあれば、夫殺しの下手人は、お延とのことまでも白状しかねない。

第一、宿《しゅく》の医者にも顔を見られている。

(ええ。もう、どうにでもなってしまえ……)

床の中でのたうちまわりながら、お延は、すすり泣いた。

雨の音が屋根をたたいてきた。

「お延さん……お延さん、いるかね?」

表の戸をたたく音がする。

「もしもし、お延さん」

声が裏口へまわってきた。

しかたがない。立って行き戸をあけると、深谷宿の旅籠《はたご》の主人で町年寄も兼ねている〔和泉屋《いずみや》治右衛門〕方の番頭で多七《たしち》という老人であった。下男が一人、後についている。

「どうしたのだ、店を休んで……躰でも悪いのかえ？」

「へえ、少し……」

「そうか。いや、その方がいい。実はな、女子供ふたりきりのこの茶店ゆえ、今日から明日まで店をしめておいた方がよかろうと、うちの旦那《だんな》がおっしゃってな」

「……？」

和泉屋治右衛門は、かねてから、お延母子のことを気にかけていてくれる。それというのも、お延の亡くなった母親が、永く和泉屋に奉公をしていたためもあるし、お延の下の弟が現在、和泉屋で働いているのだ。

「実はな、おそくも今日の夕方には、例の山猫三次の唐丸籠《とうまるかご》がついて、深谷宿へ泊ることになった」

「え!!」

「なにしろ江戸からも火付盗賊改方から人数が出て、今朝早く高崎の少し先で一緒になり引きかえして来るというから、万々《ばんばん》間違いもあるまいが、雲霧一味の奴らが、山猫とやらを奪いかえそうというたくらみがあるそうな」

「…………」

「ともかく深谷から江戸までは十八里二十五丁、あと二日たてば、一味のものがいかにあせっても手は出せなくなる。となれば、今夜の深谷泊りと明日の大宮泊りとが肝心なところだ」

お延は、うつむいたままであった。

「なにせ、お延さん。一味のうちの州走熊五郎とかいう大物の人相書が宿にもまわってきたほどでのう」

「…………」

「こりゃ、邪魔をした。熱でもあるのかえ?」

「え……」

「ま、大事にしなされ。戸じまりをかたくしてな」

「お心におかけ下さいまして、ありがとう存じます。和泉屋の旦那さまにも、どうぞ、よろしゅう……」

「うむ、うむ」

裏の戸をしめかけて、多七老人がいった。

「たとえ山猫三次だけでも捕まったのだ。お前さんの死んだ御亭主も、よろこんでいなさるだろう」

「はい……」

多七は去った。

そうだ、政蔵もきっとよろこんでいるに違いないと、お延も思う。

刑をおえて江戸へもどったとき、わざわざ与力の山田藤兵衛が、お延につきそい、霊岸島河岸《れいがんじまがし》へ出迎えに行ってくれた。

流人島《るにんとう》の三宅島《みやけじま》からの船が着き、政蔵が思ったよりも元気な姿を陸《おか》の上にあらわしたとき、お延は、三年前の政蔵とは、まるで違った男の顔を見たような気がした。

島帰りの前科者と出迎えの人びとが混雑する中で、政蔵は三つになった由松をだきあげ、

「おれが三年前にここを出るとき、こいつは、まだお前の腹の中にいたのだっけ」

と、しんみりいった。

酒と博打に狂っていたころの政蔵のおもかげは、そのひきしまった表情のどこを探しても見出《みいだ》せなかった。

「政蔵。お前も人間が変ったようだな」

山田与力がいうと、政蔵は、

「悪い夢を見たものでございます」

と丁重に頭を下げたものだ。

「政蔵。お前、これからなにをして生きて行くつもりだ？」

「へえ……まだ当てはございませぬが……」

「包丁《ほうちょう》をもってみるか？」

「それよりほかに能《のう》もねえので……」

「それよりも、政蔵。お上《かみ》の御用に立つ気はないか？」

「お上の……？」

火付盗賊改方の警察活動は、後年になって衰えたが、このころは、かなりの活躍を示していた。

面倒な手続きや法規に縛られずに動ける特権があったので、名ある泥棒たちの検挙は、ほとんど〔火付盗賊改方〕でおこなったといってよい。

江戸の暗黒街に顔がきく政蔵を御役《おやく》のものにすれば、その成果は大きいはずだ。

「御頭《おかしら》の向井兵庫様も、たってのおのぞみなのだ。政蔵、どうだな、思いきってお上の御用をつとめてはもらえないか」

「へえ。よろしゅうございます」

政蔵は、きっぱりと答えた。

それだけに、目明しとなってからの政蔵の活躍は目ざましかった。今までに捕えた雲霧四天王のうち、因果小僧《いんがこぞう》六之助を捕えたのも政蔵だし、そのほか十二名にも及ぶ大泥棒の捕縛にも重要な働きをした。向井兵庫も、

「政蔵は大事にしてやれ」

と気にかけ、安い給料のほかに、自分の手からの金を支給してくれたものだ。そのおかげで、お延も由松も不自由なく暮すことができたし、

「こうなったら、おれも死ぬ気でやってみる」

と、政蔵も気負いこんだ。

こういう政蔵が殺されただけに、向井兵庫も山田藤兵衛も、いや火付盗賊改方の組のもの全部が、政蔵の死を哀《かな》しんだ。

少女のころから蔵前《くらまえ》の札差《ふださし》へ奉公に出ていたお延が、十五年ぶりに実家へもどり、一里と離れぬ中仙道の街道筋にささやかな茶店をひらくことができたのも、向井兵庫や山田藤兵衛の尽力《じんりょく》と、援助があったからである。

そのことを考えれば……。

(黙ってこのままにしておくわけにはいかない!!)

さすがに、お延も身仕度にかかりかけたが、しかし、なにも知らなかったとはいえ、取りかえしのつかぬ恥をさらしてしまったお延なのである。

（江戸のお白洲《しらす》で責めつけられれば、州走のやつ、きっと、私のことを……）

雲霧一味のうちでも、州走熊五郎のみは、盗みに入った家で必ず強姦《ごうかん》をおこなった
という奴であった。

「あいつだけは、なんとしても許せねえ」

政蔵も、いつかお延に洩《も》らしたことがある。

（それなのに、私という女は……）

発作的に、お延は台所へ走った。

出刃包丁をつかみとり、いきなりそれを、自分の乳下へ突きたてようとした。

「おっ母あ」

がらっと表の戸があいた。

お延の手から包丁が落ち、流しの前の板敷きの上へ突き立った。

それに全く気づかず、由松は、さっさと部屋へとびこみ、

「冷《つ》めてえ雨がふってきたんでよう、とちゅうから帰ってきた」

と叫んだ。

「由坊……」

お延は、涙で顔をぐしゃぐしゃにぬらしていた。

「母あちゃん、お前がいたことを忘れるところだった……」

「どうしたんだ、おっ母あ。涙なんか出してよ」

「ちょっと、用事があるから、深谷まで行って来る。ちゃんと戸じまりをして待っといで。誰が来てもあけるんじゃあない。いいかい」

「うん……」

「小父《おじ》ちゃんが来てもだよ」

「そうだとも。いいね？」

母親の顔色の只《ただ》ならぬさまは、子供の由松にもつうじたらしい。

不安と緊張とに顔を硬張《こわば》らせながらも、由松は、こっくりとうなずいた。

「うん」

お延は傘もささずに、雨のけむる街道へとび出して行った。

五

その夜更けに、州走熊五郎は単身で深谷宿へ潜入した。

戸数六百に及ぶ宿場町は、きびしい警戒網がしかれ、ことに唐丸籠《とうまるかご》がかつぎこまれた和泉屋の周囲は護送の一行に加え、宿場町の人足、役人がびっしりとかため、蟻《あり》一四も這《は》いこめぬと思われた。

小やみにはなったが、霧のような雨がけむる深夜の宿場町の辻々《つじつじ》には篝火《かがりび》と焚火《たきび》が燃え、巡回の役人の声がそここで聞えた。

山猫を押しこめた唐丸籠は、和泉屋の中庭に面した〔唐丸部屋〕とよばれる五坪ほどの土間の中央におかれ、この土蔵ふうの建物のまわりを警固の役人がかため、唐丸籠のまわりにも五名の〔寝ずの番〕がつめた。

ところがである。

州走熊五郎は、この唐丸籠の真上に潜《ひそ》んでいた。

つまり、唐丸部屋の天井にかけわたした太い梁《はり》の蔭《かげ》へ、前日の夕暮れから、守宮《やもり》のように吸いついていたのだ。

熊五郎は大胆不敵にも、旅絵師に変装し、前々日に和泉屋へ草鞋《わらじ》をぬいだ。

こめかみから顎《あご》へかけて、ぼってりとつけたつけ髭《ひげ》が人相を巧みに変え、耳のほくろも隠してしまっていた。

翌日は、和泉屋の泊り客も雨の中をみんな出発した。

これは山田藤兵衛の指図《さしず》によるものであったが、熊五郎は何食わぬ顔をして出発し、すぐにもどって、和泉屋の物置きにかくれ、夕暮れと同時に唐丸部屋の天井へのぼったものらしい。

それは、八ツ半（午前三時）ごろだったという。

いきなり、ばたんと天井から黒いものが土間へ落ちてきたかと思うまもなく、

「ぎゃあっ！」

唐丸籠のまわりにいた手先の一人が、血しぶきをあげてのけぞった。

「誰だっ」

「曲者《くせもの》!!」

「熊五郎かっ」

黒い人影は、魔物のように駈《か》けまわって入口の戸へ心張棒《しんばりぼう》をかい、土間の柱の掛行燈《かけあんどん》を切りはらい、とびかかる四人をつぎつぎに斬り倒し、蹴倒《けたお》した。

叫び声をきいてかけつけた人びとが、唐丸部屋の戸をたたき破っているうちに、

「野郎め、くたばれ!!」

熊五郎の脇差は、またたくまに五人の血を吸った。

「山猫の。助けに来たぜ」

ばらりと、籠を包んでいた網を切りとばし、籠の戸をたたきこわして、中の山猫の手をつかみ、

「さ、斬り破って逃げるんだ!!」

用意の脇差を山猫三次の手につかませた。

「おう」

と答えて脇差をとった山猫三次が土間へ躍《おど》り出て、こういった。

「州走の熊五郎。待っていたぞ」

「なに⁉」

だ、だあんと戸がたたき破られ、中庭にひしめく捕手の龕燈《がんどう》の光が、さっと土間へ流れこんだ。

「あっ‼　手前は……」

さすがの州走も仰天《ぎょうてん》した。

山猫だとばかり思って籠から引き出したのは、山田藤兵衛だったのである。

「畜生‼　計《はか》りゃあがったな」

「神妙にしろ‼」

「くそ‼　こうなりゃあ……」

やぶれかぶれの州走の斬りこみも、こうなっては駄目だ。

一刀流の名手《めいしゅ》といわれた山田藤兵衛は、このとき五十一歳であったが、

「えい‼」

州走熊五郎の脇差は、たちまちにたたき落され、藤兵衛の刀の柄頭《つかがしら》で、額《ひたい》を打ち割られてしまった。

山猫三次は、そのころ、別の土蔵の中で、この騒ぎを聞きながら、

「兄貴ったら、馬鹿をしやがって……畜生め、畜生め……」

と、縛られた躰《からだ》をもみ、泣きわめいていた。

六

翌早朝に山猫三次と州走熊五郎を押しこめた二つの唐丸籠は、たちこめた深い霧の中をぬって、中仙道を江戸へ向った。

霧の中を沿道の人びとが群れ集り、街道を進む二つの唐丸籠を見物した。

深谷の宿場から、国済寺《こくさいじ》、新堀をとおって、お延の茶店までは約一里半である。

霧も、いくらかうすれかかっていた。

茶店の前で、お延は、一行が近づくのを待っていた。

お延の両眼はすわっていた。唇のあたりがびくびくと痙攣《けいれん》していた。

彼女の顔は、あたりを包む霧のような鉛色に沈んでいたが、

(あいつの顔を、よっく見てやるんだ!!　私を、こんな目にあわしたあいつの顔を……)

だが［あいつ］が、自分の躰を、どんなふうにあつかい、どんなに深いよろこびをあたえたことか、それを思うと、またも、たまらなくなってくる。

（畜生。女のからだというものは、なんて、業《ごう》のふかいものなんだろう……）

霧の幕をやぶって、護送の一行が近づいて来た。

宿はずれのこのあたりでは、見物の人もあまり出てはいなかった。

街道の向う側に二本ずつ並んで植えられた榎《えのき》の並木のあたりに、二人、三人と早朝に熊谷を発《た》って来たらしい旅人が立って、一行の近づくのを見守っているのみであった。

馬のいななきが、すぐそこまで来た。

先頭は、越後の役人が騎馬で二人。つづいて手先たちが山猫の唐丸籠を囲んで近づいた。

お延の目は、ぴたりと、つぎの唐丸籠へすわった。

〔無宿州走熊五郎〕と記した木札がかかった唐丸籠の中に、あの男は傲然《ごうぜん》とあぐらをかき、両腕を首から胴へ縛りつけられ、にやにやと冷笑を浮かべつつ、正面を向いたまま、お延の目の前へやって来た。

二、三歩……お延は憑《つ》かれたように進み出た。

その気配に、籠を囲んだ手先たちがふりむいた。

この手先たちは、山田藤兵衛について来たものらしく、お延だと見て、にっこりと笑いかえして来た。

(おかみさん、御亭主のかたきをとりましたぜ)

とでもいいたげな、好意のこもった微笑であった。

中の州走も、ちょいとこっちを見た。まぎれもない〔あいつ〕であった。

(あ……)

するどいお延の視線をどう感じ、どう受けとったものか……。

州走の熊五郎はなんの感情も面にはあらわさず、すぐにまた正面を向き、護送の一行とともに遠ざかって行った。

お延の目に左耳のほくろがはっきりと見えた。

(あいつ、あいつの、まあ、なんという白ばっくれた顔……)

お延は、ぎりぎりと歯を噛《か》んだ。

一行の最後に、山田藤兵衛が騎乗《きじょう》でやって来た。

「お延か」

「あ……」

「ようやった。よう知らせてくれたぞ!!」

山田藤兵衛は、馬上から大声にいった。

「向井様もどんなにおよろこびなさることか。おれもうれしい」

「は……」

「追って御ほうびも出よう。いずれ、またな……」

このとき「出るんじゃない」と、家中へとじこめていた由松が、「おっ母あ!!」ととび出して来た。

馬上にゆられ遠ざかりつつ、藤兵衛がふりむき、由松へ声を投げた。

「坊主。おふくろをほめてやれい」

ほめてやれもなにもない、熊五郎に自分とのことを白状されたら、向井様にも山田様にも、どんな侮蔑《ぶべつ》の目と声を浴びせられることか。

(でも、私とのことを白状すれば、罪がなお重くなるから、白状はすまい)

と思うそばから、

(いいえ、どっちみち獄門はまぬがれないあいつのことだもの。面白半分に、私のことまで、あの、にやにやとした笑いをうかべながら、得意げにしゃべりたてるに違いない。男なんてそんなものだ)

見つめた自分の視線を受けても、冷然と面を変えなかった熊五郎を見て、お延は、自分の肉体に捺《お》された〔あいつ〕の記憶だけには、もうみれんをおぼえなくなっていた。

けれども、後悔はいっそうにお延の胸を嚙んだ。

お延は由松の手をひき、一枚だけ開けた戸口から、店へ入ろうとした。

そのときである。

「お延さん、お延さん!!」

ふりむくと、護送の一行が、まだ見えている熊谷の方向から、ほとんど霧がはれあがった街道を、一散に駈《か》けて来る男がある。

「あっ!!」

お延は悶絶《もんぜつ》せんばかりにおどろいた。

旅商人の信太郎は息をはずませて駈け寄り、

「すまなかった、遅くなって——どうしても、用事が片づかなかったものでねえ……おや？　お前さん、どうしなすった？」

「小父《おじ》ちゃん！」

と駈け寄った由松をだき、信太郎は、異常なお延の様子に気づいて眉《まゆ》をひそめた。

お延は、くたくたと戸口の前へ崩れ折れた。

家の中へ信太郎にだき入れられたとき、お延は、かすれた声でいった。

「今の、唐丸籠《とうまるかご》を見ましたかえ？」

「見た、見た。評判の大泥棒なのだってねえ。昨日、鴻巣《こうのす》の宿場でも大変な噂だったよ」

「それで、信さんは、後の方の籠の中の、州走熊五郎という泥棒の顔を見ましたかえ」

「すれ違うとき、遠くからちょいと見たが、よくは見えなかった。私にとっちゃ、別になんとも気をひかれることがないものね」

「そう、でしたかえ……」

お延は、由松に、

「ちょいと表へ行っといで」

と出してやってから、

「ねえ、信さん」

「なんだね?」

「お前さん、江州醒ケ井《ごうしゅうさめがい》のうまれだとおいいだったけれど……」

「そうだという話だ。なにしろ私は、うまれてすぐに人にもらわれ、八つのときには大坂へ売られて行ったのでね」

「まあ……」

「父親も母親も知らない私だが、なんでも、ひどい貧乏な百姓だったそうだよ」

「信さんには、あの、兄弟が?」

「後でね、聞いたんだが、六人も子供があるその上に、双子《ふたご》までこしらえては、食うに食えなくなったのだろう。今じゃ私も両親をうらんではいないよ」

「信さん!!」

お延は叫んだ。

「お前さんは、あの、双子だったの?」

「大坂の酒問屋へ売られて行ったとき、そこの主人が話してくれた。それまでは、私は、もらいっ子だなどと思ってもみなかったよ」

「そう……」

「うまれた家も、もらわれた家も、みんな貧乏暮し……子供がないからともらったくせに、その子供を売りとばすほどなんだものなあ」

「苦労したんですねえ……」

「だから私は、自分の実家のことも養い親のことも、別に気にかけちゃあいませんよ。けれどもねえ」

と、信太郎は微笑し、

「私と双子の兄貴には、ちょいと会ってみたいと思うねえ。どこに、どうしているんだか……」

お延が、どっと泣きだした。

「どうした? お前さん、どうしたのだ?」

「いいえ、いいんです、いいんです」

「だって、お前……」

「うれしくって泣いているんだから、いいんです」

朝の陽が、戸口から店の土間へ射《さ》しこんできた。

街道を、深谷の方向から馬子唄《まごうた》が近づいて来る。

お延は、しゃっきりと立ち上り、信太郎にいった。

「さあ、今日は店を開けますよ」

鬼坊主の女

一

鬼坊主《おにぼうず》清吉が彼の両腕といわれた無宿《むしゅく》〔左官粂《さかんくめ》〕こと粂次郎、〔無宿三吉〕こと入墨《いれずみ》吉五郎の二人とともに、ようやく伊勢《いせ》で逮捕され、江戸送りになったのは文化《ぶんか》二年五月下旬のことであった。

清吉一味の強盗、殺人事件は二年ほど前から江戸市中でも大評判だったもので、件数は数えきれないといってよい。

ときの〔火付盗賊改方《ひつけとうぞくあらためかた》〕だった間宮友三郎が、勝手気ままに荒かせぎをしてはばからぬ清吉一味を捕えかねて、御役御免になったほどである。

清吉たちが江戸へ到着すると、市中は沸《わ》きかえった。

つい先頃まで強盗鬼坊主の跳梁《ちょうりょう》を恐怖していた江戸市民たちなのだが……。

「どうだい、大したものだというじゃあないか。どんな拷問《ごうもん》にかけられても平気の平《へい》左《ざ》だそうだよ」

「泥棒もあれだけ大ものになると違いますよ」

「奉行所でも手をやいていなさるそうだねえ。どうしても白状をしないのでさ」

などと評判しあい、一種異様な人気《にんき》が鬼坊主たちにわいてきはじめたのだ。

三角形の木の上にすわらせた罪人の膝《ひざ》の上に、一つ二つと石を積み上げる〔石抱え〕の拷問にあうと、たいていのものは音《ね》をあげたものだが、清吉と乾分《こぶん》二人は、積み重なる石がふえ、向臑《むこうずね》が破れて肉がさけ、血みどろになりながらも、

「さあ、もっと石を積め。積まねえか!!」

「知らねえものを無理に白状させなくては手前たちもおまんまが喰《く》えねえのだろうが、そうはいかねえ。死ぬことが怖《こわ》くって人間がつとまるかい」

〔左官粂〕と入墨吉五郎が威勢のいい啖呵《たんか》をきれば、鬼坊主清吉も痘痕《あばた》の穴だらけのどす黒い顔に、まだまだ精気をみなぎらせ、それが仇名《あだな》となった毬栗頭《いがぐりあたま》をふりたてて、

「嘘八百の証拠をでっちあげ、俺たちを無実の罪に落そう奉行所のこんたんは、とっくに見破っているのだ。罪人は俺たちじゃあねえ、手前たちだぞ。さあ、いくらでもやって来い!! もう石をだくのは飽《あ》きたから海老《えび》責《ぜ》めに吊《つる》しゃあがれ!!」

と喚《わめ》きたてる。

むろん証拠はそろっている。そろいすぎているのだ。

証人として呼ばれたものだけでも二十余人。ことに押しこまれた町家では、必ず清吉に犯された女たちがいる。その中には、まだ嫁入り前の娘も多勢いることだし、奉行所では、調べが長びき、却《かえ》って評判をたてられた被害者にこの上の迷惑を及ぼしてはならないという考えから、調べをうちきることにした。

自白を待つことなく断固死罪にすることに決したのである。

これは鬼坊主たちにとっても、かねて覚悟の上のことだ。

「どうせ磔《はりつけ》にきまっているのだから、最後の最後まで木ッ端《こっぱ》役人の鼻をあかしてやろうじゃねえか」と誓い合ったとおり、彼等は拷問の苦痛に耐えぬいた。

これも盗賊としての見栄《みえ》からである。

どうせ死ぬなら、江戸中の度胆《どぎも》を抜くような大泥棒の死ざまを見せてやろうという、盗賊の矜持《きょうじ》を遵奉《じゅんぽう》したわけだ。

今年は梅雨《つゆ》明けがいやにながびいていて、どろりと悪臭がたちこめる芥溜《ごみため》のような伝馬町の牢内《ろうない》にも終日、雨音が絶えない。

鬼坊主清吉は、乾分二人にいった。

「いよいよ最後のときがやって来そうだな。それについちゃあお前たちに、ちょいと相談があるのだ」

「なんです、親分……」

「なあ条。なあ吉五郎。どうせ死ぬときは江戸中引きまわしの俺たちだ。だからよ、そのときにだなあ……」

この東二間牢《ひがしにけんろう》へ入牢以来、鬼坊主一味は同房の囚人たちをも圧倒し、清吉は牢名主に納《おさ》まり、入墨吉は一番役、左官条は二番役となって囚人の上座を独占し、威張り放題なのである。

地獄と呼ばれる牢内でも、もちろん金がものをいう。

牢屋下男《げなん》の〔張番〕や、小頭《こがしら》などを買収して酒や料理を牢内へ運ばせることもできるし、鬼坊主ほどの大物になればツル金はいやというほど手に持っている。まだ江戸市中にも二十人余の乾分が潜《ひそ》んでいて、これが金をふりまいて手ヅルをつけ、牢内へ物を運んだり、親分からの伝言を受け取ったりすることはわけもないことだ。

「こういう気前のいい大物が入ると、こたえられねえ」

と、張番も小頭も大よろこびであった。

「親方（名主）。今夜はなにか用はないかえ？」

などと、張番の方から鬼坊主にはたらきかけると、

「よし。それじゃあ賑《にぎ》やかすかな」

こういって清吉がポンと十両出し、牢内の囚人たちに振舞《ふるま》うべく、酒と鰻《うなぎ》の蒲焼《かばやき》を買わせる。

酒と鰻で金五両。残りの五両が懐《ふところ》に入るのだから張番もこたえられないわけだ。そのうちから小頭へ付届《つけとどけ》をするにしても、年に二両そこそこの給金をもらっている張番なのだから……。

その夜——張番から小頭へ、鬼坊主清吉からのたのみがあった。

髪月代《さかやき》をして、さっぱりしたいというのである。

囚人たちの髪月代は年に一度、七月十三日ときまっているのだが、ここでも清吉が放り出した金五十両が牢獄の役人たちにふりまかれ、二日後の夜になってから、清吉も粂も吉五郎も揚がり屋敷の番所へ一人ずつ出されて髪月代をととのえ、髭《ひげ》を剃《そ》ることができた。

奴等《やつら》も死ぬ覚悟をしているとみえる、というわけで、買収された役人らは便宜をはかるにやぶさかではなかった。

囚人の髪月代は市中の髪結《かみゆい》が家主付き添いの上でおこなうのが定法《じょうほう》だが、この場合は「どうせやるなら、いつもかかりつけの〔不二床《ふじどこ》〕にやってもらいてえ」という鬼坊主の依頼のままに、深川今川町の髪結伊蔵が、わざわざ下剃《したぞり》の若い者を連れてやって来た。

いうまでもなく伊蔵も下剃も、鬼坊主の息がかかっている者である。

ことに下剃の若者は〔左官粂〕の弟で六太郎というやつだ。まだ二十《はたち》には二年もまがあるのだが、兄の粂次郎に似てきりっとした男前の上に、巾着切《きんちゃくきり》もやれば荒かせぎもやる。運よくまだ御用にもならず腕に入墨も入ってはいないが、自分から〔左官小僧〕などと名乗り得意になっている六太郎なのである。

鬼坊主たちの整髪は、厳重な見張りのうちに、とどこおりなくすんだ。

ぎこちない手つきで〔左官粂〕の髭を剃りながら泣きべそをかき、兄の粂次郎がひそひそささやくのへ、しきりにうなずきかえしている六太郎を見て、

(これだけの悪党でも、やはり兄弟だ。死別れるのはつらいとみえる)

うすうすは六太郎を怪しいとにらんでいる役人たちも、こう思って苦笑していた。

二

鬼坊主清吉の指令は、その夜のうちに六太郎をつうじて、鬼坊主の妾《めかけ》、お栄にとどけられた。

深川西永代町に住むお栄は、鬼坊主が囲っている三人の妾のうちでも、もっとも古く、親分の信頼がもっとも深い女であった。根津《ねづ》の料理茶屋〔大崎屋〕抱えの酌取女をしていたお栄は今年三十歳。妾の中では一番年をくっているのだが、鬼坊主は、お栄が気に入っていて、

「お栄とは五年もつづいているのだが少しも飽《あ》きがこねえ。あいつの躰の中には泥鰌《どじょう》が泳いでいやがるのだものな」

と、よく洩《も》らしていたものだ。

お栄は頬骨の出張った目の大きい女だが、別に美人ではない。

六太郎から指令を受けたお栄は、昂奮《こうふん》した。

鬼坊主がお栄と六太郎に依頼した肝心の用件はともかく、その用件のために使ってくれという金の隠し場所を鬼坊主が教えてきたのである。

(畜生!! こともあろうに……)

お栄の胸は怒りに疼《うず》いた。

六百両という大金が瓶《かめ》に詰められ、お栄が住む家の土の下に隠されてあるというのだ。

「六ちゃん。お前にいってもしようがないけど、親方も親方だ、いつのまに埋めなすったんだろう。この私には毛ほども知らさず、この私が休んでいるところへ、そっと六百両も……水くさいじゃないか。ねえ、そうだろう」

「もっともだ。もっともだよ、姐《ねえ》さん……」

したり顔に六太郎も相槌《あいづち》をうつ。

お栄の小ぢんまりした住居は、裏通りの長屋とは違って、小さな庭もあるし垣根も

住居の前には入堀の水が流れ、対岸の町家の向うに浄心寺の木立と伽藍《がらん》がのぞまれた。

ある。

小判の詰った瓶は、お栄が寝間にしている四畳半の東側の畳をあげ、縁《えん》の下の土を四尺も掘り込んだところに埋まっていた。

たしかに小判で六百両。瓶から引き出した小判を前に、お栄と六太郎は血走った眼を見あわせ、いつまでも黙っていた。

その夜も雨であった。

金を見たとたんに、お栄は決心をした。

もともと痘痕《あばた》だらけのずんぐりした鬼坊主清吉が好きで妾になったわけではない。金ずくで世話になっていたのだし、一たん女を自分の物にしてしまうと、鬼坊主は毎月きまったものを渡すほかには一文でも余計に出すことをいやがり、お栄をだくときも自分勝手な荒っぽさで、お栄の躰《からだ》を、まるでおもちゃのように扱うのだ。脂臭《あぶらくさ》い体臭もいやだったし、酒も喰《た》べものも馬のように腹の中へ流しこみ、口臭がひどかった。

「十年も辛抱《しんぼう》したらなあ、この土地（深川）で料理屋をやらせてやるよ」

と、こういう鬼坊主との約束があればこそ、お栄も我慢をし、親分の気に入られようと努《つと》めてもきたわけであった。

「なんといっても、頼りになるのはお前ひとりだ」

と、鬼坊主は口癖《くちぐせ》のようにいったものだ。

荒かせぎや強盗の場に、お栄も何度か一役買ってあぶない橋を渡ってきもしたのである。ところが、この春になって、火付盗賊改方のほうからも町奉行所のほうからも捕縄《ほじよう》の輪が、ひしひしと迫ってくるようになったので、一味を分散させ、鬼坊主は粂と吉の二人を従え、上方へ逃げた。

「なあに、一年もすりゃあ帰《けえ》ってくるよ」

ということだったのが、伊勢大神宮の鳥居前で藤堂家《とうどうけ》の侍たちに捕《つか》まってしまったのだ。

こうなれば、料亭の女将《おかみ》におさまろうという、お栄が生涯かけた夢も、みじんに打ち砕《くだ》かれたといってよい。そこへ転げこんだ六百両だ。

「六ちゃん……ねえ、六ちゃん……」

お栄は、いきなり行燈《あんどん》の灯を吹き消した。

蒸《む》し暑くたれこめた闇の中には雨音がこもっている。

お栄がのばした手に、六太郎はするすると引き寄せられた。

「姐《ねえ》さん。いいのかい」

「私あね、前から好きだったのだよ、六ちゃんが……」

「姐さんがいいんなら、俺あ構わねえよ」

「私の……私のいうとおりになってくれるかえ？」

「なるとも」


まだ遠くで雷が鳴っていた。

お栄と六太郎は、汗みどろになった互いの裸を、濡《ぬ》れ手拭《てぬぐ》いでふきあっている。

あれから、もう三日たっていた。

「暑いときは、いやだねえ」

「ふん。そうでもなさそうだったぜ」

「ばか」

「姐さんとこうやっているところをさ、親分や兄貴が見たら、おどろきゃあがるだろうね」

「見ようたって、もう見られるもんじゃないけど……もし見たら、お前の首は胴についちゃあいまいね」

「そうだろうなあ。ふふん。けれど、もう駄目だね」

「もう駄目さ」

「あははは……」

「うふふふ……」

女も男も裸の腕でお互いの躰をしめつけ、床《とこ》の上をころげまわって笑いあった。

六太郎はお栄の思うままになった。それでいて、細い躰のどこにそれが潜《ひそ》んでいるのかと呆《あき》れるほど粘りがきくので、さすがのお栄も持て余すことがある。

まだ髭《ひげ》も生《は》えそろっていない六太郎にしても、親分ひとりのものだったお栄の、見事に豊熟《ほうじゅく》した躰が、いろいろなことを教えてくれるのだから、もう有頂天になっている。

その上に、お栄は、親分の死刑がすんだら、こっそり六百両を握って大坂へ行き、一緒に暮そうとまでいいだしているのである。

(姐さんもこれで、案外の甘ちゃんだぜ)

六太郎はほくそえんでいた。

「それにしても六ちゃん。親分の言いつけだけはなんとかしなくちゃあならないよ。親分が死ぬまでに頼まれたものを届けなきゃあ大変なことになる。もし届かなかったら、親分は自分の首が落ちる前に、必ず私たちの命を……」

「わかってるよう。なに、わけのねえことじゃねえか」

「ぐずぐずしていて、もし獄門《ごくもん》の日が来ちまったら、どうするよ」

「それもそうだな……」

お栄も、青竹のような匂いがする若い六太郎の躰に、思わず爛《ただ》れきってしまったのだが、鬼坊主は牢内《ろうない》で、お栄が届けてよこすものを、じりじりしながら待っているに違いない。

六太郎は、わけのないことだといっているが、鬼坊主が二人を見込み、二人だけに依頼したことは、考えてみると、かなり面倒なものだったのである。

だが、このことを言いつけどおりにやってのけなければ、死際《しにぎわ》の願望が果されなかったというので、鬼坊主は、二人のことを恨み、怒って、江戸市中へ分散している乾分《こぶん》どもに指令を与え、お栄と六太郎に危害を加えるだろうことは、今までのやり口《くち》から見てもはっきりとわかることであった。

鬼坊主清吉が死にのぞみ、二人に依頼したことというのは、つまり辞世の歌がほしいというのである。

「俺たちも天下に鳴った大泥棒だぜ。死ぬときは浅野《あさの》内匠頭《たくみのかみ》でいきてえものだ。俺たち三人が、いよいよというときに、辞世の歌をよんでみねえ、役人どもはぶったまげるぜ。いや役人どもばかりじゃあねえ。江戸中の人間はあっというよ。さすがは鬼坊主だ、左官条だ、入墨吉だと、呆《あき》れたりびっくりしたり、終《しめ》えには手をうって賞《ほ》めそやすに違えねえ。いいかい、お前たち。今までに、泥棒で辞世をよんだ奴は余りいねえよ。だからやりてえのだ、俺は……」

鬼坊主が獅子鼻《ししばな》をうごめかせて得意げにいうと、条次郎も吉五郎も、目をぎらぎらとさせ、

「そいつはいいね、親分……そうなりゃあ俺たちの名が後世に残りますぜ」

「そうよ、そのことよ」

「ところで、親分。肝心の歌は誰がこしらえるんで……？」

「そうよ、そのことよ」

「まさか親分が……」

「馬鹿野郎。俺にできるくらいなら、とっくにこしらえていらあ」

「へえ。あっしも吉五郎も無筆《むひつ》同然……」

「同然もへちまもあるものか。お前たちは無筆よ」

「違えねえ」

「だからなあ。誰かにこいつはこしらえてもらわなくちゃあなるめえ。できるだけうめえやつをなあ。お前たち、心あたりはねえか」

「さあ……」

「よし。とにかく、お栄に頼んで歌よみを探してもらおう。なに、あの女なら、きっと探してくれる。ひろい江戸だ。辞世の一つや二つ、こしらえてくれるものはいくらもいるわさ」

「でも親分、こしらえたその歌よみが、このことを……つまりさ、鬼坊主一味の辞世の歌は、おれがこしらえたものだなんぞといいふらしたらどうなります。せっかくの苦心も水の泡《あわ》ですぜ」

「そうよ、そのことよ。だからなあ、お栄ひとりじゃいけねえ。もう一人、口の堅《かて》え腕のたつ奴がいるのだ。おい、粂。お前の弟はどうだえ?」

「六ですか。へえ。あいつなら大丈夫。受けあいます。で、六の役目は……?」

「その歌よみを眠らす役目よ」

「なるほどねえ……」

「可哀想だがしかたがねえ。しかし粂——その歌よみが一人ものならともかく、おそらく女房子供がいるだろうから、そいつらには俺がちゃんと金を出す。とっておきの六百両。あの金をやれば、むしろ女房なぞは亭主が死んでもよろこぶかもしれねえぜ。六がそっと殺し、お栄がその後で、俺からの香典《こうでん》だといって届けりゃ、なにもわからねえからなあ」

かくて牢内から、お栄のもとへ指令がとんだわけなのである。

三

「見つけたぜ、見つけたぜ、姐さん……」

梅雨があがって、一度に照りだした日盛りの中を、汗をふきふき西永代町へ駈《か》けつけて来た六太郎が語るには……。

たった今、今川町の〔不二床〕へ髪月代《さかやき》と髭剃《そ》りに行くと、店の板壁に富士山を描いた額がかかり、そのあまりうまくもない絵に添えて歌が書かれてあるので、六太郎は、すぐさま〔不二床〕の主人に訊《き》いた。

主人がいうには……この絵は〔不二床〕と堀ひとつ隔《へだ》てた東永代町の裏長屋に住む浪人が描いたものである。その浪人は五十がらみの、それこそ文字どおり尾羽打ち枯らした貧乏浪人で、女房もいるが、子供も小さいのが三人もいる。上の娘が二人とも病死したのは、ひとえに貧乏暮しのためだと噂《うわさ》もされ当人もみとめているほどで、むろん傘《かさ》張りから凧《たこ》の絵まで描いて内職にはげんでいるのだが、絵もうまくないし器用でもなく、まだ女房が丈夫でいたころはなんとかやっていけたのに、その女房がこの春から重病になってしまい、浪人はすっかり音《ね》をあげてしまった……。

「そこでさ、近所のものが見かね、その浪人さんの仕事を見つけてやっているのだがねえ。なかなかうまくいかねえのだよ、六さん。俺もなあ、気の毒だと思ったもんだから、こうして店の名前にちなんだ絵を描かせ、まあ、額《がく》にこしらえて、そこにかけてみたんだが、どうも、あんまりうまくはねえね」

〔不二床〕の主人、伊蔵はこんなことを六太郎にいった。前にものべたが〔不二床〕は、かつて鬼坊主一味の連絡所のような役目を果してきたところだ。

主人の伊蔵は、鬼坊主の庇護《ひご》を受けてきている。

「その歌はなんと書いてあるんだい？　伊蔵さん」

「これかい。俺も読めねえが、昨日来た客がなんとか読んでくれたっけが、忘れたよ。なんでも富士山をよんだ歌だそうだがね」

「ふうん……」

「そんなことより六さん。此《こ》の間のことは一体なんの用だったのだ？　いってくれてもいいじゃあねえか、水臭えぜ」

「それがさ、なんでもねえのだよ、親方……親分も兄貴もな、さか、やきをさっぱりさせて、いさぎよく、あの世へ行きてえと、まあ、これだけのことらしいな」

「本当かい、おい」

「本当ともよ」

白ばっくれて、髪月代をすますと、ここへとんで来たのだと、六太郎はお栄にいった。歌よみを探《さが》すことはわけもないことだったが、その後で殺してしまわなくてはならないので、適当なのを見つけるのに骨を折ったが、もう大丈夫だと、六太郎は息《いき》まいた。

「じゃあ六ちゃんは、その御浪人を眠らせるつもりなのかえ」

「え？　……だってお前、親分が……」

「およしよ、可哀想だよ。固く口止めしておけば、親分が死ぬまでは誰にもしゃべるまいよ」

「ふむ……それあなあ、俺《おい》らだってあぶねえ橋は渡りたくないけどな」

「どっちみち、私たちあ江戸を出て行くんだ。その後のことは知るもんかね」

「そりゃまあ、そうだね」

「けれど、その浪人さん、引き受けてくれるだろうねえ」

「だって姐《ねえ》さん。不二床へかいた絵は、紙代をいれて、たった五十文だそうだぜ」

やがて六太郎は、お栄から二両受け取り、夕風が流れはじめた町へとび出して行った。

浪人は家にいた。

浪人も、その女房も、子供たちも、みんな痩《や》せこけて、目ばかりぎょろぎょろ光らせている。三人の子供のうち十一になる上の女の児は、とうとう木場《きば》の商家へ子守り奉公にやってしまったと、浪人は見栄《みえ》も体裁もなく、ぼろぼろと泣き、六太郎に訴えるのである。

六太郎が見ても、紙みたいな蒲団《ふとん》に細い息をついている女房の命は、もう永くはないとわかる。
がらんどうの家の中では、わんわんと蚊が唸《うな》り声をあげ、二人の子が、臥《ふ》せってい
る女房の傍で、蚊にくわれながら蚊を追っていた。
そういう情景を見ても、別になんとも感じない六太郎は、〔不二床〕の絵を見てき
たと告げ、すぐさま浪人を表へ引っぱり出した。
富岡八幡《とみがおかはちまん》近くの居酒屋へ浪人を連れこみ、六太郎は、ひそひそと例の一件を語って
きかせた。
「二両だ。二両でやってくれませんかね。何しろそういうわけで親分も今はあんまり
持っていねえものでね」
「二両……」
浪人は喉《のど》ぼとけが、ごくりと鳴った。
「不足かい？」
「いや、とんでもない。不足どころか……二両もいただけたら、まことに、このとこ
ろ、われら蘇生《そせい》をする」
「そせい……？」
「いや、やらせていただこう。わ、わしの歌で、よろしかったら……」
浪人は気違いじみた目の光になって、両の拳《こぶし》を握りしめ、身を乗り出してきた。

「おい、おい。あんまり大きな声を出しちゃいけませんや。今も話したとおり、このことは誰にも洩《も》らしてもらっちゃあ困るんだ」

「わかっています、わかる。たとえ悪事を働いてもだ……」

といいかけて、浪人は急に卑屈な笑いを浮かべ、

「いや、これは失礼」

「なに、構いませんよ」

「ともかくだ。その、親分のだ、死にのぞんでの殊勝《しゅしょう》な心がけというものに、わしは、とんと感服《かんぷく》した。よろしい、やらせて貰《もら》いましょう」

「よし、きまった。じゃあ半金の一両を受け取ってくんねえ」

「おっ……これは……すまん。いや助かります、助かります」

そっと下から渡した一両をつかみとった浪人の手は、わなわなとふるえだした。

「その代り、明日の朝までに頼むぜ、御浪人……」

「引き受けた。なんとしても……夜を徹しても、やりとげてみせる」

浪人と別れてから、六太郎は別の居酒屋で、しばらく飲み、五ツ（午後八時）をまわってから外へ出た。

永代橋を渡り、掘割りぞいの道を行く六太郎の足どりは浮き浮きしている。

しきりに鼻唄《はなうた》をうたいながら、六太郎は腹巻《はらまき》の下へさしこんである匕首《あいくち》の柄にさわ

ってみた。

女の躰《からだ》を思うまま楽しんでから、お栄を殺し、六百両を一人じめにしようという計画は、あの夜、お栄に挑《いど》まれたとき、即座に腹にきまったことであった。

四

待っていたお栄を見たとき、六太郎は思わず、小さく叫んだ。

「あ……」

床がのべてある。

酒の仕度がしてある。

そして「どうだったえ？　首尾は……」と彼を迎えたお栄の細紐《ほそひも》ひとつに、ゆるく、しどけなくまとわれた浴衣《ゆかた》の胸もとから、乳房がのぞいている。六太郎が、びっくりしたのは、その乳房にまで白粉《おしろい》が淡《うす》くのっていて、乳首《ちくび》に紅までさしてあったからだろう。

これは鬼坊主の好みで、よくやらされたことなのだが、六太郎には、はじめてであった。

雨戸を閉めきった部屋の中には、お栄の匂いがむんむんとたちこめている。

「汗だらけじゃないか。裏に行水《ぎょうずい》の仕度がしてあるよ。早く浴びといでな。それから、……ね、六ちゃん……」

「う、うん。うん……」

さっきここを出る前に、もうこれが名残りというやつだからと、日盛りの戸を閉めて、お栄の躰を存分にむさぼった六太郎だったが……。

（よし。殺《や》るのはいつでも殺《や》れる）

もう、たまらなくなってきて、

「姐さん……」

むしゃぶりつくと、お栄は、

「汗臭いなあ。早く行水を……ね……」

「よし」

裏へ出て、ざぶざぶと躰を洗った。

匕首は台所の隅に隠した。

（ふん。明日の朝までに息が止まるのも知らねえで、いい気なもんだ）

六太郎は急に、自分が一人前の悪党になれたような気がした。お栄の死体は、小判が入っていた瓶《かめ》が隠されていたところへ埋めこむつもりだ。

死罪がきまった鬼坊主の妾《めかけ》が行方不明になったとしても、仲間のものは怪しむまいし、それにお栄は一味のものからは余り好感をもたれていないことも、六太郎は承知している。

部屋へもどると、お栄は、茶碗《ちゃわん》で冷酒をあおっていた。顔にも、どきりとするような血の色がのぼっている。

「でも、よかったねえ。明日の朝までに歌ができあがればさ、親分も大よろこびだよ」

「どんな歌ができるんだかなあ」

「まあ、六ちゃん。一杯お飲みよ」

「俺あ、飲んできたんだよ」

「いいじゃないか。一杯だけ、ぐーっと……ね、前祝いだもの」

「よしきた」

お栄が注《つ》いでくれた冷酒を一気に飲みほし、六太郎は、けだものみたいにお栄へとびかかっていった。

鬼坊主清吉ほか二名の盗賊が、江戸中引きまわしの上、品川の刑場で磔《はりつけ》になったのは、文化二年六月二十七日である。

薄曇りの、蒸し暑い日であったが、鬼坊主も左官粂も入墨吉五郎も、そろいの縞《しま》の単衣《ひとえ》の仕立ておろしをさっぱりと身につけ、これもそろいの白地へ矢絣《やがすり》の三尺をしめ、本縄《ほんなわ》をかけられたまま馬に乗せられ、伝馬町牢屋《ろうや》の裏門を出た。

三人の罪状をしるした紙幟《かみのぼり》と捨て札をかかげた非人《ひにん》二人を先にたて、槍《やり》や捕道具を持った三十人ほどが警固の列をつくり、江戸市中目ぬきの場所を引きまわすのである。

沿道は野次馬の群によって喧噪《けんそう》をきわめた。

江戸中を震撼《しんかん》させた大泥棒の末路を見ようと押しかけた見物は押し合いへし合い、汗みずくになって引きまわしの列のまわりにひしめいた。

にたりにたりと、不敵な笑いを浮かべ、馬上の三人は野次馬どもを見下しつつ、ことさらに見物が多いところへ来ると、鬼坊主が、

「停めて下せえ」

と怒鳴る。

そうして非人を呼んでもらい、濡《ぬ》れ手拭《てぬぐい》で顔や躰の汗をふかせるのだ。

十分に金も撒《ま》いてあることだし、それに引きまわし獄門の当日となれば、罪人の願いは、お情けとしてなるべく聞いてやるのが常例であった。

汗をふかせておいてから、さて、鬼坊主清吉は悠然と背を反《そ》らし、声も高らかに辞世をよみ上げるのである。

「武蔵野《むさしの》にぃ、名ははびこりし鬼あざみぃ、今日の暑さに、少し萎《しお》れるぅ」

と鬼坊主がやれば、左官粂も負けじと声を張り上げ、

「商売の悪も左官の粂なればあ、小手は離れぬ今日の旅立ちぃ」

つづいて、入墨吉五郎も目をむき出し、

「浄玻璃《じょうはり》の鏡にうつる紙のぼりぃ、今のうわさも天下いちめーん」

御詠歌《ごえいか》みたいな、変な節まわしなのだが、二日二晩も稽古《けいこ》したおかげで、朗々たるものだ。

見物は仰天し、喚声をあげる。

中には手を振って鬼坊主を賞《ほ》めそやすやつもいる。

女たちは、むしろ、うっとりとなって盗賊どもを見上げ、引きまわしの列が動きだすと嬌声《きょうせい》をあげて後を追った。

鬼坊主は満足であった。

(どうだ！　ざまあみやがれ)

得体の知れぬ昂奮《こうふん》と、舞台上の役者にでもなったようなこころよさに、鬼坊主も左官粂も入墨吉も、今のところは死の恐怖から解放されていた。

その点では、彼等は利巧者だったといえよう。

渦巻き揉《も》み合う見物の群れの中に、お栄はいた。

四日前の夜更け……自分の裸体をだきしめながら悶死《もんし》した六太郎のことなどは、も

う お栄の念頭にはなかった。

六太郎に飲ませた酒は毒酒であった。

砒素《ひそ》のほかに、名も知らない毒薬を二種類ほどまぜたのだが、このやり方は鬼坊主から教わったものだ。

鬼坊主一味の犯罪のうち、これまでに毒酒を使って行った大仕事もあり、そのうち二度ほどは、お栄も一役買っている。

悪党ぶってみても、まだ十八歳の六太郎が、まんまとしてやられたわけだ。

血を吐いて苦しみながら、それでも六太郎は憤怒《ふんぬ》の形相《ぎょうそう》もすさまじく、お栄を絞め殺そうとこころみたが、駄目であった。

六太郎は、六太郎がお栄の死体を埋めようと考えていたところに埋まっている。

六百両は、まるまるお栄のふところに転げこんだのだ。

鬼坊主清吉は上野山下で馬を停めさせたときに、群集の中にお栄を見出《みいだ》した。

(すまなかったなあ、お栄……)

にっこりとお栄に笑って見せてから、鬼坊主は意気も天をつくばかりに、

「武蔵野にィ、名ははびこりし、鬼あざみィ……」

と、やりはじめた。

お栄は、ぽかんと口を開け、親分の顔を見守った。

前には醜男《ぶおとこ》だときめていた親分の痘痕面《あばたづら》も、どうして中々りっぱなものだと、お栄は思った。

(さすがは親分だ。こんなに男らしい真似《まね》は、ほかの奴らにゃあできやしないものねえ)

なるべく早く金を持って江戸を離れるつもりのお栄だったが、

(どんな面《つら》をしてあの歌をよむのだか、ひとつ見物してやろう)

と、冷やかし半分に出て来たのに、今はなにもかも忘れ、お栄は夢中になり、全身を熱くして、ものにつかれたように鬼坊主清吉を見上げていた。

お栄もまた、舞台にのぼって劇中の一人になったような錯覚に溺《おぼ》れこんでしまっていたようである。

お栄の姿を見かけた左官粂も、

「商売の悪も左官の粂なればあ……」

声を張りあげながら、眼はきょろきょろと、弟六太郎の顔を探し求めていた。

金太郎蕎麦《そば》

一

その男の躰《からだ》は、何本もの筋金《すじがね》をはめこんだようにかたく、ひきしまっていた。見たところは四十がらみだが、胸のあたりの肉づきもがっしりともりあがり、それだけに遊びかたもしつっこくて、お竹もしまいには悲鳴をあげてしまった。

「ごめんよ、ごめんよ、ねえちゃん。そのかわり、今度は私がお前さんに御奉公だ」

男は、あぶらぎったふとい鼻を小指でかいてから、もじゃもじゃ眉毛《まゆげ》をよせ、

「さ、うつ伏せにおなり」

やさしくいった。

「どうなさるんです、旦那《だんな》……」

「ま、いいから、うつ伏せにおなりというに……」

「あい……」

と答えはしたものの、この上にもてあそばれてはとてもたまらないと、お竹は思った。

(でも、仕方がない。この旦那は、私に一両もはずんで下すったんだもの)

観念をして、お竹はふとんの上にうつ伏せになった。

顔のほうは、目も斜視《すがめ》だし鼻すじもいびつだし、誰が見ても美人だとはいえないが、躰だけは、お竹自身が自慢のものであった。

越後うまれのお竹の肌はぬけるように白くて、男の肌をこちらの肌にとかしこんでしまうほど肌理《きめ》がこまかい。

十九歳の若さが躰のどこにも充実していた。

「ほめるわけじゃないが、お前さん、その肌だけは大切におしよ」

男は、お竹の背中から腰へ長じゅばんをかけてやりながら、そういった。

と思うまもなく、男の手が、お竹の腰を押えた。

「あ……ああ……」

思わず、お竹は嘆声をもらした。

「いい心もちだろう。さ、ゆっくりとお眠りよ。私はこう見えても、あんまがうまい。さんざたのしませてくれたお礼に、すっかりもみほごしてあげるからね」

男の指は、たくみに動きまわった。

障子の外は明るかった。

晩春の陽射《ひざ》しが部屋の中の空気を、とろりとゆるませている。

ここは、下谷《したや》池《いけ》ノ端仲町《はたなかちょう》にある〔すずき〕という水茶屋だ。女主人のおろくというのは六十にもなるのに茶屋商売兼業で金貸しをやり、そのほかにも手をひろげ、金もうけになることならなんでもやろうという婆さんなのだ。

客をとる女に、そっと場所を提供するのも、なんでもやろうのうちの一つに入っているわけであった。

享和《きょうわ》三年のそのころ、江戸市中には公娼《こうしょう》のほかに、種々雑多な私娼が諸方にむらり、奉行所の手にあまるほどの盛況をしめしていた。女あそびをするのなら公認を得ている新吉原《しんよしわら》をはじめ、いくつかの廓《くるわ》へ行けばよいのだが、もっと安直に遊ぼうというためには、私娼のいる岡場所へ出かけて行かねばならない。

そのほかに、お竹のような女が客をとる仕組みもあった。

つまり、客商売で肌を荒らしてはいない素人《しろうと》女が、生計のために、ときたま客をとる。客もまたこれをよろこぶのである。したがって金もかかるが、客は、水仕事に荒れた手をしているくせに肌身は新鮮な女にひかれて後を絶たない。

私娼に対する奉行所の監視はきびしいものだし、捕《つか》まったら最後ただではすまない。しかし、誰にも知られず気のむいたときに出て行って、客をとる自由さが、それを必要とする女たちにはなによりのことで、病気の亭主をかかえた女房が、昼間にそっと春を売ることもあった。

お竹は、浅草阿部川《あべかわ》町の飯屋〔ふきぬけや〕の主人の世話で、客をとるようになった。

〔ふきぬけや〕と〔すずき〕の婆さんとは密接な連絡がたもたれていて、お竹は飯屋の主人の呼び出しをうけ、気がむいたなら、そっと仲町の水茶屋へ出かけて客を待つという仕組みなのである。

お竹が客をとるようになったのは、去年の十二月からであった。

ふだんは、手伝いのかたちで〔ふきぬけや〕の女中をしているのである。飯屋の女中でも生きて行けないことはないのだが、お竹には別にのぞみがあった。

人なみに嫁入りをするということなどは、すでにあきらめてしまっているお竹だ。

それには、あきらめざるをえないような事がらが彼女の身の上に起きたからである。

それにしても、こんな客は、はじめてであった。

武州《ぶしゅう》・川越《かわごえ》の大きな商家の旦那で、ときどき江戸へ出てくるのだというが、昼遊びで二分というきまりを一両も出し、遊んだあとで女をあんましようという変った旦那なのである。

「若いうちはいいなあ。どうだい、躰中のどこもかしこも、こりこりしているじゃないか」

川越の旦那は、そんなことをつぶやきながら、あきることなくあんまをつづけるのだ。

「もう、けっこうです。それじゃ、あたしが困ります」

お竹がたまりかねて起きあがろうとすると、

「いいさ。こんなに見事な躰をもませてもらうのもこれが最後かもしれない」

「え……？」

「なに、こっちのことだよ」

「もう来ては下さらないんですか？」

いい客だと思うから、お竹も精いっぱいの愛嬌《あいきょう》を見せてきくと、

「たぶんねえ」

川越の旦那は、ためいきをついて、

「どうも商売が急に忙しくなりそうなので、しばらくは江戸へも来られないよ」という。

もまれているうちに、お竹は睡《ねむ》くなった。

肩から背すじへ、そして腰へと、旦那の指にもみほぐされると、あんまなどに一度もかかったことのないお竹の若い躰もくたくたにこころよくなり、ついつい眠りこん

でしまったのだ。

はっと目がさめた。

川越の旦那はいなかった。

夕暮れの気配が、灰色に沈んだ障子の色に、はっきりと見てとれる。

「あら……」

あわてて躰を起しかけ、お竹は「あっ」といった。

はちきれそうな乳房の谷間へ手ぬぐいに包んだ小判が差しこまれていたのである。

二十両あった。

川越の旦那がくれたものに違いないと、お竹は思った。小判を包んだ手ぬぐいに見おぼえがあったからである。

「まあ……」

そのとき、お竹は身ぶるいをした。

(これで、私も、商売ができる……)

水茶屋を出るとき、〔すずき〕の婆さんはお竹の取り分として一両のうち二分しかよこさなかったが、お竹にとって、そんなことは、もう問題ではなかったといえよう。

二

お竹は、越後の津川《つがわ》にうまれた。

うまれたとき、すでに父親は死んでいたという不幸な生いたちである。母親は津川の実家へもどって来てお竹をうんだのだ。

津川は、新潟と会津若松《あいづわかまつ》の中間にあって往来交易のさかんな宿駅だが、お竹の母親の実家は小さな商人であった。

お竹が六歳の夏に母親が病死をすると、子だくさんの伯父《おじ》夫婦はお竹を邪魔にしはじめた。

江戸からやって来る旅商人の口ぞえで、お竹が江戸へ連れて行かれ、本所元町《ほんじょもとまち》の醤油酢《しょうゆす》問屋・金屋伊右衛門方へ下女奉公に出たのは彼女が九歳の春であったという。

主人の伊右衛門は養子で、帳場でそろばんをはじくよりも書画や雑俳《ざっぱい》に凝《こ》るといった人がらだものだから、商売は一手に女房のおこうが切りまわしていた。

よいあんばいに、お竹は、この男まさりのお上《かみ》さんから可愛がられ、

「行先のことを心配おしでない。私がいいようにしてあげるからね」

と、おこうはお竹を手もとにおいて使ってくれ、ひまがあれば手習いや針仕事、そ

ろばんのあつかい方までおぼえるように、念を入れてくれたものだ。

(こんなに、私はしあわせでいいのかしら……)

越後の伯父の家での陰々《いんいん》とした幼女のころの暮しを思うにつけ、お竹は今の自分が享受《きょうじゅ》しているものを、むしろ、そらおそろしく思った。

十四か五の彼女が、行手の不幸をおぼろげながらにも感じていたのは、やはりうまれ落ちたときからの苦労が身にしみついていたからであろう。

(このままではなんだかすまないような気がする。このまま、私が、しあわせになって行けるほど世の中はうまくできちゃあいない……)

そのとおりになった。

寛政十年の夏のさかりに、お上《かみ》さんのおこうが急死をしてしまったのである。

いまでいう脳溢血《のういっけつ》であったようだ。

お竹は、このとき十四歳であった。

以後、金屋の商売は、まったくふるわなくなった。

お上さんでもっていた店であるだけに、おとろえ方も早く、主人の伊右衛門は女房に死なれて、ただもう、おろおろと何事にも番頭まかせにしておいたものだから、店を閉《し》めなくてはならぬようになるまで一年とはかからなかった。

伊右衛門は、一人息子の伊太郎と下女のお竹と老僕の善助をつれ、深川亀嶋町《かめしまちょう》の裏長屋へ引き移ることになった。

半年もして、本所の店が商売をはじめたと思ったら、なんと大番頭の久五郎が主人におさまっているのだ。

くやしがったが、どうにもならない。久五郎は、法的にも遺漏《いろう》のないように店を乗っ取ったのである。

とにかく、なんとかしなくてはならない。

伊右衛門は五十にもならないくせに愚痴《ぐち》ばかりこぼしていて、朝からふとんをかぶり、夜もかぶりつづけているといった工合《ぐあい》だから、十五になる伊太郎にのぞみをかけ、老僕の善助とお竹が働くことになった。

二人は、子供のおもちゃにする巻藁《まきわら》人形を売って歩きはじめた。雨がふらぬかぎりは諸方の盛り場や縁日をまわって、はじめのうちは五十文そこその売りあげであったが、そのうちに二人あわせて日に四、五百文のもうけを得ることができたのである。

三年たった。

お竹は十七歳、伊太郎は十八歳である。

伊太郎は、父親の伊右衛門が病死をした十六の春から堀留町《ほりどめちょう》の醬油酢問屋・横田屋五郎吉方で働いていた。

横田屋は同業の関係もあり、かねてから金屋の零落《れいらく》ぶりに同情をよせていたものである。

伊太郎は亡母ゆずりの才気と愛嬌があって、これを横田屋の主人に見こまれた。

「どうだね、伊太郎。お前もいずれは一本立ちになるつもりなのだろうが……いっそのこと、酒屋をやってみないか。ちょうどいい売り据《す》えの店があるのだがね」

と、横田屋五郎吉がいったのは享和二年二月のことであった。

その酒屋の売り店は横田屋のすぐ近くで、売り値は三十両だという。

「とんでもございません。私も十五のときから世の中へ放り出されまして、一時《いっとき》は子供のおもちゃを売り流して稼いだものです。そのとき、ためました金が十両ほどございますが、それでは、とても、とても……」

と、伊太郎は首をふってみせた。

横田屋は、伊太郎がもってきて見せた十両余の金を見て、いよいよ感服したものだ。

「えらいものだ。お前は亡くなったおっ母さんそっくりだよ。それにしても、子供のときから、しがない商いをして、よくこれだけのものをためたものじゃないか」

「へえ……おそれいります」

うつむいて、伊太郎は、そっと指で目がしらを押えたものだ。

十九の若者にしては、まことに隙《すき》のないやつではある。

伊太郎がもっていた金十両は、みんなお竹が稼いだものだ。

「一日も早く、小さな店でもいいから持つようにと、私は、そればかり祈っているんです」

と、お竹は白粉《おしろい》も買わずに伊太郎へ差し出しつづけてきたのだ。

亡くなったお上《かみ》さんへの〔忠義〕ばかりではない。

すでに、お竹は伊太郎と只《ただ》ならぬ関係にあったのだ。

一年も前からである。

横田屋に対して、伊太郎は、お竹のことをおくびにも出さなかった。

当然であろう。

少し前に、伊太郎は早くも横田屋の娘で十八になるおりよにも手をつけていたのだ。

すばしこいやつではある。

そのことを知らずに、横田屋五郎吉が、

「どうだい。その十両のほかの足りない分は、私が出そうじゃないか。そのかわり、お前にきいてもらいたいことがある。いいえね……実は、お前がよく働いてくれもするし、行く先ひとかどの商人《あきんど》にもなれよう見こみもついたことだし、女房とも相談の上で、ひとつ、うちのおりよをお前にもらってもらいたい、と、こう思うんだが、どうだろうね」

待ってましたと手をたたきたいのをじっと我慢して、伊太郎はあくまでも殊勝《しゅしょう》げに、

「もったいない」

と、いった。

これで万事きまった。

お竹は、のけものにされた。

「女房にする」

と伊太郎もいわなかったのだが、お竹は、そのつもりでいた。

老僕の善助でさえ、そう思っていたのだから、二人がむつみあうありさまは、ごく自然の成行《なりゆき》であったといえよう。

もちろん、そのときは伊太郎もお竹を捨てるつもりではなかったかもしれない。

ところが横田屋のおりよというものを見てから、次第に伊太郎の野望が本物になっていったのであろう。

おりよとの婚礼をすましてしまってから、伊太郎が亀嶋町へやって来て、

「私は、お前を女房にするといったつもりはないよ」

と、お竹に釘《くぎ》をさした。

「小さな店だが働くつもりがあるんなら、お前も来てくれていいんだが……」

「けっこうです」

お竹は、表情も変えずに答えた。

そして（ああ……やっぱり、こんなことになってしまった……）と思った。

少し前から、お竹は女らしい直感で、伊太郎の心が自分から離れて行くのを予知していたようなところもある。老僕の善助は、

「これから、お竹ちゃんはどうするのだ、どうするのだ」

と心配をしながらも、伊太郎の店へ行ってしまった。

お竹は、唇をかみしめて耐《た》えた。

阿部川町の居酒屋兼飯屋の〔ふきぬけや〕へ住み込み女中に入ったのは、伊太郎と別れて三日後のことである。

三

〔ふきぬけや〕の主人に、

「いやなら無理にすすめないがねえ、お前ほどの躰《からだ》をしていれば、いい儲《もう》けになるのだが……」

こうもちかけられたとき、それまでは虚脱《きょだつ》状態にあったお竹の脳裡《のうり》に、

（どっちみち身より一つないいんだもの。なんとか女ひとりで食べて行けるようにならなけりゃ……）

と、この考えがぱっと浮かんだ。

むかし、金屋のお上さんが女手ひとつに店を切りまわしていたように、

（私だって、できないことはない）

金をためて、どんな小さな商売でもいいからやってみたい。それができたなら、大手をふって世の中を渡れよう。

また、ぱっとひらめいたものがある。

（私、蕎麦《そば》屋をやってみたい）

前に、巻藁人形を売って歩いていたころ、お竹には只ひとつのたのしみがあった。

お竹は主人父子を養うために差し出す稼ぎのうちから、少しずつためこんでおいて、三月に一度だけ上野の仁王門前にある〔無極庵《むきょくあん》〕という蕎麦屋で、鴨南ばんか天ぷらそばをおごるのが唯一の生きがいであった。

天ぷらそばは、このころから蕎麦屋であつかうようになったもので、貝柱のかきあげがぎらぎらとあぶらを熱い汁にうかせているのをすすりこむとき、お竹は、まるで天国へでものぼったような心地がしたものである。

十五か六の少女が、ひどい貧乏ぐらしに耐えて主人父子につくしているといった境《きょう》涯《がい》だったのだから、無理もない。

伊太郎の愛？をうけるようになってから、二人して〔無極庵〕に出かけたこともあ

る。

あぶらっこい天ぷらもよかったが、そのあぶらっこさの中からすすりこむ蕎麦の清らかな香りが、お竹はこよなく好きであったのだ。

蕎麦屋の売り据《す》え店なぞは、探せばいくらでもあった。ひろい江戸の町なのである。

(やってみよう)

お竹は、決心をした。

はじめての客は、浅草の〔ちゃり文《もん》〕とよばれた有名な彫物師《ほりものし》で、三十そこそこのいなせな男だった。

「お竹ちゃんの、この白い肌に牡丹《ぼたん》の花を彫《ほ》ってみてえな」

と、ちゃり文は口ぐせのようにいった。

ちゃり文はあっさりとした遊び方をして、水茶屋の婆さんへわたす金のほかに、かならず、お竹へいくらかのものをおいていってくれた。

「お前の肌てえものは、こりゃ大へんなものだぜ。こんな肌をしている女には、なかなかぶつからねえもんだ。大切にしなくちゃいけねえ」

ちゃり文が、そういうと、お竹は、

「でも、もうお嫁さんになれるわけのもんでもなし……だって、私の顔見てごらんなさいな。どうみたって……」

「どうみたって？　なんだ」

「お、た、ふ、く」

「ばかをいえ。好きな男ができたら、そいつの前で素っ裸になってみねえ。少しましな男なら見のがすはずはねえ、とびついてくらあな。おれだって、八人の子もちで二人の女房をもっているのでなかったら、まっさきに名乗りをあげるぜ」

とにかく、ちゃり文の親方は、お竹にとってはいい客であった。

このほかに三人ほどお竹でなければならぬという客がある。

みんなやさしい連中ばかりであったから、お竹の心も躰も客をとるわりには荒れなかった。

もっとも、客をとるのは月のうち四、五度ほどで、それ以上はつつしんだ。〔ふきぬけや〕で働くほかの女中の手前もある。

客をとりはじめて、まだ半年にもならないのだから、お竹のためた金は三両そこそこであった。

蕎麦屋の売り店を買うためには、どうしても二十両から三十両はかかる。

いいかげんにためいきも出ていたところへ、毛むくじゃらで、あんまの上手な川越の旦那《だんな》が、躰をもみほごしてくれたあげく、ぽんと二十両もおいて行ってくれたのだ。

それからもう、お竹は客をとらなかった。

四

浅草駒形《こまがた》の唐がらし横町に住む彫物師ちゃり文の家を、お竹がおとずれたのは、翌文化元年春のことであった。

およそ一年ぶりで、お竹の顔を見たのだが、なつかしさよりも先にちゃり文は大あわてになった。

「い、いけねえよ、お竹ちゃん。こんなところへ来ちゃ、いけねえ」

家に女房がいたので、ちゃり文は狼狽《ろうばい》しきっている。よほど女房には頭が上がらないことをしつづけてきたに違いなかった。

「親方。そうじゃあないんです」

「な、なにがよ」

「お、親方にお願いがあるんです」

「なんだ？」

その願いというものをきいたとき、さすがのちゃり文もびっくりしたが、

「そこまで決心をしたのなら……ま、やってみねえ」

こころよく引きうけてくれた。

その日から三ヵ月、お竹は一日おきほどに、ちゃり文の家へかよいつめた。

夏がきた。

そろそろ、梅雨《つゆ》もあがろうかという或《あ》る日に、お竹は、上野仁王門前の蕎麦屋〔無極庵〕をおとずれ、主人の瀬平に相談をもちかけた。

瀬平は、お竹が巻藁《まきわら》人形を売っていたころに蕎麦を食べにきたこともよくおぼえているし、このところしばらく見えなかったので、

「あの働きものの娘《こ》はどうしたんだろう」

気にもかけていたところであった。

「もう一年も前に、その春木町《はるきちょう》の蕎麦屋の売《う》り据《す》えを買って、商売をはじめてみたんですけど、場所も悪いし、前にいたのをそのまま雇《やと》った職人の腕もまずいんです。いえ、人がらは実直な男なんですが、そばつくりの修業が足りていません。でも、私はなんとしてもやってみたいんです、やりぬいてみたいんです」

お竹は必死であった。

〔無極庵〕の職人を貸してもらえないかというのである。

うじうじと思案をかさねる前に、このごろのお竹は行動をはじめるというくせがついた。

いかいかのるかそるかというとき、思いつめた人間が逆境をはねのけようとする懸命さのあ

らわれである。

「私も、これからは自分で出前持ちをやろうと思うんです、旦那……馬鹿な女だとお思いかもしれませんが、まあ、見て下さいまし」

地味な、もめんの単衣《ひとえ》の肌を、お竹がぱっとぬいだ。

そこは店先ではなく、主人夫婦の居間の中であったが、主人の瀬平も女房のおりきも、思わず「あっ……」と声をあげたものである。

帯から下は見るべくもないが、むっちりと張った左の乳房に鉞《まさかり》をかついだ金太郎のまっ赤な顔が彫りこめられ、金太郎の無邪気につきだした口が、いまや、お竹の乳くびを吸おうとしている図柄であった。

おそらく金太郎の全身は、お竹の下腹から背中にかけて彫りつけられているものと見えた。

つまり、お竹の左半身に彫ものの金太郎がだきついているという趣向《しゅこう》なのである。

「うーむ……」

うなり声をあげたきり、瀬平夫婦は目を白黒させている。

さすがに、江戸でも名うての彫師とうたわれた〔ちゃり文〕の仕事であった。

筋彫《すじぼり》という手のこんだ技巧を要するやり方で朱入り、金入りという見るからに燦然《さんぜん》たるものだ。

「お、お前さん、若い身そらで、肌をよごして、どうなさるおつもりなのだ」

しまいには、瀬平もがたがたとふるえはじめた。

気のつよい男でも、これだけの彫ものをするための痛みには耐えられない。しかも女の胸と腹のやわらかい肌身が、よくもこらえぬいたものである。

二十《はたち》そこそこのお竹が、このような躰《からだ》をしていると知って、主人夫婦は、なにか、とんでもない言いがかりをつけられるのではないかと恐れたのである。

「ごめん下さいまし」

と、すぐにお竹は肌を入れた。

「これは客よせの彫ものなんでございます」

「なんだって……」

「もろ肌をぬいで、私は店でも働き、外へ出前にも出るつもりなんでございます」

あっけにとられている瀬平に、お竹は、

「まず、おききなすって下さいまし」

うまれてからこの方の身の上を少しも包みかくさず、淡々と、しかも誠意を面《おもて》にあらわしつつ、お竹は語った。

「なんと申しましても場所が悪く、いずれは表通りへ出たいと思っていますけれど、いまの私には、これで精いっぱいのところなんです。なんとかしてお客を寄せなくちゃあいけない、ここでくじけてしまっては、張りつめてきた心がぽっきり折れて、もう自分がどうにもならない女になってしまう、そんな気がするんでございます」

そのころの江戸は、まさに爛熟《らんじゅく》の頂点にあった。

天明《てんめい》、寛政、享和、文化……とつづいた十一代将軍・家斉《いえなり》の時代である。

物資が江戸に集中し、経済の動きもこれにしたがって派手一方になる。

江戸市民の衣食住から娯楽にいたるまで、とおりいっぺんのものでは満足できないといったぜいたくさが、たとえば商家の女中にまで及んでいたのだ。

こういう世の中であるから、営業不振で店じまいをした蕎麦《そば》屋をお竹のような若い女が買いとっても、どうにもなるものではない。

覚悟はしていたことだが、お竹の若さがそれを押しきろうとしたまでである。

仕込んだ材料が残り余る日々がつづいて、出前の小僧も逃げ出し、由松《よしまつ》という蕎麦職人と二人きりになったとき、

（そうだ……）

きらりと、お竹の脳裡《のうり》にひらめいたのは、前に客をとっていたときのなじみの〔ちゃり文〕のことであった。

「お竹ちゃんの肌に、思いきり彫ってみてえ」

ともらした、その言葉を、お竹は突然に思いうかべたのである。

それがいいことか悪いことかを考えるよりも先に、お竹は浅草のちゃり文の家へ駈《か》け出したのだ。

「私がこんな大それたことをして、たとえお客がきてくれても、いちばん大切なのは蕎麦の味なんです。いま私のところにいる由松というのは、不器用ですが教えこめばおぼえられるだけの、まじめさをもっている男なんです。それで、あつかましいとは存じながら、こうして……」

「わかりました」

と、〔無極庵〕の主人がいった。

「けれど、お前さん。肌の彫ものを客寄せにつかうことは、いつまでもやっていちゃあいけない。客が来て、味をおぼえて、また来てくれる。それが食べものやの本道だ。店の中も口に入れるものも、小ぎれいで、おいしくて、その上に、店をやるものの親切が、つまりまごころてえものが食べるものにも、もてなしにも、こもっていなくちゃあ、客は来ないよ」

「はい」

「よござんす。腕のいい職人を一人、貸してあげましょう。ただし、三月《みつき》をかぎってだよ。その三月の間に、お前さん、お客をつかんで離さないようにするのだ。そして三月たったら肌の彫ものも見せちゃあいけない。これだけのことを約束してくれるなら、相談にのってあげましょう」

「あ、ありがとうございます」

といったとたんに、お竹は、のめるように伏し倒れた。永い間の緊張の持続が一度にゆるんだからであろう。

五

お竹の捨て身の所業《わざ》は、見事に効を奏した。〔無極庵〕が貸してくれた職人は中年の男で房次郎といったが、無口のくせにすることは親切であり、由松を教えこみつつ、客に出す蕎麦の味を一変せしめた。

しかし、なによりも春木町かいわいで大評判になったのは、もろ肌をぬぎ、金太郎の彫ものを躍動させつつ、蕎麦を運ぶお竹の異様な姿である。

白粉《おしろい》もぬらず紅もささず、雪白の肌に汗をにじませ、ひっつめ髪に鉢巻《はちま》きまでして懸命にはたらく彼女には、なにか一種の威厳さえもにじみでていた。

外へ、肌ぬぎのまま出前に出ても、警吏《けいり》に捕まるようなことがなかったという。

後年の天保改革が行われるまでの江戸市中は、こうした所業に寛大であったし、ことに、お竹のすることを見ていると、まるで女だか男だか、一種異様な生きものの、すさまじいばかりの意気ごみを感ずるのが先で、いささかの猥褻《わいせつ》さも人々はおぼえなかった。

本郷《ところ》の無頼漢どもでさえ、道で、出前のお竹に出会うと、こそこそと姿をかくしたということだ。

たちまち、お竹の店は割れ返るような盛況となった。三ヵ月で、お竹はぴたりと肌をおさめた。

しかし、客足は絶えなかった。

それから約一年たった。

すなわち文化二年六月二十七日である。

この日……。

かねてから江戸市中でも大評判になっていた大泥棒、鬼坊主《おにぼうず》清吉《せいきち》の処刑がおこなわれた。

鬼坊主は乾分《こぶん》の入墨吉五郎と左官条次郎《くめじろう》の二人とともに伝馬町《てんまちよう》の牢獄《ろうごく》から引き出され、市中を引きまわしの上、品川の刑場で磔《はりつけ》になるのである。

泥棒三人は、そろいの縞《しま》の単衣《ひとえ》の仕立ておろしを身につけ、これもそろいの白地へ矢絣《やがすり》の三尺をしめ、本縄をかけられたまま馬にのせられ、江戸市中目ぬきの場所をえらんで引きまわされた。

三人の罪状をしるした紙幟《かみのぼり》と捨て札を非人二人が高々とかかげ、警固の捕吏や役人が三十人ほど列をつくった。

なにしろ、はりつけになるというのに、鬼坊主の清吉は辞世までよんだやつだ。筋肉たくましい躰《からだ》を悠々と馬の背におき、にたりにたりと不敵な笑いをもらしつつ引きまわされて行く。

「なるほど、さすがは音にきこえた大泥棒よなあ」

「てえしたもんだ、目の色も変らねえ」

などと、沿道にむらがる野次馬どもは大へんな騒ぎである。

引きまわしの途中で、何度か休止があった。

このときは泥棒三人も馬からおろされ、水なり食べものなり、ほしいものをあたえてもらえる。

この休止のたびに、鬼坊主は辞世の歌を高らかに叫ぶ。

武蔵野に名ははびこりし鬼あざみ
今日の暑さに少し萎《しお》れる

というのが、辞世であった。

しゃれた泥棒もいたものだが、このため、群集が鬼坊主へかける熱狂は、すさまじいばかりのものとなった。

いよいよ、これが品川刑場へ向う最後の休みというときに、鬼坊主清吉は乾分の二人に向い、

「いよいよ、もうおしめえだな」

にやりといった。

「へえ」

左官粂も入墨吉も度胸はいい。いや、少なくともいいところを見せて、

「人の一生というものなあ、短けえもんでござんすね」

いっぱしのことをいう。

「ふむ。お前たち、この期《ご》におよんで、いちばん先に頭へうかぶのはなんだ？」

「そりゃあ親分、女でさあ」

乾分二人、口をそろえていった。

「そうか」

鬼坊主もうなずき、

「みっともねえが、実は、おれもそうなのさ。ほれ、いつか話したことのある……」

「あ、池ノ端の水茶屋で買った肌の白い女のことで？」

「うむ。あれだけの肌をもった女は、おれもはじめてだった。あんな味のする肌をしゃぶったことはねえ。あんまり男みょうりにつきる思いをさせてもらったので、おれはな、財布の中の二十両をぽんとくれてやったものだ」

「しかも、あんままでしてやったとか……」

と左官粂がいうと、入墨吉も、

「これで親分も存外あめえところもあったのだなあ」

三人、声をそろえて笑った。

死ぬことへの恐怖をなんとかしてその直前まで忘れていようという必死の努力だったともいえよう。

そのころ、本郷春木町のお竹の店では、

「なにしろ大へんなにぎわいだといいますよ、お上さん。そりゃそうだ。鬼坊主がやった悪さの数は、とても数えきれないといいますからね」

〔無極庵〕ゆずりの天ぷらをあげながら、由松がお竹にいった。

お竹は、ふふんと鼻で笑った。

「くだらない泥棒のお仕置きなんぞを見物しているひまが私たちにあるものかね」

「そりゃあ、そうですね」

由松は甲州石和《いさわ》のうまれで二十二歳になる。

前の店では三人いた職人のうち、いちばん下ではたらいていたものだ。

〔無極庵〕の房次郎に仕込まれて、いまの由松は見ちがえるばかりの蕎麦《そば》職人となっている。

若い職人一人と出前の小僧を一人、店でつかう小女を一人と合せて三人をやとい入れたが、むろんお竹は出前にも出るし、店でもはたらく。

肌をおさめても、お竹の懸命な経営ぶりに、もうすっかり客足がかたまっているのだ。

麻の夏のれんに〔金太郎蕎麦〕と紺で染めたのを店先にかかげ、お竹は、汗みずくになって昼も夜もはたらきつづけている。

注文を通す小女の声がつづけざまにきこえた。

それに返事をあたえながら、お竹が由松にいった。

「それにしても、川越の旦那《だんな》に一目会いたい。あれから二度、川越へ出かけてたずねてみたんだが、かいもく見当もつきゃあしないんだもの」

「お察しします」

「なにしろ、私がここまでたどりつけたのも、元はといえば、みんな川越の旦那のおかげなんだものねえ」

しんみりといって、お竹は、うどん粉をといた鉢へ貝柱と三ツ葉をいれてかきまぜながら、

「由さん」

「へえ」

「お前さん。私が好きかえ？　好いてくれているらしいねえ」

由松は、まっ赤になり、あわてて蕎麦を切り出したが、その拍子に親指へ包丁をあててしまい、

「痛い！」

と叫んだ。

正月四日の客

一

〔さなだや〕という、その蕎麦屋《そば》は本所《ほんじょ》の枕橋《まくらばし》にあった。

五尺そこそこの小柄で痩《や》せこけた、いかにも気むずかしげな老爺《おやじ》が亭主で、土地のものは、

「枕橋の蚤《のみ》そば」

と、よんだ。

なるほど〔蚤の夫婦〕で、女房のほうは老婆ながら五尺七寸ほどもある大女だし、肉《しし》おきもゆたかなら愛想《あいそ》もよく、小女《こおんな》もおかぬ店を老夫婦で切りまわしていた。

「いくらそばがうまくても、あの婆さんがいなければ店は保《も》たないぜ」

という評判どおりで、老爺はいつも、唖《おし》のように黙りこくって、そばを打ったりあげたりしていた。

店は、枕橋の北詰にあり、西は大川（隅田川）、東は水戸家下屋敷といった静かな場所だし、源兵衛《げんべえ》堀の対岸は中《なか》ノ郷《ごう》の瓦町《かわらまち》で、瓦焼きの仕事場が堀川にそってならび、けむりがいつものぼっている。

大川をへだてた西側は、花川戸《はなかわど》、山之宿、今戸の町なみの彼方《かなた》に浅草寺の大屋根がのぞまれるといった風景で、雪でもふると、

「枕橋の蛩そばで、雪見としゃれるか」

そんな常客《じょうきゃく》も少なくないのである。

ところで……。

〔さなだや〕は正月になると三が日をやすみ、四日から店をあけるのだが、その日だけにかぎって、店名にちなんだ〔さなだそば〕というものをこしらえて客に出す。

出すのだが、

「なにをまた粋狂《すいきょう》に、あんなものを出すのだ。舌がひんまがるような辛《から》い汁《つゆ》で、そばの味もなにもあったものじゃない」

常客も閉口《へいこう》し、この日だけは店へやって来ないようになった。

当日は〔さなだそば〕しか出さぬからである。

注文がなくとも、正月四日の一日だけは、亭主の庄兵衛は黙々として、〔さなだそばば〕の支度にかかるのだ。

寛政三年正月……。

〔さなだや〕庄兵衛、五十五歳。女房おこう、五十二歳。四日に店をあけて、例年のごとく〔さなだそば〕の支度にかかる。

おこうも、

「お爺《じい》さんや、つまらないことはやめたらどうだえ。どうせお客の口へは入らないのだから……」

などとはいわずに、相変らず、にこにこしながら、竈《かまど》へ火を入れ、店の中を清める。

例年のように、日中は一人の客もなかったが、夕暮れ近くなり、

「ごめんなさいよ」

障子戸をあけて入って来た男がある。四十がらみで、でっぷりとした、いかにも大《おお》店《だな》の主人《あるじ》といった鷹揚《おうよう》な風体《ふうてい》で、

「天麩羅《てんぷら》をもらいましょうかね」

と、入れこみの八畳へ上りこんだ。

近年、江戸のそばやであつかうようになった天麩羅そばは、このところ、大流行のかたちで〔さなだや〕といえども、ふだんは貝柱《かいばしら》のかき揚げの用意をしてある。

だが、この日にかぎって〔さなだそば〕一品であるから、

「まことにどうも……」

女房のおこうが、初めて見る顔だけに、くどくどといいわけをはじめると、客も妙な顔をしたが、

「いや、結構、その〔さなだそば〕というものをいただこうじゃありませんか。それとお酒を熱くして……この三が日というもの、日中はまあ暖かで、いいお正月だったが、今日はどうも朝から冷えこみますね」

ものやわらかにいい、腰の煙草《たばこ》入れをさぐった。

客に〔さなだそば〕を出すのは何年ぶりのことであったろうか。

おこうは、まず酒を出し、やがて亭主がわたす例の一品をうけとったとき、この夫婦の目と目は、

(どうせ、口には入るめえよ)

(困ったねえ)

語りあったようだ。

「へえ、どうも……おまちどおさんでございます」

ふだんとはちがう、くろぐろと光った武骨《ぶこつ》な手打ちそばのもりをのせた膳《ぜん》を見て、客の表情が一変した。

おこうは息をのんだ。

庄兵衛も向うで顔をのぞかせ、客を凝視《ぎょうし》している。

盃《さかずき》をおいた客の手が箸《はし》をとり、そばつゆへ、くろいそばをつけてすすりこんだ。

「あっ……」

というまもなく、客は〔さなだそば〕を、息もつかずに食べおえていた。

「おかわりを」

「へ、へい」

夢中で、おこうが二度目のそばをはこんできたとき、客の双眸《め》は感動にかがやき、うるんでいた。

「なるほど、屋号の由来がわかりましたよ。こりゃもう正真正銘《しょうしんしょうめい》の真田《さなだ》そばだ」

信州は、そばが名物で、なかでも上田から松代《まつしろ》にかけ、山国の痩地《やせち》にそだつ細く貧弱な〔ねずみ大根《だいこん》〕をすりおろし、このしぼり汁をそばつゆにたっぷりあわせて食べるのが、あの地方のならわしである。

この辛い辛いそばつゆを〔真田汁〕といったのは、上田、松代の両地が戦国のころからいままで真田の殿さまと縁のふかい国がらであったからだ。

「お客さんも、信濃《しなの》の？」

三度もおかわりをしたその客へ、亭主の庄兵衛が出て来て、めずらしく声をかけたものだ。

気むずかしげな顔つきに変りはないが、満面に血がのぼって、

「よく、あがって下さいました」

「おかげさまで、とんだうれしいものをいただきました」

「信濃のおうまれで？」

「まあ、小さいころにはねえ……」

「へえ、さようで」

「さなだそばは、いつ来ても食べられますか」

「それが……」

かわって、おこうが説明をすると、

「なるほど。ねずみ大根をとりよせるだけでも大変なことだからね。それにしても正月四日の一日だけというのは……こりゃあ、なにやらいわくがおあんなさるね？」

老夫婦は、顔を見合せたが、この客の問いにはこたえなかった。

「なるほど、なるほど……」

しきりにうなずき、客は立ち上って、

「それでは、来年の正月四日。さなだそばに逢《あ》いに江戸へ出て来ましょうよ」

といった。

「へ……江戸のお方ではございませんので？」

「はい、はい」

むだなことは少しもいわぬ客である。ただ、実にうれしげな満ち足りた微笑をのこし、夕闇の中へ溶けこんでいった。客がわたそうとした祝儀の金を、庄兵衛は頑強《がんきょう》にうけとらなかった。

翌年の正月四日の同じ時刻に、その客はやって来た。

前の年よりも、老夫婦と客は口数も少なく、ただ互いに満足そうな微笑をかわしあうのみの一刻《いっとき》であった。

そのつぎの年……。

きちんと、その客は来た。

おこうのかわりに小女がいるのを見るなり、客が眉《まゆ》をよせ、

「おかみさんは、お亡くなりなすったかえ？」

小女に、きいたものだ。なんとも、するどい勘《かん》である。

「へえ」

この日。おこうの位牌《いはい》へ線香をあげてくれた客の背中を見ているうちに、庄兵衛は、たまらない親愛の情を、この男に感じたのである。

仏壇には〔さなだそば〕が、そなえられてあった。

庄兵衛は、客が香典《こうでん》にといって出した小判一枚を素直にうけた。

帰るときに、客がいった。

「来年はこられますまいよ。けれども再来年《さらいねん》は、きっと来ます。お前さんも元気でいて下さいましよ」

二

翌年の正月四日には、前年の言葉どおり、あの客は姿を見せなかった。

そのかわり、

「爺《とっ》つぁん、元気かね」

めずらしく、御用聞《ごようきき》の清蔵が顔を見せた。

御用聞は、町奉行所の手先〔刑事・探偵〕となってはたらくものだが、奉行所に属しているわけではなく、どこまでも八丁堀の下部組織として自在《じざい》の活動をする。

それだけに、朱房《しゅぶさ》の十手《じって》にものをいわせ、かげへまわっては、悪辣《あくらつ》なまねをするやつどももいないわけではないが、浅草・馬道《うまみち》の清蔵は、「丸屋の親分」とも「丸清《まるせい》の親分」ともよばれて、土地の人望あつい男であった。

よび名の由来は、清蔵が、馬道で〔合鴨《あいがも》・しゃも鍋《なべ》〕を看板に、かなり繁昌《はんじょう》の料理屋を経営しているからだ。もっとも、そっちの方は、女房のお新が一手に切りまわしている。

丸屋の清蔵は五十を一つ二つこえていたが、若いころとおなじようなすらりとした長身をきびきびとはこんで店の土間へ入って来た。

「これは、親分」

へんくつな〔さなだや〕の亭主も、清蔵にはあたまが上らない。死んだ女房とともに、こうして店をかまえることができたのも、いえば清蔵と、先代の親分（清蔵の父親）の庇護《ひご》があったからだ。

「店をしめておしまい。もう暗くなったからね」

と、庄兵衛は小女にいった。

「爺つぁん。商売のじゃまをするつもりはねえのだ」

「いえ、もう……今日にかぎって来るお客もございませんで」

「おかみさんに線香をあげさせてもらおう」

「ありがとう存じます」

「早いものだ。もう二年になるかえ……」

「へえ、へえ……」

清蔵が線香をあげているまに、庄兵衛が酒とさかなの支度をして、それを部屋へはこびこんできた。

「爺つぁん。かまってくれちゃあいけねえ」

「いえ、なに。ちょうど鮟鱇《あんこう》が入りましたんで、私が寝酒のさかなにと……お口にも合いますまいが……」

「鍋かい。そうか、こいつはおれの好物なんだ。じゃあ遠慮なしによばれようかね」

「そうしてやっておくんなさいまし」

鍋の湯気が、せまい部屋にこもった。

「うめえ。寒さが吹っ飛んじまったよ」

「さようで」

「なに、爺つぁんの元気な顔さえ見りゃよかったんだが……ついそこの、ほれ、常泉《じようせん》寺《じ》という寺があるね。あそこへお前、とんでもねえやつが寺男になりすましていたのを、つい先刻《さつき》、御用にしたものだから、その帰りに、ちょいと寄ったのさ」

「へえ、常泉寺に……」

「うむ。そいつは前砂《まいすな》の甚七という小粒なやつなんだが、こいつを手先につかっている野郎が大物《おおもの》でね」

「泥棒で？」

「うむ」

「親分。熱いのがきました……おい、おきよ。お前、さきに寝ておしまいよ。寒いから風邪《かぜ》をひかねえようにな」

「爺つぁん。おきよは十六だが、いい子だね」

「おかげさまで、よくはたらいてくれます。これもまあ、みんな親分のお世話で……。いえ、実は、もう私、おこうに死なれましたときは、そばも打てまいと存じました。まったくのはなしなんで……」

「けれど、早いものだ」

「え？」

「爺つぁんが、おれの親父につれられて馬道の家へ来たのは、たしかおれが八つのときだから……」

「私、十五でございましたよ」

「四十年もたっちまったのかねえ」

そのとき、庄兵衛は奉公先の油屋から脱走し、まる三日も物を食べずに、江戸の町中をうろついていたのである。

油屋といっても量《はか》り売りの行商人で、小僧は庄兵衛ひとり。十二のときからの奉公だったが、親方からいじめぬかれ、育ちざかりが栄養失調で行商の車もひけぬありさまとなって、

「こ、こんなところにいたら死んでしまう」

たまりかねて逃げ出したのだ。

その少年の庄兵衛をひろいあげてくれたのが、いまの清蔵の父親で、これも〔仏《ほとけ》の伊《い》三《さ》次《じ》〕とよばれたほどのりっぱな御用聞であった。

伊三次の世話で、上野の仁王門前にある蕎麦屋《そばや》〔無極庵《むきよくあん》〕に奉公することを得た庄兵衛は、この江戸名代の店で修業をし、三十五歳までつとめあげた。

そのころには、すでに伊三次は亡くなり、清蔵が後をついで、八丁堀の同心衆《だんな》にも、

「おやじの名前《なめえ》を恥《は》ずかしめぬ男というのは、丸清のことよ」

と、いわれるほどの御用聞になっていた。

丸屋の女中をしていたおこうと夫婦になり、枕橋たもとの茶店があいていたのをゆずりうけて、〔さなだや〕の店を出すことができたのも、清蔵の熱心な奔走があったからだ。

三

「それで親分……先刻《さつき》のおはなしですが、常泉寺の……」

鍋は煮つまっていた。

大川をわたる艪《ろ》の音が、かすかにきこえる。

はなしの接穂《つぎほ》に、なにげなく庄兵衛がむし返した話題であったが、もっと別のはな

しが出ていたら、おのずと後日の状況もちがっていたろう。

「それがさ」

と、丸屋の清蔵は煙草のけむりをゆっくりと吐いてから、

「その寺男にばけこんでいたやつの親分というのは亀の小五郎といって、こいつ、〔火付盗賊改方《ひつけとうぞくあらためかた》〕でも血眼《ちまなこ》になって追いつづけてきた大泥棒なのだ」

「かめの……？」

「うむ。ここの、右の腕に、小さな亀の彫ものが妙なかたちで彫りこんであるそうだ」

庄兵衛の表情に、かくべつのうごきは見えなかった。

「こいつ、諸国を股《また》にかけて盗みをする。盗みといっても小さなものじゃあねえ。これと目をつけたところへ押しいるには二年も三年も月日をかけ、何百両もの金を引っさらってゆくというやつさ」

「へ……」

「鶴は千年、亀は万年というなあ。野郎め、亀の長寿にあやかって、万年も生きのび悪事をはたらこうというふてえ考え。亀の彫ものなぞを躰《からだ》に入れてしゃれのめしていやがるのが、土台《どだい》憎いじゃねえか」

「へえ、へえ……」

うなずきながらも庄兵衛は、去年の正月四日にあの客があらわれ、おこうの位牌《いはい》へ線香をあげてくれたとき、何気なくのばした客の腕に見えた彫ものの一部を、

（あの彫ものは……？）

懸命におもい起そうとしていた。

あのときは、

（なにか、若いときのまちがいでもあってか……）

そう思って気にもとめなかった。

客は、庄兵衛の視線に気づかなかった。

仏壇の燈明《とうみょう》のあかりで、その彫ものが亀のあたまとくびに見えたことを、庄兵衛は記憶している。

だが……。

丸屋の清蔵が帰り支度にかかるまで、庄兵衛は、あの客のことを口にしなかった。

密告する気には、どうしてもなれない。あの客を裏切ることができないまでに、庄兵衛は、あの客と自分とが〔さなだそば〕にむすび合されていることを、いやでも知った。

「えらく、じゃまをしたね」

清蔵が土間に下り立ったときは、五ツ（午後八時）をまわっていたろう。

「とにかく、あいつらはゆるしておけねえ」

たまりかねたように、清蔵はいった。

「爺つぁんの両親《ふたおや》も、信州の松代で酒屋をしていなすったときいたが、やっぱり押しこみに殺されたのだっけね」

「へ、へえ……」

別に、大金もちのところでもないのに押しこんで来たのだ。しかも両刀をさしこんだ浪人が二人……。

ときに庄兵衛は、六歳。泣き叫ぶ、ひとり子の彼のいのちだけは、さすがの盗賊も奪いきれなかったのであろう。

五日ほどをへて、また丸屋の清蔵が〔さなだや〕へ立ちよった。

捕えた前砂の甚七は、一年前から伝手《つて》をもとめ、たくみに常泉寺の寺男に住みこんだもので、大親分の亀の小五郎の指令あるまでは、まじめにつとめていろ、といわれているだけだが、いうまでもなく大仕事のための伏線のひとつとなっているにちがいない。

大仕事の場合、たとえば、ねらったところが、大きな商家であるとすれば、三年も前から手下の者を按摩《あんま》にして出入りさせておいたり、下女に住みこませておいたりする。大仕事になればなるほど、手がこんでくるのだ。

「大親分のいるところなぞ、あっしどもの耳へは入るどころじゃございません」

中年男の甚七が白状《はくじょう》したすべてをかきあつめてみても、依然、亀の小五郎の所在はつかめぬ。

その日、丸清が枕橋へ寄ったのも、常泉寺への聞きこみに念を入れるためであった。

「いずれにしても、気長に網を張るよりしかたもねえが……甚七を御用にしたのはまずかった。こうなると、亀の小五郎め、用心をして江戸へは姿を見せめえよ」

そばをすすりこみつつ、清蔵は顔をしかめて見せた。

庄兵衛は、だまっていた。

「たまには、馬道へも顔を見せておくれ」

いいおいて、表へ出て行きながら、清蔵が吐き捨てるように、

「爺つぁん。こいつは、前砂の甚七が吐いたことだが……その亀の小五郎という野郎はね、押しこんだ先で、かならず、女房むすめをおもちゃにしねえと承知できねえというしろものだよ」

出て行く清蔵の背中を見送った庄兵衛の顔が、凍《こお》りついたようになった。

それから、〔さなだや〕の庄兵衛に眠れぬ日がつづいた。

六歳のときの、あの夜の記憶というものは、まことにおぼろげなものであったにかかわらず、庄兵衛の年齢がつみ重なるにつれ、幼児だった自分が泣きわめきながら見

ていた事態がどのようなものであったかが、次第に判然としてきたものである。

棍棒《こんぼう》でなぐりつけられ、血みどろになって倒れている父親……。

そのそばで、あの浪人たちが母を押えこみ、ふたりがかりでのしかかっているあさましい姿……。

浪人ふたりの、鞴《ふいご》が鳴っているような荒々しい呼吸……。

そのうち、浪人のひとりが自分の口へ手ぬぐいを押しこみ、泣き声をふせぎ、蹴倒《けたお》した。

かすかな行燈《あんどん》の光の中で、そのころ二十七歳だった母の白い脚がむきだしにされ、苦しげにうごめいていたことを、庄兵衛は、はっきりとおぼえている。

犯されたのち、母も撲殺された。

生き残った庄兵衛は、篠《しの》ノ井《い》にいる親類へ引きとられ、十二の年まで育てられてから、江戸の油屋へ奉公に出されたのである。

十日後の早朝に……。

庄兵衛は、馬道の丸屋をおとずれた。

「爺つぁん。こんな早い時刻に、どうしなすった?」

茶の間へ出てきた清蔵と二人きりになって、

「親分。申しあげたいことがございます」

「なんだえ？」

「ですが……まことに勝手でございますけれども、私の申すことだけをおききになって、そのほかは一切、御不審《ごふしん》のことがおあんなさいましても、どうか……どうか、お訊《き》きにならないで下さいまし。それを約束して下さらねえと、私も申しあげられませんので……」

清蔵が、ふしぎそうに庄兵衛を見た。

いつも表情のうごきの少ない庄兵衛の顔貌《がんぼう》が、緊迫に蒼《あお》ざめている。ややあって、清蔵はいった。

「いいとも」

「では、申しあげます」

「なんのことだえ？」

「先だっての、あの亀のなんとやら申す大泥棒のことで……」

「え。なにか聞きこみでもあったか？」

「ま、そんなところで……」

「で、どういう？」

思わず、清蔵もひざをのりだした。

「親分。いまも申しあげましたように、私のいうことだけをおききとりなすって……」

「その大泥棒が、来年の正月四日に、枕橋の店へ顔を見せましょうと存じます」

「あ、そうだったね」

「な、なんだって……」

「それだけのことでございます。さわぎたてたら見えますまい。そっと、何事もねえようにして、来年の正月四日まで」

「ま、まだ一年も先のことだ。だが爺つぁん。そいつは、いったいどういう……いや、おれが訊き返しちゃあいけねえのだったな」

「へえ、へえ……」

茶の間の重苦しい沈黙に、あらわれた清蔵の女房が怪訝《けげん》そうに、

「どうしなすった……」

いいかけたとき、清蔵が、

「爺つぁん。よく知らせてくれた。たしかにお前のいうとおり、のみこんだよ」

といった。

清蔵は、

(なにか、爺つぁんが聞きこんだことがあるにちがいない。それも、うっかりしゃべると爺つぁんの命にもかかわるようなことにもなりかねまいし……年寄りの知恵をばかにはできねえ。よし、ここは爺つぁんのいうとおりにしてみようじゃあねえか)

思案《しあん》をきめたものとおもわれる。

四

翌寛政七年の正月四日が来た。

例年のごとく、〔さなだや〕の庄兵衛は〔さなだそば〕の支度にかかった。

この日は、惨死をとげた父母の祥月命日《しょうつきめいにち》である。

店をもったその年から、この日に父母の好物だった〔さなだそば〕を打ってそなえることにより、顔も匂いもおぼえてはいない両親を偲《しの》ぶのが庄兵衛のならわしとなったのだ。

朝から底冷えのこたえる日であったが、午後になると、ちらちら降りはじめてきた。

「ごめんなさいよ」

あの客が〔さなだや〕の戸口をあけたのは七ツ（午後四時）をまわっていたろうか。

雪もうすくつもりはじめ、空は暗かった。

「御亭主。元気で結構ですね」

客は、一昨年見せたのと少しも変らぬ温顔をほころばせて、

「酒をね……」

と、いった。

小女ではなく庄兵衛が酒をはこんで出た。

その客が、ちらりと土間の腰かけを見やった。瓦《かわら》焼きの職人らしいのが、酒をのんでいる。この店の正月四日の客がもう一人いたのである。

その客が盃《さかずき》をとると、庄兵衛が酌をした。これもめずらしいことだ。

「旦那《だんな》」

と、庄兵衛が押しころしたような声になり、

「旦那は、押しこんで盗みをはたらくときには、きっと女たちをおもちゃにするのですってね」

一気に、いった。

「なんだと……」

その客の顔が、殺伐《さつばつ》に歪《ゆが》んだ。

「そいつを聞かなけりゃ、私も、だまっていたのにねえ」

「てめえ……」

瓦焼きの職人が弾《たま》のようにその客へとびついたのはこのときである。

その客は悪魔のような形相《ぎょうそう》になり、これを振りはらって叫んだ。

「爺《じじ》い、売りゃあがったな」

障子戸が倒れて表から、さらに土間の奥から、四人ほどの捕手《とりて》がとび出した。

表から丸屋清蔵の声がかかった。

「亀の小五郎。神妙にしろ!!」

その客……亀の小五郎の右手に匕首《あいくち》が光った。

「畜生め。やっぱり来るのじゃあなかった……」

小五郎がつぶやいた。

彼とても、常泉寺へ潜入させておいた配下が捕えられたことを知り、それとなく不《ふ》吉《きつ》な予感をおぼえ、寺に近い〔さなだや〕へ立ちまわることを一時はためらったものであろうか……。

じわじわと迫る捕手のうしろで、庄兵衛がいった。

「小五郎さん。人のこころと食い物のむすびつきは、思うように解けねえのだよ」

「爺いめ!!」

匕首をひらめかせて庄兵衛へ肉薄する小五郎の背後から、

「御用だ!!」

丸清が組みついた。

あとは、すさまじい乱闘になった。

小五郎の匕首に刺された捕方《とりかた》が二名、血飛沫《ちしぶき》をあげて転倒した。

土間から戸外へ……。

「捕《と》れるものなら捕ってみやがれ」

組みつく捕方をはね飛ばし、亀の小五郎が枕橋へかかると、

「神妙にしろ」

待ちかまえていた同心の三枝《さえぐさ》平吉が突棒《つくぼう》をふるって迎え撃った。

八丁堀でも三枝同心の棒術は極付《きわめつき》のものだという。

雪を蹴立《けた》てて飛びちがい、小五郎の匕首が激しくきらめいたのも束《つか》のまのことで、

「あっ……」

匕首をたたき落され、両股《また》へ突棒をさしこまれてねじり倒された小五郎の躰《からだ》へ、捕方数人が蝗《いなご》のようにとびついていった。

夕闇の中から湧き出たように御用提灯《ごようぢょうちん》が橋上へあつまった。

庄兵衛は表へ出て、まだふるえている小女のおきよの肩をだいてやりながら、このさまを見つめていた。

きびしく縛《ばく》され、ふらふらと橋板に立ちあがった亀の小五郎が、ふっと庄兵衛へ目を向けた。

泥と血のへばりついた小五郎の顔には、庄兵衛が期待していたものは浮いていなかった。

小五郎は憎悪をこめたかすれ声で、

「やい、爺い。七生《しちしょう》までも祟《たた》ってやるぞ」

庄兵衛が祈るようにこたえた。

「小五郎さん。〔さなだそば〕の味を忘れねえでおくんなさいましよ」

亀の小五郎は提灯の灯をあび、虚勢の張りを失うまいと必死に胸をそらせつつ、叫んだ。

「なにをいやがる。人間の顔は一つじゃねえ。顔が一つなのは爺い、てめえぐれえなものだ」

おしろい猫

一

かつて、お手玉小僧とよばれた掏摸《すり》の栄次郎《えいじろう》だが、今のところはおとなしく、伊勢《いせ》町河岸《ちょうがし》に〔おでん・かん酒〕の屋台店を出している。

このあたり、日本橋以北の町々に密集する商家が暗くなって戸をおろすと、

「う、う、寒い。いっぱいのまなくては、とても眠れやしない」

などと、商家の若いものが屋台へとびこんで来て、おでんをつつき、酒をのむ。

河岸のうしろは西堀留川《ほりどめ》で、大川から荷をはこんで来た船がここへ入り、あたり一帯の商家へ、さまざまな品物を荷あげする。

その〔荷あげ場〕の間《あいだ》々に、おでんだの、夜なきそばだのの屋台が、ひっそりと寝静まった河岸道に並ぶのである。

「今晩は、栄ちゃん……」

ひとしきりたてこんだ栄次郎の屋台へ、首を出したのは、この近くの大伝馬町にある木綿問屋〔岩戸屋《いわとや》〕の若主人・平吉《へいきち》だった。

「なんだ、平ちゃんか」

二人は幼《おさな》友達なのである。

「どうした、青い顔をして……どこか工合《ぐあい》でも悪いのかい？　うむ……うむ、うむ。ほんとにお前、ひどい顔つきだぜ。どうしたんだ、なにかあったのか？」

年齢《とし》も同じ二十五歳だった。

平吉は栄次郎とちがい、小さいときから〔岩戸屋〕へ奉公をして、主人の伊兵衛《いへえ》に見こまれ、ひとり娘のおつるの婿《むこ》にえらばれたほどだから、その性格の物堅さも、おして知れよう。

「なにか、心配事でもできたのか？」

栄次郎が〔お手玉小僧〕だった、などということを、平吉は少しも知らない。

一年ほど前に、この河岸へ屋台を張ってからしばらくして、二人は十年ぶりかで再会をしたのである。

なんといっても幼なじみだ。

子供のころは、いつも栄次郎になぐられたり、いじめられたりしてぴいぴいと泣いていた平吉なのだが、そんなことを根にもつような平吉ではなく、素直に、

「ときどき、おでんを食べに来るよ」

といってくれたのが嬉《うれ》しく、栄次郎も、

「平ちゃんは、がんもが好きだったね」

などと、むかしのことをよくおぼえていて、ときたま店をしまってから平吉がやって来ると、思わず昔話が長びいてしまうのだ。

「どうしたんだ？　だまっていたのじゃあわからねえよ」

「うん……」

色のあさぐろい、細おもてのすらりとした躰つきの栄次郎とは反対に、色白のむちむちとふとった平吉の童顔が蒼白《そうはく》となっている。

「うん、じゃあわからねえ。いってみなよ」

「あのねえ……」

不安にみちた双眸《め》で、平吉は、おどおどと栄次郎を見てから、屋台の前へ腰かけて、

「うちの猫の鼻に、白粉《おしろい》がぬってあったのだよ」

ふるえる声でいった。

二

その日——というのは、三日前のことだが……。

平吉が商用をすまし、外から帰って来たのは夕暮れに近いころだった。

大伝馬町の〔岩戸屋〕といえば、きこえた大店《おおだな》でもあるし、奉公人も三十人をこえる。二年前までは、平吉も、この奉公人の中の一人として、おつるをお嬢さんとよんでいたものだ。

その平吉が主人にえらばれ、一躍、若主人の座をしめたことについては、先輩も朋《ほう》輩《ばい》も、これをうらやみこそすれ、憎悪をかけるようなことがなかった。

それも、平吉のおだやかな性格と、まったく私心のない奉公ぶりが、主人のみか奉公人の誰にも好感をもたれていたからだろう。

今の平吉は、なにもかも、みちたりていた。

おつるにしても、箱入娘のわがままさで、平吉を弟のようにあしらうところはあるが、なんといっても、

「平吉をもらってほしい」

父親より先に、おつるの方が熱をあげていたほどだから、吉太郎《きちたろう》という子もうまれた現在では、昼日中《ひなか》でも平吉を居間へよんでだきついたりしては、

「平吉……じゃあない、旦那《だんな》さま。これ以上、肥《ふと》ったりしてはいやよ」

などと、いう。

平吉のような男には、尻《しり》にしかれつつ、なおうれしいといった女房なのだろう。

その日も、外出から帰った平吉へ、人形に着せかけるような手つきで着替えを手つだっていたおつるが、

「ほら、ごらんなさいな」

という。

「なにが？」

「ごろが、おしろいをつけて……」

おつるの指す方を見て、平吉は、すくみあがった。

居間の障子の隅に、飼猫のごろが、うずくまっている。

ごろは、三毛猫のおすだが、ひたいから鼻すじにかけて黒い毛がつやつやと光っていた。その黒い鼻すじに、すっと白粉のふとい線が浮きだして見える。

「外へ遊びに出たとき、だれか近くの、いたずら好きの人がごろをつかまえて、あんなことをしたのね」

「ふ、ふいてやりなさいよ、ふいて……」

「いいじゃありませんか、おもしろくて……」

「ふきなさい、ふきなさい」

平吉が、いらいらした様子で女中をよび、すぐに猫の鼻をふかせたのを見て、おつ

るは、

「おかしなひと……」

気にもとめずに笑っていたものだ。

つぎの日――。

日中、どこかへ出て行ったごろが、夕飯を食べに台所へあらわれると、女中たちが笑いだした。

また白粉がついていたのだ。

これをきいて平吉が台所へとびだして行き、今度は自分が雑巾《ぞうきん》をつかんで、消した。

そして今日――。

また、飼い猫は白粉をぬられて外から帰って来たのである。

「おかしなことをするひとがいるものだわ」

と、おつるは相変らず笑っているが、平吉にしてみれば、それどころではなかったのだ。

「栄ちゃん。こ、困った……ほんとにもう、どうしていいのだか……」

栄次郎が出したおでんの皿には見向きもせず、平吉は泣きそうな声でいった。

「猫が白粉をぬられた、というだけじゃあわからねえ。平ちゃん。もっとくわしく……」

「話すよ。話して、相談にのってもらいたい。だから、こうしてやって来たんだよ」

「いいとも。できるだけのことはさせてもらうよ」

「すまない」

そこへ、河岸の向うの小田原町にある線香問屋の手代が二人、

「熱くしておくれよ」

と入って来たが、

「すいません。ちょいと取りこみごとができて、店をしめるところなんで……」

栄次郎は、ことわってしまった。

それから、ゆっくりと平吉の話をきいた。ききおえて、

「ふうん……」

栄次郎は骨張ったあごをなでまわしながら、あきれたように平吉の顔をながめていたが、ややあって、ふといためいきをもらし、

「こいつはまったく面白えようでもあり、なんとなくさびしいようでもあり、なんともいえねえ話だな」

「そういうなよ、栄ちゃん……」

「ふうん……そうかい。お前さん、あの、お長《ちょう》と……お長がお前さんの色女だとはねえ」

「そういわないでくれったら……」

「あの洟《はな》ったらしのお長が、そんなに色っぽい女になったかねえ……」

栄次郎は、冷《ひや》の酒を茶碗《ちゃわん》にくんで一気にあおってから、うなだれている平吉の肩をたたいてやった。

「よし。ひきうけたよ、平ちゃん」

三

上野山下に〔蓬莱亭《ほうらいてい》〕という、ちょいとした料理屋がある。

同業仲間の寄り合いが〔蓬莱亭〕でおこなわれたとき、養父伊兵衛の代理として、平吉がこれに出たのは、この夏もさかりの或《あ》る日だった。

お長は〔蓬莱亭〕の座敷女中をしていた。

平吉にとっても栄次郎にとっても幼なじみのお長であり、ともに子供のころを浅草・阿部川《あべかわ》町の裏長屋で育った仲だけに、それとわかったときには、

「十五、六年にもなるかねえ……」

平吉は、なつかしげにいった。

はじめに気づいたのはお長である。

同業者の相談がすんで酒宴になってから、酒肴《しゅこう》をはこんであらわれたほかの女中た

ちと一緒に、お長も座敷へ入って来たのだが、少しも平吉はわからなかった。

しばらくして小用《こよう》にたち、廊下を帰って来ると、中庭に面した柱の蔭《かげ》に、お長が待っていて、

「平ちゃんじゃありませんか？」

声をかけてきたものだ。

子供のころ、平吉の父親は、しがない指物《さしもの》職人であり、栄次郎の父親は、酒乱の魚屋《ぼてふり》だった。

平吉も栄次郎も、早くから母親を亡くしていたし、兄弟もなかったのだが、お長は両親も健在で、弟が一人いた。お長の父親は得意まわりの小間物屋だった。

ひとりっ子のめんどうも見ずに、いささかの金と暇さえ見つければ、さっさと酒をのみ夜鷹《よたか》をあさるという父親だけの暗い家に育った栄次郎は町内随一の乱暴者で、

「あんながきは馬に蹴《け》られて死んじまえばいいのに……」

と、陰口をたたかれたものだ。

同じひとりっ子でも、平吉の方は、実直でおだやかな父親の甚之助《じんのすけ》が、

「平吉が可哀想だから……」

と、三十そこそこで女房をうしなってから後《のち》ぞえももらわず一心こめて育てあげてくれたし、平吉も父親ゆずりの気性をうけつぎ、八歳の秋に〔岩戸屋〕へ奉公に上っ

てからも、とんとん拍子に主家の厚遇《こうぐう》をうけるようになった。

一年に二度の、盆と正月の休みに、父親が待つ阿部川町へ平吉が帰って来ると、

「お長ちゃん、いる？」

平吉は、すぐにお長の家へとんで行き、たのしい一日をすごしたものである。

お長は、女の子のくせに力もつよいし気性も激しく、平吉が栄次郎にいじめられて泣きだしでもしようものなら、

「こんなおとなしい子をいじめてどこがいいのさ」

同《おな》い年のお長が、栄次郎へつかみかかっていったものである。

お長は、弟の久太郎《きゅうたろう》が小さいときから病弱で、内職にいそがしい母親にかわってめんどうを見てきただけに、おとなしい男の子が、もっともたのみとする〔女親分〕になってしまい、

「ふん。あいつにゃあかなわねえ」

さすがの栄次郎も苦笑《にがわら》いをしたものだ。

あれは、平吉が十歳になった正月だったか——阿部川町へ帰ってみると、お長一家は、どこかへ引っ越してしまっていた。

「なんでも、本所あたりへ行ったというが……なにしろ急だったし、それにあまりくわしいことをいわないで引っ越してしまい、大家さんにもわからないそうだよ」

と、父親になぐさめられたが、

「つまらないなあ……」

少年の平吉は、お長の住んでいた家のまわりをうろうろして、

「ほんとに気がつかないことをしたねえ。平ちゃんのいいひとの行先をたしかめておかなくってさ」

長屋の女房たちに、からかわれたりした。

そのころのお長は、ほんとうに洟《はな》たらしだった。黒い顔をして、やせこけていて、ぼさぼさの髪もかまわず、十やそこらの子供なのに一日中、母親の手伝いをして、くるくるとはたらいたものである。

「変ったねえ……」

蓬莱亭で会ったとき、平吉は、つくづくとお長を、まぶしげに見やった。

「おばあさんになったって、いいたいんでしょ？」

「とんでもない……あんまり、その、きれいになってしまったもんで……」

「まあ、御上手な……」

「ほんとだよ、お長ちゃん……」

お長も、二十五になる。

あの、やせこけた少女のころのおもかげはどこにもなかった。

年増《としま》ざかりの血の色が、顔にも襟《えり》もとにもむんむんと匂いたち、縞《しま》の着物につつまれた胸も腰も、惜しみなくふくらみきって……。

「ねえ……後で、ゆっくり話したいんだけど……」

お長も、なつかしさを双眸《め》いっぱいにたたえ、つと、すり寄って来て、平吉の耳もとへささやいたとき、

「いいともさ」

答えながら、我にもなく、平吉の胸はどよめいた。

二人きりで会って話しだせば切りがなかった。

あれから、お長たちは本所二ッ目へ移り、それでも小さな店をひらいたという。

だが、五年目に父親が死んだ。

母親と二人で、しばらくは店をつづけたが、とてもやりきれたものではなく、お長は十六の暮に、深川・佐賀町の味噌《みそ》問屋〔佐野倉《さのくら》〕へ奉公に出た。

ここへ出入りの大工の棟梁《とうりょう》・重五郎方の職人で喜八《きはち》というものへ嫁《とつ》いだのが十九のときだった、と、お長は語った。

「あたしって、ほんとに男運がないのね。平ちゃんとも別れちまったし……お父っつぁんも早く死んでしまったし、それに……」

それに、亭主の喜八も夫婦になって二年たつかたたないうち、ちょいとした切り傷

がもとで破傷風《はしょうふう》とやらいうものにかかり、あっけなく世を去った。

「それからは、もう、こんな世わたりばかりで、恥ずかしいのだけど……小梅《こうめ》のお百姓さんのところに、病気の弟をあずかってもらい、一生懸命にはたらいているんですよ」

「おっ母さんは……」

「一昨年《おととし》……」

「亡くなったのかい。そりゃあ、大変だったねえ」

何事につけても、幼少のころの記憶と、そのころに身心へうちこまれた感情の爪あとは強く残っているものだ。

(お長ちゃんも苦労をしたのだなあ、可哀想に……)

平吉は、お長への同情から、用事のたびに〔蓬萊亭〕へ立ち寄った。

いまは、養父の伊兵衛も万事を平吉にまかせきりだし、

「少しだけれど、とっておいてくれないか」

飲めない酒の一本もあけ、料理をつついて、平吉は帰りしなに〔心づけ〕をお長にわたす。

夏も終ろうとする或る夜……。

「いけなかった……けれど、どうしようもなくてねえ……」

平吉が栄次郎へ語ったように、どちらからともなく、二人は蓬莱亭の奥の小座敷で、しっかりだき合ってしまったのである。

つぎは、昼間だった。

深川亀久橋《かめひさばし》の〔船宿〕で、二人は忍び会った。

こうなると、お長の情熱は狂気じみてきて、

「もう離さないで……離したらあたし、平ちゃんを殺してしまうから……」

殺すといったときの、お長の目の光のすごさは、とても栄ちゃんにわかってもらえないだろうけど、と、平吉はいうのだ。

お嬢さん育ちのおつるとは違い、熟しきったお長の肉体の底のふかさは、平吉を瞠《どう》目《もく》させた。

（こ、こんな世界があったのか……）

おつるとの交《まじ》わりは、まるで〔ままごと〕のようなものだったと、平吉は思った。

女といえば、おつるだけしか知らない平吉だけに、船宿での逢引《あいびき》は十日に一度が五日に一度、三日に一度となった。

もうお長は蓬莱亭をやめてしまい、船宿〔いさみや〕に泊りっぱなしということになり、

（もうこうなったらしかたがない、どこかへ、お長に一軒もたせよう）

と、平吉に決意させるにいたった。

そうきめてから、さすがに平吉も、

(このことが、店へ知れたら大変なことになる)

養父も女房も黙ってはいまい。

もしかしたら離縁されかねないし、そうなったら、いまは阿部川町の長屋へ楽隠居をしている父親が、どんなに悲しむだろう。

平吉は、また商売に身を入れはじめた。

お長へは「そのうちに、きっとなんとかする」といってある。それなのに、四、五日、平吉が船宿へたずねて行かないと、お長が、大伝馬町へやって来て、店のまわりをうろうろしはじめるのだ。

「このごろ、妙な女が店をのぞきこんで行くんですが……ひとつ、長浜町の親分にでも話してみましょうか」

と、番頭がいいだした。

長浜町の親分というのは、地廻《じまわり》の岡っ引である。そんなことをされたら、とんでもないことになる。

「もう少し待ってくれといってあるじゃあないか。金ぐりがつくまで、待っておくれよ」

たまりかねて、平吉が船宿へ出かけて行き、

「店の前をうろうろするのは、やめておくれ」

と、たのんだ。

養子でもあり、養父へは帳面の一切を見せる習慣なので、平吉も、やたらに店から金を引きだすわけにはいかない。番頭の目も光っていることなのだ。

すると、お長は、船宿の黒猫をだき、その鼻づらへ、水白粉《みずおしろい》をなすりつけながら、

「あたし、もうたまらない。ここにいて、猫を相手に暮しているなんて……」

燃えつくような視線を平吉に射つけたかと思うと、猫を追いやり、帯をときはじめる。

障子に、冬も近い陽射しがあたっている昼さがりだというのに、お長は全裸となって平吉へいどみかかるのである。

十二月に入ると、お長は、

「子供ができた」

と告げた。

「この子をつれてお店へ行き、あたしのことを大旦那《おおだんな》にも平ちゃんのおかみさんにも……」

みとめてもらうのだといって、きかない。

平吉は、もう船宿へ出かけるのが恐ろしくなって来た。

といって、金を引き出すこともできない。

ぐずぐずと日がたつうちに、岩戸屋のごろが、どこかで白粉をぬられて帰って来ることになった。

「お長のしわざだ。間違いないよ。船宿でも、そんなことをいつもやっていたし……お長が、毎日、店のまわりをうろついているんだ。子供が……子供がうまれたら、きっとやって来るよ、お長は……ねえ、栄ちゃん。どうしたらいいんだ？　教えておくれよ」

たまりかねて、平吉が泣き伏したのを見て、栄次郎が、

「金で万事は片がつくと思うが……さて、おいらが乗りだしても、お前が金を出せねえというんなら、こいつ、しかたがあるめえなあ」

と、いった。

四

お手玉小僧の栄次郎が、亀久橋の船宿〔いさみや〕をおとずれたのは、その翌日である。

師走《しわす》の風が障子を鳴らしている部屋で、栄次郎も十何年ぶりにお長と会った。

「お長さんも変ったねえ」

栄次郎も目をみはった。

平吉と違って、女道楽もかなりしてきている栄次郎だけに、

（こりゃあ、平ちゃんが迷うのもむりはねえ）

と、思った。

お長の、しめりけのありそうな青みがかった襟もとからのどもとへかけての肌の色を見ただけでも、

（こいつ、中身《なかみ》は大したもんだ……）

栄次郎は、なまつばをのんだ。

（女は魔物だ。お長が、こんな女になろうとは夢にも思わなかったものなあ……）

お長も、なつかしげであったが、

「お前さん、平ちゃんとできたんだってね」

栄次郎が切りだすと、びっくりして、

「どうしてそれを……」

すべてを、栄次郎は語った。

語りつつ、栄次郎は、

（こいつは、いけねえ。お長め、かなりのところまで心をきめていやあがる……）

思わずにはいられなかった。

いまのところ、平吉がなんとか都合できる金は二十両ほどだという。しかし、

「十両がせいぜいというところだ。行末、大旦那が死んで平ちゃんが岩戸屋を一人じめにしたあかつきには、なんとでもつぐないをするだろう。だから、ここはひとつ、かんべんをしてやってくんねえ。なあ、お長ちゃん、十両で……」

と、栄次郎は持ちかけてみた。

平吉から二十両うけとり、そのうちの半分は、ふところへ入れるつもりだった。

お長は、冷笑をうかべていた。

「男って、みんなそうなんだ……」

お長は力をこめた声で、

「私あ、平ちゃんが好きで好きでたまらなくなったから、平ちゃんとこうなったんですよ。なにも腹の中の子をたてにとって岩戸屋を乗っ取ろうというんじゃない。けれど、岩戸屋の大旦那にも、それから平ちゃんのおかみさんにも……私と子供のことをなっとくしてもらいたいのよ」

すこぶる強硬である。

「それでなくちゃあ心配でなりません。私あともかく、うまれてくる子供のことがね

え」

「な、そりゃ、そうだが……」

「それでなくても、十両かそこいらで、私とのかかわりあいをないものにしようという……そんな卑怯《ひきょう》な平ちゃんになっちまったんだもの」

「うむ……」

「帰ってそういっておくんなさいよ」

「いや、その……なにも平ちゃんは、お前さんとの間をどうのこうのというんじゃねえ。いまにきっと……」

「栄次郎さん……」

お長は屹《きっ》となった。

「私をなめてもらっちゃあ困りますよ。私は死物狂いなんだ。私のいい分がとおらなけりゃ、平吉さんの命も……、いえ私も子供も、一緒に死ぬつもりですよ」

勝手にしやがれ……と、栄次郎は舌うちをしながら船宿を引きあげて来た。

平吉は〔地引河岸〕の近くにある寿司《すし》屋の二階で、栄次郎を待っていた。

「いまのところ、簡単には承知をしねえが、まあなんとか、かたちをつけてみせるよ」

「すまない、栄ちゃん。このとおりだ」

平吉は、両手を合わせて見せた。

栄次郎は笑って、

「けれど、平ちゃん……お長は、いい女になったもんだねえ」

「そう思うかい」

「もう会わねえつもりか？」

「お長が、なんだかこわくなってね……」

「せっかく大旦那に見こまれ、夢みてえな身分になったのだからなあ。まさか、岩戸屋の身代を捨てて、お長のところへ行くわけにもなあ……」

「それをいってくれるなったら……」

「いいや、当り前のことさ。おれがお前だったら、やはりそうするよ」

「だが、二十両ですますつもりはない。私だって今に店をつぐわけだから……そうしたら、お前に間に立ってもらって、金だけは仕送りするつもりなんだ」

「もう、みれんはないかい？」

「うむ……」

うなずいたが、平吉の面《おもて》には、ありありと貴重な逸品を逃した者のもつさびしさが、ただよっている。

「とにかく、平ちゃん。約束の金はおれが預《あず》かっておこう」

「そうだった……」

平吉は、ふところから〔ふくさ包み〕を出した。

「これだけ持ちだすのが、やっとだった。なにしろうちの店は、大番頭が二人もいて……」

「いいってことよ」

栄次郎は二十両入った包みを、ふところへ入れ、

「女子供が三年は食べていける金だ。なんとか話をつけてみるよ」

と、いった。

しかし、栄次郎に自信はなかった。

(もっと男ずれをしている女なら、いくらでも手はあるんだが……お長め、あの肌のつやといい、まだくずれきっちゃあいねえ躰《からだ》つきといい、案外、堅く後家をとおして来やがったに違いねえ。料理屋の女中なんぞをしていながら、妙にこう物堅え女、こいつが一番やっかいなものさ。こういう女が男に打ちこむと、それこそ命をかけてきやがるものな)

どうしても、お長が十両で承知をしなかったら……いや、おそらくそのとおりだろうが、そうなったら栄次郎は、この界隈《かいわい》から姿を消すつもりでいた。

(もう一度行ってみるが……駄目なら、この二十両は、そっくりおいらのものだ)

なのである。

金をつかんで姿をくらますつもりなのだ。

もう、そろそろ元の商売へもどってもいいころだと、栄次郎は考えている。

伊勢町河岸に、おでんの屋台を出す前の彼は、三年ほど品川宿にねぐらをもち、品川から東海道すじを小田原あたりまでが〔稼ぎ場〕で、掏摸《すり》をはたらいていた。

お手玉小僧という異名は、仲間うちでのもので、まだ栄次郎は一度も縄をうけたことがない。

それだけに、品川宿の岡っ引から、

(目をつけられている……)

と感じるや、すぐさまねぐらをたたみ、親分の砂取《すなどり》の伝蔵へも、

「少し、ほとぼりをさまして来ます」

ことわって、江戸市中へ舞いもどり、神妙に屋台を張りながら、それでも十日に一度ほどは、女遊びの金を人のふところから、かすめていたものである。

用心ぶかい栄次郎は、決して無理をせず、仕事をするときは、雑司《ぞうし》ケ谷《や》の鬼子母神《きしもじん》だの、内藤新宿の盛り場だのまで出かけて行った。

(もう、品川へもどってもいいころだ)

なんといっても手馴《てな》れた場所でやるのが、一番よいことだった。

（しばらく、東海道も歩いてみねえな）

よし、明日にでも、もう一度、お長へかけあい、駄目ならさっさと逃げてしまおうと、栄次郎はきめた。

（平ちゃん、ごめんよ。まあ、後はうまくやってくんねえ）

その夜――。

栄次郎は河岸へ出なかった。

掏摸をしていても二十両という大金が、まとまって入ることは、めったにないことである。

日が落ちる前から、神田明神下の〔春川〕という鰻屋《うなぎや》で、たらふく飲み、食い、やがて栄次郎は、

（あそこなら、いつ行っても、いい女を呼んでくれるに違いねえ）

暮れかかる空の下を、目と鼻の先の池ノ端へ出た。

月も星もなく、降りそうで降らない日だった。

風が絶えると、妙に、なまあたたかい。

（明日は、きっと雨だ……）

栄次郎は、仲町にある〔みのむし〕という水茶屋ののれんをくぐった。

この茶屋のあるじは、重右衛門といって七十をこえた老人だが、茶屋商売のほかに

金貸しもやっている。

そして、客をとる女に場所を提供し、たっぷりと上前《うわまえ》をはねるのも商売の一つだ。

江戸には公娼《こうしょう》のほかに、種々な岡場所にいる私娼や、むしろを抱えて客の袖《そで》を引く夜鷹《よたか》もいて、女あそびに少しも困らないことはいうまでもない。

だが〔みのむし〕で世話をする女は、正真正銘の素人《しろうと》女、というふれこみである。

病気の夫を抱えた女房やら、近くに軒をつらねる食べ物屋の女中やら、武家の未亡人までやって来るという。

そのかわり、価も高い。

昼遊びで二分《にぶ》というきまりだし、夜も、女は泊らないことになっていた。

客は大店《おおだな》の旦那《だんな》衆もいれば、旗本もいるし、大名屋敷の用人なぞも来る。

そういう連中の相手をする女には、遊びで二両、三両という逸品もいるそうな……。

(よし、今夜は一両も張りこむか……)

栄次郎は〔みのむし〕の小座敷で、女を待った。

なんでも、根津《ねづ》のあたりに住む後家で、それもあぶらの乗りきったすばらしいのを呼んでくれるというものだから、栄次郎は期待に酔い、わくわくしながら茶屋の老婆を相手に盃《さかずき》をかさねた。

しばらくして、女が来た。

老婆と入れ違いに、

「ごめんなさい」

入って来た女を見て、さすがの栄次郎も盃を落した。

「お前……」

「あら……」

女も、青ざめた。

女……お長だったのである。

ぎごちない沈黙が、どれくらいつづいたろうか。

お長が、頬《ほほ》のあたりをひきつらせながらも、

「もう、こうなったら……しようがないねえ」

にやりとしたものだ。

栄次郎も笑った。

「病気の弟をかかえて、しかも行末のことを考えりゃあ、こんなことでもするよりほかに、しかたはなかったのさ」

と、お長はいった。

(ざまあみやがれ)

今日、深川の船宿で、さんざんにお長からやっつけられていただけに、

「おおかた、こんなこったろうと思っていたよ」

栄次郎は負け惜しみをいった。

お長も覚悟をきめたらしい。

栄次郎のそばへ来て酌《しゃく》をしながら、

「でもねえ。平ちゃんとのことは本当の……いいえ、ほんとうに平ちゃんが好きだった。嘘じゃあないんだから……」

「へっ。子供ができたなんて、見えすいた嘘をつきゃあがって……」

「そうでもしなくちゃあ、いつなんどき、あの人が私を捨ててしまうかしれやしないと思ったから……」

「それで、岩戸屋へ乗りこむつもりだったのか」

「ええ」

「正式のおゆるしをうけて、妾《めかけ》にすわるつもりだったんだな」

「いけないかえ」

「ふん……」

「どうだろう、栄ちゃん……」

「なに？」

「今度は、私の味方になっておくれでないかえ。十両くらいならいつでも出す。だから私と平ちゃんとの間を、うまく……」

「おきゃあがれ」

栄次郎は立ちあがった。

ふところから小判を五枚、お長の前へほうり出し、

「五両ある。この金はおいらの金だが、とっておきねえ。今夜のことは明日にも平ちゃんに打ちあけておくぜ。いつでもおいらが証人になる。だが、だからお前も、あきらめるこったな」

一気にいい放った。

「そうかえ……」

お長はもの倦《う》げに小判をかきあつめて、

「もらっておこうよ」

「そうしねえ」

「商売だからね、私も……」

「違えねえや、ふふん……」

「あきらめたよ、平ちゃんのことは……」

「当り前だ」

「とんだところへ、お前さん、首を出してくれたねえ」

「悪かったな」

だこうと思えばだけたかもしれねえ。だが、それじゃああんまり、おいらも男を下げるというもんだ。残念だが、しかたがねえ……と、栄次郎は〔みのむし〕から駕籠《かご》をよんでもらうよう、たのんでおき、また部屋へもどった。

お長は、ぼんやりと行燈《あんどん》の灯影に目をこらしていた。

お長の頬に、涙のあとがあった。

(こいつ、本気で平ちゃんを……)

ふっと思ったが、

「おい。もう岩戸屋の猫の鼻づらへ、おしろいなんぞをぬるのじゃあねえよ」

と、栄次郎は釘《くぎ》をさした。

「わかりましたよ」

「つまらねえいやがらせをしたもんだ」

「いやがらせじゃあない、平ちゃんが冷めたいそぶりを見せたからだ」

「へん。こんなまねをしていやがって、たいそうな口をきくねえ」

「………」

「あばよ」

駕籠が来ると、

「吉原《なか》へやってくんねえ」

と、栄次郎はいいつけた。

ぽつりぽつりと降りだして来た雨の道を飛んで行く駕籠の中で、

（へん。五両ですんだ。思いがけなく十五両……その上、平吉にゃあ、うんと恩を着せてやれる。おい、平ちゃん。おいら、お前さんの弱味をしっかりとつかまえちゃったぜ……ねえ、平ちゃん。これから、つきあいも永くなろうが、せいぜい可愛がっておくれよ）

栄次郎は、にたにたと胸のうちで、平吉へ呼びかけていた。

五

お手玉小僧・栄次郎が死んだのは、おそらく、その夜のうちだったろうと思われる。

死体が発見されたのは、翌朝だった。

場所は、吉原土手を三ノ輪方面へ向って行き、新吉原遊廓《ゆうかく》へ入る衣紋坂《えもんざか》をとおりすぎ、右手の竜泉寺村へ切れこんだ田圃《たんぼ》の中である。

後ろから一太刀で、栄次郎の首から肩にかけて切りつけた手なみは只《ただ》のものではない。

その一太刀をあびただけで、栄次郎は絶命したのだ。

死体を発見したのは、附近の百姓たちだった。

番所から役人が出張《でば》って来たが、むろん、身もとは不明だ。

ところが、栄次郎のふところから〔ふくさ包み〕の金十五両があらわれたものである。

金はともかく、このふくさは、大伝馬町の岩戸屋の名入りのもので、毎年、現在《いま》でいう名刺がわりに色を変えて染めさせるものだった。

これで、岩戸屋がうかんで来た。

長浜町の清五郎という岡っ引は、かねてから岩戸屋出入りの男だが、この清五郎が定廻《じょうまわり》の同心を案内し、岩戸屋へやって来た。

店でもおどろいたが、平吉は、もう歯の根が合わぬほどにちぢみあがった。

だが、栄次郎と幼友達だったということは、女房のおつるにも、養父の伊兵衛にも話してあったから、この点はまずよかった。

問題は、岩戸屋のふくさに包んであった金十五両である。

「若旦那《わかだんな》だけ、ちょいと顔をおかしなすって……」

同心が帰ったあとで、岡っ引の清五郎は平吉と二人きりで、居間へ残った。

「師走《しわす》でいそがしいところをすみませんねえ」

岡っ引といっても、このあたりの大店《おおだな》を相手に、いざ刑事問題がおきたときにはなにかとはたらいてもらうため、岩戸屋ばかりではなく、諸方の店からきまった〈手当て〉をもらっている清五郎だけに、

「ねえ、若旦那……」

ものやわらかな、くだけた調子で、

「どんなことがあっても、あっしがうまく片をつけます。だから安心をして……ひとつなにもかも、この清五郎にぶちまけてくれませんか」

と、ささやいて来た。

平吉は、衝撃と恐怖で、しばらくは口もきけない。

「お店の金が二十両ほど、帳尻《ちょうじり》が合わねえことも、さっき番頭さんに調べてもらってわかりましたよ。ねえ、若旦那……」

「………」

「だまってたんじゃ、わからない。なんとかいっておくんなさいな」

「………」

「いいんですかい？　お前さんが口をきかねえなら、お上《かみ》の調べは表沙汰《おもてざた》になりますよ。それでもかまいませんかね？」

「親分……」

「さあ、さあ……あっしはなにをいわれても、この胸ひとつにしまっておくつもりだ。さあ、さあ、ぶちまけてごらんなさい」

「はい……」

いいかけたが、どうもいいきれない。

お長と、お長の腹にいる子供のことがわかったら、これからの自分の身の上はどうなるだろう。

お長と、ああなったについては、たしかに気まぐれな浮気以上の何物かがあったといってよい。

はじめのうちは、なんとかお長を幸福にしてやろうという熱情をもっていた平吉だが、

(お長は、こわい……)

ひた向きに押して来るお長の愛欲のすさまじさと、岩戸屋へまで事をもちこもうとする激しい態度を、

(あんなに、おそろしい女だとは知らなかった……)

今は、悔《くや》んでいる。

といって……。

このことのすべてを、岡っ引などにうちあけてしまってよいものか、どうか、であ

る。

もしも大旦那が寛容に目をつぶってくれたとしても、平吉は一生、おつるにも店の者にも頭が上らなくなってしまうし、恥と負目《おいめ》にさいなまれながら一生を送らなくてはならない。

「どうしたんだ、さっさといってごらんなさい」

苛《い》らだった清五郎の口調が、がらりと変ったときだった。

「私から申します」

なんと、おつるがあらわれたのだ。

「あ、おつる……」

「いいんですよ」

おつるは微笑で平吉をおさえ、

「ふくさ包みのお金は、主人が、たしかに栄次郎さんへおわたししたものです」

と、いった。

平吉は、新たな不安に、すくみあがった。

「栄次郎さんはなんでも、前の商売がうまくいかず、そのときの借金に苦しめられていたようなんでした。くわしいことは私も主人も、よくきいてはいないのだけれど……なんといっても子供のときからの仲よしな……そんな間柄だったもので、主人も心配して……」

「それならなにも、大旦那へ内密で、金をひきださずとも……」

「いいえ、親分。そこは養子の身のつらさ、自分勝手に十五両もの金をつかうわけにゃあまいりませんよ」

おつるは、にこやかに平吉を見やり、

「ねえ、あなた……」

といった。

「う、うむ……」

あぶら汗にぬれつつ、平吉はうなずき、胸の中で、おつるへ手を合せていた。

あの夜……栄次郎が吉原へ行き、揚屋町の〔福本楼〕へあがろうとして駕籠《かご》をおりたとき、

「きさま……」

大男の侍に見つけられ、いきなり襟がみをつかまれてどこかへ連れ去られたということが、その後の調べであきらかになった。

何人もの目撃者がいたからである。

しかし、その後のことは不明だった。

勤番侍らしいその男は、みるからにたくましく、二つ三つ顔をなぐられると栄次郎は鼻血を流して、ほとんど気をうしなっていたようだ、と、見たものは語ったそうだ。

その後のことは、死んだ栄次郎と大男の侍が知っていることだが……。

「きさま。おぼえておろう。このまま番所へ突きだしてもよいが、それでは、懐中物をきさまに掏《す》りとられたわしの恥になる。武士としてきさまのような小泥棒に恥をかかされるとはな……」

暗い、雨の中の田圃《たんぼ》の泥の上へ突き倒された栄次郎は、それでも必死に逃げようとかかった。

侍の顔を忘れてはいない。

足かけ二年前に、旅姿のこの侍の懐中から財布を掏りとったことは、たしかだった。藤沢の遊行坂《ゆぎょうざか》においてである。

掏りとったとたんに、手をつかまれた。

「放しゃあがれ」

蹴《け》とばしておいて、栄次郎は、もうやみくもに逃げ、ついに逃げおおせたものである。

「おのれ、鼠賊《そぞく》め!!」

怒気を激して追っかけて来る侍の顔を、走りつつ二度三度と、ふり返って見るだけの余裕が、栄次郎にはあったものだ。

「わ、悪かった。助けて……」

助けておくんなさいといいかけたとき、侍が抜刀した。

その殺気におびえ、おびえながらも栄次郎は田圃の土を蹴って逃げた。

そこを後から斬られたのである。

この侍のことは、死んだ栄次郎だけが知っていることだった。

斬った侍のことは、ついにお上でもわからなかった。

六

この事件で、岩戸屋にも平吉にも、お上からの処罰はなにもなかった。

なかったのは当然としても、栄次郎がお手玉小僧とよばれた掏摸《すり》だということは、翌年の正月もすぎようとするころに岩戸屋へもきこえて、平吉をぞっとさせた。

春めいてきた或《あ》る日の午後、平吉は八丁堀まで用事があって、その帰り道に呉服橋《ごふくばし》門外・西河岸町の岩戸屋の親類へ寄った。

これは、養父のかわりに用事を足したのである。そこを出て、一石橋《いっこくばし》をわたり、北《きた》鞘町《さやちょう》の通りを歩いていると、釘店《くぎだな》のあたりから出て来たお長と、平吉が、ばったり出会った。

「あら……」

「お長……」

まぶしそうに、お長は平吉を見あげて、

「ごめんなさいよ」

うつむきかげんに行きすぎようとした。

「あ……待っとくれ」

「え……？」

「栄ちゃんが、あんなことになっちまって……それで、ついつい、お前のところへも
……」

「栄ちゃん、どうかしたんですか？」

「知らなかったのかい？」

「ええ……」

「吉原田圃で、斬られて死んだよ」

「いつ？」

「去年……師走《しわす》の八日だ」

「まあ……」

きらりと、お長の双眸《め》が光った。

「実は……お前へとどける金を栄ちゃんに預けてあったんだが……」

と、いいさしてから、平吉が、

「あの……子供は……お腹の子は、どうなんだえ？」

このとき、お長が、はじけるような笑い声をたてた。

「そうですか。お前さんは、なにも知らなかったんですねえ」

「なにがどうしたのだ？」

「いえ、こっちのことですよ」

お長は、さっと身をかえしながら、

「あたしは、子をうみますからね」

「お長……」

「うんでから、ごあいさつにあがりますよ」

「待ってくれ」

只事《ただごと》でない二人の様子に、少し人だかりがしていた。白昼のことである。人ごみをぬって去るお長を追いかけもならず、平吉は茫然《ぼうぜん》と立ちつくしたままだった。

お長はお長で、

（こうなったら百や二百ですませるこっちゃあないよ。うまく行けば、病気の弟も私も、一生楽隠居だし……それよりも、まとまった金をふんだくったら、なにか地道な商売でも始めて……そのうちに実直な男を見つけて亭主にして……）

そんなことを考えつつ、にやにやと、池ノ端の水茶屋を目ざして歩いていた。

（平ちゃんも昔のまんまだ。意久地のない男だったんだねえ。私も……そりゃあ私も、ちょいと昔を思い出し、のぼせあがったことはたしかなんだけど……）

二日たった。

夕飯をするため、平吉が店の帳場から居間へ入って来ると、

「あなた、この二、三日、どうかしたのじゃありませんか？」

おつるが、箸《はし》をとりながら眉《まゆ》をよせてきいてきた。

「なんでもないよ」

「だって、食《しょく》もすすまないし、お父さんも平吉がなんだか変だって……」

「そ、そんなことはない」

「それならいいけど……」

鯛《たい》のやきものを、うまそうに食べながら、

「ねえ……」

と、おつるが流し目に平吉を見て、

「わかる？」

「なにが？」

「あたしのお腹？……」

「え？」

「うまれそうなのよ」

「え？」

「今度は、女の子が、ほしいわねえ」

こういって、おつるは、となりの部屋で、もう眠っている吉太郎を指し、

「あの子も妹ができたら、きっとよろこぶわ」

と、いった。

「そうか……お前も、うまれるのか？」

「え？」

「いや、なんでもない」

平吉があわてて箸をとったとき、もう暗くなった中庭から飼猫のごろが、のっそりと入って来た。

「あら、また……」

おつるが叫んだ。

「え……？」

ごろを見やって、平吉は死人のような顔つきになった。

膳《ぜん》の上のものをねだろうとして、甘え声を出して近寄って来るごろの鼻すじには、くっきりと白粉《おしろい》の線が浮きあがっていた。

さざ浪伝兵衛

一

はっと目ざめた伝兵衛《でんべえ》が、添い寝をしている飯盛女《めしもりおんな》の太股《ふともも》にはさみこんでいた右脚《みぎあし》を引き抜き、枕元の脇差《わきざし》をひっつかみ、とびおきたとたんである。部屋の四方から凄《すさま》じい物音が一斉に起り、襖《ふすま》障子を蹴倒《けたお》して捕方がおどりこんで来た。

「さざ浪伝兵衛《なみでんべえ》神妙《しんみょう》に……」

まっさきにとびこんで来た同心らしいのが、神妙にしろと声をかけた、その神妙に……まで叫んだときには、伝兵衛の抜き打ちに頭を割りつけられ、絶叫をあげて転倒した。

同時に伝兵衛は、栗鼠《りす》のように躰《からだ》をおどらせ、行燈《あんどん》を蹴倒している。

飯盛女の悲鳴が上ったようだが、もう伝兵衛は刃《やいば》をふるいながら、猛然と二階廊下へ突き進んでいた。

この旅籠《はたご》は、小田原でも大きな店で〔しころ屋〕というのだが、早くも泊り客などを避難させたとみえる。

伝兵衛は廊下から別の部屋と部屋を走り抜け駈《か》けまわって、打ちこんで来る捕方の棒や刺股《さすまた》を切り払いながら、

（くそ!! さざ浪伝兵衛ともあろうものが、なんてえ失敗《へま》をやらかしたもんだ）

と、舌打ちをした。

捕方の怒声と龕燈《がんどう》の光の矢が乱れ飛ぶ中を、伝兵衛の脇差が、あっちこっちで捕方の血を飛ばした。

（誰が、俺を見つけやがったのか……）

これほどに捕方が踏みこんで来るまで、飯盛女郎をだいて眠りこけていた自分の不覚がただもう口惜《くや》しかった。

今までの伝兵衛なら、泊り客が避難する気配を、決して見のがすはずはない。久しぶりにだいた女の躰におぼれ、五官の機能がゆるみきってしまったのだろうか……。

しかし伝兵衛は、みじんも縄にかかるつもりはなかった。

十人力と評判をとった怪力に自信もあるし、過去二十年間、江戸市中を思うさま跳《ちよう》梁《りよう》し、火付け強盗の件数は、自分でも覚えきれないほどなのに、何度もこうした危機

を切り抜けてきている伝兵衛だった。

今年四十三歳になる伝兵衛だが、堅《かた》くひきしまっている躰は彼の意のままに動いた。

「御用だっ!!」

「伝兵衛っ。神妙にしろっ」

「それっ、廊下へ出たぞ」

「まわれっ。包みこんでしまえ」

などと捕方は喚《わめ》き叫ぶが、伝兵衛は一言《ひとこと》も口を開かない。激しい争闘の最中には固く口を結んでいるほうが疲れないことを、伝兵衛はよく知っている。

享保《きょうほう》五年九月四日の、この夜——〔火付盗賊改方《ひつけとうぞくあらためかた》〕山川安左衛門の命を受け、伝兵衛を江戸から追いかけて来た清水平内《へいない》ほか五人の同心、八人の手先は、小田原藩奉行所から十数名の応援を得て、〔しころ屋〕へ踏みこんだのだ。

伝兵衛が潜んでいた江戸の隠れ家をかぎつけたのも非人(乞食《こじき》)なら、この小田原へあらわれた伝兵衛を発見したのも非人である。

公儀では、非人の群れを溜《たまり》に収容し、非人頭をおき、その存在を許容する一方、非人の探偵によって盗賊を捕えるということがたびたびある。

そしてまた、非人の中には、盗賊の手先になり、火付けをやるものもいないとはいえない。伝兵衛が金にものをいわせて飼いならした非人も五人や六人はいるのだ。

「逃げたぞっ、中庭へ飛びおりたぞっ」

「裏通りを固めろ!!」

捕方が、どっとゆれうごいた。

中庭から裏木戸へ走った伝兵衛は、宿場の裏通りへ出た。

早くも待ち構えた捕方が蝗《いなご》みたいにとびかかった。

「しゃらくせえ!!　捕《と》れるものなら捕ってみやがれ」

外へ出ればこっちのものだという気が伝兵衛にはある。

伝兵衛は初めて大声をあげ、脇差をふりかぶって大見得《おおみえ》を切った。もう大丈夫だという自信に彼は目を輝かせている。

まるで芝居の中の石川五右衛門にでもなったような良い気持だった。

伝兵衛は脇差を鞘《さや》におさめ、塀のそばに積んであった普請《ふしん》の残りものらしい材木をつかんでは投げ、振っては打ち、幅一間ほどの裏通りを縦横に荒れ狂い、たちまちに捕物の網を切り破って、闇の中へ溶《と》けこんでしまった。

二

「……まあ、笑うなよ、蟹蔵爺《かにぞうとっ》つぁん。俺もさざ浪伝兵衛だ。旅商人にばけ、小田原へ入った身の構えにゃあ一分《いちぶ》の隙もなかったはずだ。今になって考えてみるとなあ、こいつはきっと、江戸の非人どものうち、俺のことをよく知っていやがる奴が、役人の手先となって働いているに違えねえ。俺が飼いならした非人どものうち、千之助か、それともチュウ六か。金兵衛の野郎か……とにかく、その野郎の首は、きっとたたき落してやるつもりだ」

と、伝兵衛は酒を呷《あお》りながら、砂堀《すなぼり》の蟹蔵にいった。

蟹蔵は、伝兵衛が二十年前に関東一円を荒しまわっていた赤池《あかいけ》の弥七の乾分《こぶん》となったときの先輩なのだが、今は中国筋で働いている。年も老《と》ってきて躰もきかなくなった蟹蔵は、中国一帯を荒している盗賊団の見張りや情報集めや連絡係をつとめているのだ。

二人が酒を飲んでいるこの家は、酒匂《さかわ》川の上流を五里ほどさかのぼった山の中にある百姓家だった。

このあたりは丹沢《たんざわ》と足柄《あしがら》の山間《やまあい》にあり、山腹に一軒離れているこの家のほかに、渓流ぞいの道をはさんで十軒ほどの農家もある。

この家は、表向きは百姓だが、裏へまわると盗人宿《ぬすっとやど》の役目をしている。主《あるじ》の茂助《もすけ》は、もと赤池の乾分だったが、これも老いぼれて働けなくなったので、故郷の村へ帰り、一人ぽっちで暮している。茂助の家は、盗賊仲間にとって究竟《くっきょう》の連絡所となったわけだ。家は小さなものだが、村人たちも全く気づかぬ石づくりの穴倉もある。穴倉は十坪《とつぼ》余りもあって、盗品盗金を隠しておくこともできるのだ。

江戸の隠れ家があぶなくなり、四十人の乾分たちとも一時は別れ、しばらくの間、関西から中国へ高飛びするつもりになった伝兵衛は、まず乾分の一人をこの茂助の家へ飛ばして連絡をとらせ、砂堀の蟹蔵を呼び寄せるよう手配をし、自分は後から乾分の大五郎一人をつれて江戸を発《た》った。これが約一ヵ月前のことである。

さざ浪伝兵衛が、この家へ来て十日もすると、蟹蔵は彦根からとんで来た。

「親分の平十郎も、ぜひ、お前さんに来てもらいてえ、伝兵衛どんが右腕になってくれれば千人力だと、こういっているぜ」

と、蟹蔵はいった。

実は近いうちに、北国のある城下町の寺院へ押しこむことになっている。その寺は藩主の菩提寺《ぼだいじ》でもあり、金も宝物もたっぷりとある。それだけに警戒も厳重だが、やりがいもある、この仕事を伝兵衛に手伝ってもらえるなら有難い……と、蟹蔵の今の親分〔くちなわ平十郎〕が頼みこんで来たのだ。

「そりゃあな、俺も平十郎どんの仕事に一枚加わり、しばらくは江戸でのほとぼりをさますつもりで、お前を呼んだのだ。よかろう、手伝わせてもらおうじゃねえか」

と伝兵衛も乗りかかり、乾分の大五郎を再び江戸へ引っ返させ、江戸にまだ残っている乾分のうち腕ききの者を五、六名ほど呼びにいかせた。

「もう四日か五日すれば、彦根に隠れている親分から連絡がある。そうすれば集合の場所と時がわかる」

と蟹蔵はいった。

「そうか……じゃあな、俺《おら》あ一晩、小田原まで行って来るぜ」

「え？……」

「まあ心配するな。木《こ》っ端《ぱ》役人に見破られるほど、俺はぼけちゃあいねえつもりだ」

「でも、なにしに行きなさるんだ」

「お前と違って、まだ俺には、たっぷり脂《あぶら》がのっているのだ。ちょいと白粉《おしろい》の匂いがかぎたくなったということさ」

大胆不敵が自慢の伝兵衛である。

変装もうまいし、いざとなれば十人力にものをいわせる。

江戸から追手がかかっていることを十分承知のうえで、旅商人にばけ、小田原へ出て行ったのは、昨日の昼すぎだった。

そしてその夜——あの大がかりな捕物陣を危く切り抜け、やっとのことで盗人宿へ舞いもどって来たのは、つい一刻《ひととき》も前のことだ。

茂助爺いは、伝兵衛の傷の手当てをすますと、下の道まで見張りに出て行っている。

「ともかくなあ、伝兵衛どん。おれも、このごろは、つくづくと考えちまうよ」

蟹蔵は酒にも手を出さず、皺《しわ》の深い赤茶けた顔をうつむけて嘆息した。

「伝兵衛どんは、逃げまわっているとき、こわくはねえかい？」

「おい爺《とっ》つぁん。逃げまわるのが面白くならねえうちは一人前じゃねえと、二十年前に教えてくれたのは、お前だぜ」

「ふふん……おれは、もう五十の坂をとっくに越えちまったものなあ」

蟹蔵は、十いくつも歳下《としした》で、しかも太く長い鼻を脂で光らせ、生気にみちた大きな目玉をむいて笑っている伝兵衛を、うらやましげに見やったが、やがて……。

「今に、お前も、おれと同じようになるのだぜ」

と、不気味な声でいった。

「なるかならねえか、まあ見ていてくれ」

伝兵衛はせせら笑い、

「俺は、あと五年は稼ぐ。その前に、足を洗って一生安楽に暮せるだけのものは、ちゃんと手に入れるつもりだ。そうしたら江戸を離れた遠いところでお大尽《だいじん》様になり、女と一緒に暮すつもりよ」

伝兵衛は、江戸に一人、中仙道熊谷《くまがや》に一人、上州高崎に一人——それぞれに料理屋などの商売をやらせている妾《めかけ》がいる。

ことに江戸の深川で料亭をやらせている妾のおだいは今年二十七で、気性もしっかりしているし、閨房《けいぼう》でも伝兵衛を有頂天にさせるものをもっている。

おだいの存在を知っているものは乾分のうちでも一人か二人で、むろん役向きにも感づかれてはいない。伝兵衛は、おだいのところへ、かなりのものを運んでおいてあるのだ。

「伝兵衛どんが、初めて人を殺したのはいつだね？」

蟹蔵は、ぴくぴくと眉毛《まゆげ》をふるわせ、酌をしてやりながら、こんなことをきいた。

炉にはまだ火が入ってはいないが、虫の声が盗人宿を包み、肌寒かった。

「そうだなあ。あれは俺が二十三のときだ。当時俺はな、筋違御門外《すじかいごもんそと》の尾張屋という茶問屋の番頭をしていたものだ。ふふん、飲む打つ買うとそろった喧嘩《けんか》好きの番頭でな、とんだ持てあまし者だったが、旦那《だんな》も手が出ねえ……というのは、俺《おら》あ、旦那が女中にうました子だったからよ」

「その話は、前に聞いたよ」

「そうだっけなあ……そのころだよ、爺つぁん。新黒門町《しんくろもんちょう》の同じ茶問屋の番頭で、俺と遊び友達だった伊之助というのが、遊びの金に詰まり、俺から五両の借金をしてな。その抵当《かた》に脇差を一本おいて行きゃあがった……」

伝兵衛は、こういうと傍《そば》の脇差をとって、きらりと引き抜き、

「見ねえ、爺つぁん、この青白い刃の光をよ……じいっと見ていると、こっちの心も躰《からだ》も、この刃の光の中へ吸いとられてしまうような気がするだろう」

「じゃあ、その脇差が……？」

「うむ、金を返しに来たとき、俺あなんとしてもこの刀を伊之助に返す気持にはなれなかったよ。というのはなあ、素人の俺が見ても、あんまり凄《すご》い刀なので、知り合いの刀屋に見てもらったら、なんとお前、この刀はな、国光《くにみつ》とかいう名刀だということがわかったのでな」

こうなると伝兵衛は、なおさら、脇差に執着した。金にしようというのではなく、名刀の持つ魅力にひきこまれてしまったのだ。

先祖から伝わる宝物だからぜひ返してくれと叫ぶ伊之助をだましだまし連れだし、金十両で国光の脇差を譲ってもらうつもりだった伝兵衛だが、神田川ぞいの石置場へ来たところで、

「伝兵衛どんは、わしの刀を泥棒する気かっ。恐ろしい人だ、お前さんは……お前さんは泥棒だあ!!」

と伊之助にわめかれ、思わずかっとして脇差を抜いた。

伝兵衛自身が「おや？」と思ううちに、脇差は、伊之助の腹へ吸いこまれた。

伝兵衛は、わざと逃げなかった。伊之助とは人に隠れて会っていたし、なんの証拠

も残ってはいないのである。伊之助殺しは、やがて迷宮入りになった。伝兵衛はほくそえみ、犯罪に対して大胆になった。

「それが初めての人殺しだよ、爺つぁん。そして、それから俺は、ぐれだしたのだ」

「そうか……で、お前さん。その伊之助という人の亡霊に出っくわさねえかい？」

「冗談いっちゃあいけねえ。俺みてえな肝《きも》の太い男に、なんで亡霊が出るものかい」

「お、おれには出て来るんだよ」

「へえ……なんのおばけが出て来るのだい？　は、は、は……」

「笑うな‼」

蟹蔵は手をふって叫んだ。そして、頭をかかえ、泣くようにいった。

「このごろは毎晩のように出て来やがる」

「だから、どんなおばけがだよ？」

「おれが初めて殺した婆《ばば》あだ。おれの故郷の村でよう、金貸しをしていた婆あだ。いくら斬っても突いても、あの婆あは、両腕をのばして、おれの腰のところをつかみ、離さなかったっけよ。恨めしそうな白い目で、血だらけになりながらも、おれの顔を、じいっと見ていやがったっけ……」

「あは、は、は……」

伝兵衛は笑いとばし、ごろりと横になると、すぐにいびきをかきはじめた。

蟹蔵は炉端にうずくまり、いつまでも動かない。

〔くちなわ平十郎〕の指令が届いたのはこの夜更けだった。

九月二十日の夜までに、近江《おうみ》の瀬田《せた》の手前にある月ノ輪《つきのわ》新田の古寺へ集合してくれというのである。

翌朝——伝兵衛は、砂堀の蟹蔵にいった。

「爺つぁん。俺は、ちょいとまた小田原へ寄って、後からお前を追いかけるよ」

「小田原へ……？　あぶねえ!!　そんなことをしてどうなるんだ？」

「さざ浪伝兵衛が寝こみを襲われたままでは引き下れねえ。せっかく江戸中にとどろきわたった俺の名がすたるからなあ。俺が、どんなに大した泥棒かということを、小田原の奴らに見せてやるのだ」

三

小田原の旅籠《はたご》〔しころ屋〕が炎上したのは、享保五年九月六日の未明——と記録にある。

むろん伝兵衛が火付けをしたのだ。火付けばかりではなく百十余両の金を掻《か》っ払って逃げた。

てから逃走した。
人は一人も殺さず、伝兵衛は——しころ屋の火付けをしたものは江戸の大盗、さざ浪伝兵衛なり——という大きな立て札を小田原城下の高札場《こうさつば》のそばに堂々と打ち立てた。

〔しころ屋〕では、前夜草鞋《わらじ》をぬいだ旅僧が、二日前に泊ったばかりのさざ浪伝兵衛だとは全く気づかなかったのである。

頭を丸め、白いつけ髭《ひげ》に顔を変え、歩き方から身のこなしをがらりと変えたばかりか、声の出し方にまで工夫をこらした伝兵衛は、まだ陽も暮れぬうちから悠々と〔しころ屋〕へ乗りこんで行ったものだ。

風呂《ふろ》から上り、廊下ですれ違ったあの夜の飯盛女の手を握ってやると、

「あらいやだよ、坊さんのくせに、いけすかない」

と、女はののしった。

「一両やる。夜更けに来ないかえ?」

こうささやくと、

「あらまあ、本当かい、坊さん……」

女は相好《そうごう》をくずして身をすり寄せ、

「行くからね、きっと行くからね」

「待っているよ」

夜更けから未明にかけて、女は、伝兵衛の秘術に狂喜したが、……これも伝兵衛だとは気づかないのである。

（ざまあみやがれ）

素裸で眠っている女の着物を全部ひっさらって火の中に投じてきた伝兵衛は、一日二十里は平気で走るほど鍛《きた》えあげた足の力にものをいわせ、箱根の裏路《うらみち》を風のように走りのぼっていた。

（女め、素っ裸で火の中から逃げ出したのだろうな）

今までに何度も破って通り抜けて来た箱根の関所などはものの数でもない伝兵衛である。強い秋の陽が箱根の山々いっぱいにみなぎるころには、早くも下長坂《しもながさか》へかかっていた。

愉快で愉快でたまらない伝兵衛は、ぴいぴいと、それが癖《くせ》の口笛を鳴らしながら山道を下って行く、その背後三十間ほどの距離をおいて伝兵衛を追う一人の男がある。垢《あか》くさい蓬髪《ほうはつ》を振り乱し、下帯《したおび》一本のたくましい裸体にぼろぼろの木綿半纏《はんてん》ひとつをひっかけただけのこの男は、江戸品川の溜場《たまりば》にいる非人の綱六だった。

綱六は非人頭松右衛門の手下で、うまれたときからの乞食《こじき》商売。七年も前から伝兵衛の仕事の手伝いもしてきている男である。

さざ浪伝兵衛逃走のことを知って江戸から追跡にかかった警吏の水先案内は、この綱六だ。伝兵衛がいくら顔形を変えてみても、永年手先に使ってきた綱六の目はごまかせない。

二日前の捕物騒ぎ以来、綱六は小田原近辺を探索していて、今日未明の火付け騒ぎのときは、宿はずれの一色橋の下で眠っていたのだ。

〔しころ屋〕が火事と聞いた綱六は、血相《けっそう》変えて宿へ駈《か》けつけ、いっさんに箱根の山道へ向った。伝兵衛のやり口は百も承知している綱六なのだ。

果して、綱六は夜風を切って前を進む伝兵衛の黒い影を見出《みいだ》した。

(しめた!!　こんどこそのがさねえぞ)

手柄をたてれば御公儀から褒美の金がもらえるばかりでなく、今まで伝兵衛の手先となっていた罪も帳消しになる。これは公儀が非人を働かす場合の不文律といってもよかった。

しかし困ったことには、小田原にいる警吏たちに知らせるまがなかったことだ。

とにかく追いかけて、落ちつくところをつきとめよう、その途中で乞食仲間にでも会えば連絡をつけ、いよいよとなれば三島の宿《しゅく》へ入ってから問屋場の役人へ頼むつもりの綱六だった。

三島宿まで二里足らずというところで、綱六は伝兵衛の姿を見失った。

(や……？　いねえ……)

このあたりは、はつねケ原と呼ばれる草原で、いやにものさびしいところだが、街道の向うから旅姿の二人づれがやって来る。町人の夫婦らしい。

「もし、ちょいとおたずねしますがね、この先を旅の坊さんが行きませんでしたかえ？」

綱六の問いに、旅の夫婦は首をふって遠ざかってしまう。

（おかしいなあ？　ふむ。そうだ!!）

ここへ来る少し前に左へ切れこむ小道があった。そこは玉沢村へ抜ける道なのだが、綱六は、伝兵衛がそっちへ切れこんだものと見きわめをつけ、すぐにひっかえし、その小道を進んだ。

綱六の躰《からだ》から顔から、滝のように汗がふきだしている。

伝兵衛の速足にここまでついて来たのはなみなみの苦労ではない。

思わずあえぎをつよめながら、綱六が人気《ひとけ》のない山道で一息入れたときである。

「手前だったのか」

芒《すすき》の群れの中から、ぬーっと伝兵衛があらわれた。

「あっ……」

ふりむいた綱六の首へ、太い伝兵衛の両腕がのびてきた。

恐怖と苦痛に見開かれた綱六の目は、いつもぎょろりと光っている伝兵衛の目が針のように細くなるのを見た。

伝兵衛が、人を殺すときの目だった。

「ああうわ、わ、わ……ふう、ふう」

綱六は絞め殺された。

その綱六の顔を力いっぱい土足でふみにじってから伝兵衛はあたりを見まわし、綱六の死体を木立の中へ引きずりこんで隠し、ゆっくりと街道へ出て行った。

誰にも見つからなかったと伝兵衛は思っていたのだが、この様子をがたがたふるえながら、そっと見ていたものが二人あった。

村の若い男女が、秋の陽にぬくもりながら、芒の中でだきあっていたところへ、伝兵衛が分けいって来たので、息を殺し、すべてを見まもっていたのである。

男のほうがすぐに、庄屋《しょうや》の屋敷へ走った。

その日の夜から、ひどい雨になった。

四

蒲原宿《かんばらじゅく》の手前一里余丁のところにある富士川は、東海道にある渡し場十三ヵ所のうち、徒歩《かち》越しが六ヵ所、舟渡しが七ヵ所ある、その舟渡しにきめられた川の一つだ。

さざ浪伝兵衛がここへあらわれたのは、翌七日の未明である。

綱六を殺してからは、追手もかかって来ないようだったが、伝兵衛は万一を考え、途中で右へ切れこみ、愛鷹山麓《あしたかさんろく》の農家から盗んだ野良着《のらぎ》に着がえ、笠《かさ》と蓑《みの》をつけ、夜になるまで山の中に隠れていて、なるべく街道を避《さ》け、とぼとぼとやって来たのだ。

誰が見ても百姓としか見えない。歩き方一つで、どんな職業にもなれる伝兵衛だし、それがまた自慢だった。

「お前たち、俺の変装を感心していたのじゃあだめだ。暇《ひま》なときには芝居小屋をのぞいてみねえ。道をとおる人間どもをよく見ておくもんだ。そうすれば自然にうまくなれる」

こんなことを乾分《こぶん》によくいったものである。研究熱心な盗賊というべきだろう。

伝兵衛は、富士川の、やや上流に出た。

このあたりには、もう前面に山がせまっている。

雨はまだやまない。

伝兵衛は衣類も笠もひとまとめにして頭上へくくりつけ、下帯一つになった。

母親と裏店《うらだな》に暮していた子供のころからあばれもので、母親が死に、父親の店へ引きとられてからも町道場へ通《かよ》ったり相撲をとったり、泳ぎを習ったり、そんなことばかりしては、本妻の尻《しり》に敷かれておどおどしている父親を困らせた伝兵衛である。

〔さざ浪〕と名のったのも、泳ぐことが大好きだからだ。

裸になった伝兵衛が、雨で水かさを増した川面《かわも》へ近寄ろうとしたときだった。

あたりの草むらから、川岸の木立から、雨の幕を破って一斉に人影が立った。

鋭く合図の呼笛《よぶこ》が鳴る。

「しまった!!」

小田原から馬で駈けつけた〔火付盗賊改方〕同心の清水平内が采配《さいはい》をふるい、同心五名、手先四名のほか、吉原と蒲原の両宿から狩り出した問屋の人夫三十余人が、手に手に棒をふるって伝兵衛に殺到して来た。

「来やがったな!!」

綱六の死体が見つかるにはまだまがあったはずだ。それにしては恐ろしく手配が早いと伝兵衛も一時はびっくりしたが、すばやく頭上の荷物をふりおとし、とびこんで来る五人ばかりをつかんでは投げ、撲《なぐ》っては蹴《け》り、たじろいだ捕方が、さっと遠巻きに囲んだところで、伝兵衛はにやりと笑った。

「気の毒だが、お前たちにゃあつかまらねえぜ」

こういい放ち、藁苞《わらづと》に隠した例の脇差は抜かずに左手へ握ったまま、つかつかと伝兵衛は川面に進む。

「のがすな!! かかれっ」

わーっと喚声をあげて、人足どもが詰め寄って来た。

伝兵衛の五体は鉄のかたまりとなって捕方の中へとびこみ、もみ合ったかとみるまに、ぱっと走りぬけ、しぶきをあげて川へとびこんだ。

「それっ!!」

人足たちも泳ぎでは負《ひ》けをとらない。

すぐにとびこんで伝兵衛を追う。

(ふふう。こうなれば、こっちのもんだ。さあ来い、いくらでもやって来い)

抜手《ぬきて》を切りながら、伝兵衛はいるかみたいに対岸へ向って泳いでいる。

伝兵衛にも負けず、ひとり他《ほか》の人足を引き離して泳ぎせまってくる若い人足があって、これが、いきなり伝兵衛の下帯をつかんだ。

(おや？　この野郎め)

水の中に身をひねってその人足を蹴放し、浮きあがって来るのを、もう一度沈めてやるつもりで、伝兵衛は襲いかかった。

濁流を割って人足の顔が浮きあがった。

(くたばれ!!)

手をのばしかけ、伝兵衛は、ぎょっとなった。

(あっ。い、伊之助だ……)

目を血走らせ、髪をふり乱した青い顔の人足は、まさに伊之助なのである。

いま手につかんでいる国光の脇差で、二十年前に突き殺した番頭の伊之助だ。

伊之助が、また水へもぐり、伝兵衛の足をつかんで、引いた。

伝兵衛は凄絶《せいぜつ》な恐怖にかみつかれて、すくみあがった。

(あ……いけねえ。い、伊之助の亡霊が……い、いけねえ……)

手も足も引きつり、あっと思うまもなく水中に引っぱりこまれ、伝兵衛は、がぼがぼと水をのんだ。

五

「砂堀の蟹蔵のいうことを馬鹿にしていた俺だったが、とうとうこの始末よ」

富士川で捕縛されて江戸送りになってから、もう一月余りにもなる。

伝馬町の牢屋《ろうや》へ入った伝兵衛は大泥棒だけに、たちまち牢名主にまつり上げられ、貫禄《かんろく》と睨《にら》みをきかせてはいたが、げっそりとやつれている。

羽目板を背に畳十二枚を重ねた牢名主の席にあぐらをかいたさざ浪伝兵衛は、乾分の大五郎をそばに呼び、つる金《がね》をばらまいて手に入れた冷酒を飲みながらぼそぼそと話している。

大五郎は江戸へ乾分を呼びに行き、そのまま捕えられて、伝兵衛よりさきに、この東二間牢へ入っていたのだ。

ほかの囚人たちの鼾《いびき》と寝息が牢内をみたしていた。

起きているのは伝兵衛と大五郎だけだ。

牢屋を囲む外側の土間は通路になっており、そこにかけられた掛行燈《かけあんどん》の光がかすかに牢内へも流れこんではいるが、畳十二枚の上と下とで見かわす顔と顔の表情は、ほとんどくみとれない。

外には風が鳴っているらしい。その風は、もう冬のものだった。

「お前にだけいうのだが、全くあのときにゃあ俺もたまげた。あの茶っぽい川の水の底から、ぶるぶるっとこう浮かびあがった伊之助の顔の凄《すげ》えのなんの……」

伝兵衛はごくりと生唾《なまつば》をのみこみ、

「いるもんだねえ、亡霊ってやつはよ」

「気の強い親分がそういうのじゃあ、幽的《ゆうてき》を見たことがねえあっしも、なるほどと思いますよ」

大五郎も襟《えり》もとをかきあわせ、貧乏ぶるいをやりはじめた。

「それからというもなあ、ほとんど一日おき、場合によると毎晩……」

「出て来るので？」

「うむ……」

うなずいた伝兵衛が、激しく身ぶるいするのを、大五郎は見た。

「そこに……いつもそこに、立ってやがるんだ、大五郎……」

すーっと伝兵衛は指をあげて、囚人が出入りする留口《とめぐち》のあたりをさししめした。

「よしておくんなせえ、気味の悪い……」

大五郎は、あわてて手をふった。

「伊之の野郎、出て来ちゃあ俺にいうのだよ。大五郎……早く来い、早く来いとな……」

もう冷酒を唇につけようとはせず、伝兵衛は頭をかかえて身じろぎもしなくなった。

腕力と体力が人一倍すぐれていたため、そのつかい方をまちがってしまい、盗賊根性に徹しきり、自信と誇りを少しも失わなかった伝兵衛だが、夜な夜な脂汗《あぶらあせ》をぐっしょりかいて、伊之助の亡霊を待つ気持はたまらないものらしい。

入牢して十日目に、伝兵衛は罪状のすべてを白状していた。

(こうなったら早く死にてえ。伊之の野郎に、いじめられるくらいなら、一日も早く伊之のそばへ行ってしまいてえ)

そっと身を引いて中座《ちゅうざ》の三番役の自席へもどりながら、大五郎は、情けなく打ちひしがれてうずくまっている親分の黒い痩《や》せこけた姿を横目で見て、ためいきをついた。

張番《てんま》が打つ拍子木の音が近よって来た。

富士川の濁流の中で、盗賊さざ浪伝兵衛を捕えたのは蒲原宿問屋場の人足で、平吉《へいきち》というものだった。

前には大井川の川越え人足をしていたということだったが、一年ほど前から蒲原の問屋場で働いている。

御公儀から蒲原と吉原の問屋場人足へ出た褒美の金はいくらあったかわからない。おそらく問屋場の役人やらなにやらが上前《うわまえ》をはねた残りが、人足たちの手にわたったのであろう。

それでも特別に、平吉へは金五両が渡された。

この金を惜しげもなく、平吉は仲間の人足たちへの振舞《ふるまい》酒にしてしまった。

「とにかく大した野郎だよ、お前というやつは……」

「あの鬼みてえな大泥棒の足を引っぱって、たんまり水を呑《の》ますなんて芸当は、ちょいとできねえ」

「お前、太え肝っ玉があったんだなあ」

酒に酔った仲間たちが口々にほめそやすと、平吉は陽に灼《や》けた、四角ばった若々しい顔をほころばせ、

「おいらにもよくやれたと思うよ」といった。

「褒美の金を俺たちがみんな飲んじまっていいのかよ。盲のおふくろさんになにか買ってやりねえな」

「おふくろは、お前たちと一緒にやったことだから、一人じめにしちゃあいけねえというのだ」

「へえ……噂に聞いちゃあいたが、中々よくできた、ええおふくろさんだな」

「おふくろは、苦労してるもんなあ」

酔いがまわって、いささか感傷が胸にこみあげてきたものか、平吉は、しんみりした口調で語りつづけた。

「おふくろは、若いとき、品川で女郎をしていてね。好きな男ができて、その男にうけだされ、おいらをうんだんだ」

「なんだ、それじゃお前、うめえ話だったのじゃあねえかい」

「うん。そこまではな……後がいけねえ。その男、つまりおいらの父《と》っちゃんは、そのためにだいぶ借金を背負《しょ》いこみ、とうとう田舎の田畑を売り払っちまってね」

「ふうん……」

「それでもいいや。父っちゃんは、好きなおふくろと一緒になれたんだものな。その後がいけねえ」

「なにがいけねえ？」

「うん……父っちゃんはなあ、急に死んじまったんだ。人に殺されてよ。刀で腹を突きとおされてよ」

「ひでえ奴がいるもんだ。その野郎はどこのどいつなんでえ？」

「知らねえ。おいらもおふくろも知らねえ。神田川の石置場で父っちゃんは死んでたんだ。父っちゃんは茶問屋の番頭さんだったとよ。父っちゃんの顔はなあ、おいらにそっくりだったとよ」

仲間たちは、しゅんとなって、それから口ぐちに平吉をなぐさめはじめた。

働き者なので、問屋場からも仲間の人足たちからも可愛がられている平吉だった。

平吉は涙でくしゃくしゃになった顔をあげ、唇をかみしめ、うめくようにいった。

「父っちゃんを殺した奴が、もし見つかったら、おいら、只《ただ》じゃあおかねえ」

あとがき

この一冊におさめた短篇は、いずれも、私の悪漢《ピカレスク》小説というべきものだ。

実在の悪漢たちを、いまも残されている〔資料〕によって描いた作もあるし、なにからなにまで作者の夢想によって成ったものもある。

ともあれ、作者は現在の自分自身がもつ技術のあらんかぎりをつくして執筆しただけに、どの一篇にも、ふかい愛着をおぼえている。

私が、これら悪漢たちに興《きょう》をおぼえるようになったのは、おそらく幼少のころから見なれ親しんできた歌舞伎の舞台からの影響があったからだろうとおもう。

歌舞伎の狂言には、いわゆる〔白浪もの〕をはじめとして、さまざまな悪漢が登場してくる。

彼らの背後にある〔危険〕な環境が、とりもなおさず、彼らの人生と、彼らの周囲に生活する人びとを〔土壇場《どたんば》〕の劇的状態へみちびくことになる。

こうした場合になると〔善〕も〔悪〕もなく、そこには人間の本然が存在するだけであって、演劇や小説がここへ着目するのは、むしろ当然のことといわねばなるまい。

私の悪漢小説の主題も、ここから生まれたものである。
これから尚《なお》も、私は彼らを描きつづけてゆくことだろう。

昭和四十二年師走《しわす》

池波正太郎

初出

江戸怪盗記　「週刊新潮」一九六四年一月六日号
白浪看板　「別冊小説新潮」一九六五年七月号（原題「看板」）
四度目の女房　「小説新潮」一九六七年五月号
市松小僧始末　「週刊朝日別冊」一九六一年秋風特別号
喧嘩あんま　「推理ストーリー」一九六三年七月号
ねずみの糞　「小説現代」一九六七年三月号
熊五郎の顔　「推理ストーリー」一九六二年二月号
鬼坊主の女　「週刊大衆」一九六〇年一一月七日号
金太郎蕎麦　「小説現代」一九六三年五月号
正月四日の客　「オール讀物」一九六七年二月号
おしろい猫　「推理ストーリー」一九六四年二月号
さざ浪伝兵衛　「講談倶楽部」一九六一年二月号

単行本　一九六八年一月、サンケイ新聞社刊

解説

山本一力

短編小説の内容には触れず、その出来栄えを語るのは大変にむずかしい。

だからといって迂闊《うかつ》に中身に踏み込むと、未読の読者の興味を殺《そ》ぐことにつながる。

あるとき映画好きの友人と「スティング」の面白さを話し合ったことがあった。

わたしはこの映画を「ひっかけジャンル」のベスト・ワンだと強く推した。

友人は「テキサスの五人の仲間」が一番だと反論した。

「あれを観ずに、このジャンルを語る資格はない」とまで言われた。

観てなかったわたしは、即日DVDで鑑賞した。

見終わったとき、友人からあんなこと（ひっかけジャンルのベスト・ワン）を聞くんじゃなかったと後悔した。

まこと名作だった。

友人は映画を薦めるルールとして、内容は一行たりとも語ってはいなかった。

が、ひっかけジャンルのベスト・ワンとして薦められたのだ。

余計な想像力が働いてしまい、結末を先読みしてしまった。

ひとに薦めるのはむずかしい。

池波正太郎作品に初めて接したのは、二十代前半に読んだ『食卓の情景』である。

この一冊で、わたしは池波正太郎にからめ取られることになった。

先輩から教わったその日に、どうしても読みたくなった。しかし東京・秋葉原の会社近くの書店では、棚にささってなかった。

銀座の書店を三軒回ったあと、ようやく数寄屋橋《すきやばし》で手に入れた。

持ち帰るのももどかしく、書店近くの喫茶店で読み始めた。「とんき」（目黒にあるとんかつの名店）を読んでいるうちに、口の中に生唾《なまつば》がたまった。

国電（当時）有楽町駅まで駆けて、山手線目黒駅を目指した……。

思い出を書き始めると際限《きり》がないが、本文庫に直接には関係はないので、ここまで。

このたび大きな活字で刊行された本書には、次の十二作が収録されている。

「江戸怪盗記」

一九六四（昭和三十九）年。

「白浪《しらなみ》看板」

一九六五（昭和四十）年。

「四度目の女房」

一九六七（昭和四十二）年。

「市松小僧始末」

一九六一（昭和三十六）年。

「喧嘩《けんか》あんま」

一九六三（昭和三十八）年。

「ねずみの糞《ふん》」

一九六七（昭和四十二）年。

「熊五郎の顔」

一九六二（昭和三十七）年。

「鬼坊主の女」

一九六〇（昭和三十五）年。

「金太郎蕎麦《そば》」

一九六三（昭和三十八）年。

「正月四日の客」

一九六七（昭和四十二）年。

「おしろい猫」

一九六四（昭和三十九）年。

「さざ浪伝兵衛」

一九六一（昭和三十六）年。

資料によれば、本書単行本が刊行されたのは一九六八（昭和四十三）年一月だという。

親本（本書の単行本）がサンケイ新聞社から刊行された年に、わたしは成人となった。

『食卓の情景』を読んで池波さんを知ったのは、成人してから五年が過ぎてのことだ。

一九七〇年は大阪万博で、日本中が沸き返った。万博旅行の添乗で、十七回も大阪を訪れた。移動の新幹線車中で、わたしは親本の『にっぽん怪盗伝』を池波さんの作とは知らずに読んでいた。

昭和三十五年から四十二年までの間に書かれた本書……時代はまさに、日本が高度成長を成し遂げようとしていた。

一九六〇年十二月、池田内閣は「所得倍増計画」を閣議決定した。

翌一九六一年からの十年間で、名目国民所得（国民総生産）を倍増させるという壮大な計画だった。

本書に収録されている十二作品は、いずれもこの「所得倍増計画」推進中に書かれた作品である。

池田総理（当時）がこれを発表したとき、国民の多くは眉《まゆ》にツバをつけた。

「本当にそんなことができるのか」と。

中学一年生には、所得倍増の意味すら呑《の》み込めないでいた。

「わたしは嘘は申しません」

池田総理は何度も国民にこれを言った。

結果的に日本は、この計画を上回る経済成長を遂げた。

一九六六年四月、都立工業高校を卒業して社会人となった。

当時の池波さんは四十三歳。

一九六〇年に直木賞を受賞されてから、すでに六年。年譜によれば池波さんは三十五から四十一までの六年間、猛烈な勢いで小説を書き続けておられる。

本書収録の短編も、多くはこの時期に書かれたものだ。

日本は先進諸国に肩を並べるべく、国と国民が一丸となって働いていた。

社会人となった十八の小僧は、先輩の後ろ姿を見ながら働いた。日本全体がダイナミックに動いており、前進しようとする活力は社会の隅々にまで行き渡っていたと思う。

一九六五年、パキスタン（当時）の外務大臣は成長著しい日本を「エコノミック・アニマル」と形容したほどである。

一九六六年九月に中途採用された旅行会社で、有楽町駅前の営業所に配属された。所長は当時の池波さんと同年代の四十一。十八の新人には、仰ぎ見るおとなだった。

あの時代を振り返って、しみじみ思う。

日本が高度成長を成し遂げようと爆進していた昭和四十年代は、日本社会の成熟度が早かった、と。

それは同時期に池波さんが執筆された時代小説にも、はっきりとあらわれている。

たとえば「市松小僧始末」「喧嘩あんま」「ねずみの糞」の三話が分かりやすい。

この三作とも、巨体の若い女おまゆと、スリを生業《なりわい》にしていた優男・又吉の物語である。

ふたりの間に流れる情の深さは、底なしだ。相手を想うがあまりに、凄《すさ》まじい出来事も起きる。

卓抜なストーリー・テリングの妙味を、存分に満喫できる三作。

これを読み終えて、しばし考え込んだ。

「喧嘩あんま」の時点で、主人公は二十四と二十六の男女なのだ。

当節の四十代の男女でも、まだおまゆと又吉の成熟度には届かない気がする。

池波さんがこの三作を著されたのは、女性の結婚適齢期はクリスマス・イブ（24）までだと言われていた時代である。

そして日本中がこぞって、ひたむきに経済成長を目指していた時代でもある。

営業所に配属された年の瀬。四十一歳の所長に招かれて社宅を訪問した。

四歳年下だった奥方は、十二歳を筆頭に三人の子を育てておられた。

「再来年にはキミも成人だ。成人式を済ませたら、できるだけ早く所帯を構えなさい。

そしてこどもを授かって、早く親を安心させてあげなさい」

奥方の得意料理をいただきながら、所長から諭された冬の夜。

こんな光景が日本のどこにでもあった時代である。

おまゆと又吉がおとなに描かれていても、なんら違和感を覚えない日本社会が横たわっていた。

後期の池波作品は、行間を味わえるものが多い。

練達の筆は、省かれた表現の隙間を読者が思うがままに味わえるのだ。

高度成長期の池波小説は、文章が緻密《ちみつ》だ。

筆致は後期の小説とは明らかに異なる。しかし「池波イズム」ともいうべき背骨の太さは、当時からいささかも変わってない。

本書には正直な乞食を描いた作品がある。

「乞食というものは、人のおあまりをいただいて暮している」と語る女の乞食。世の中には義理がある。乞食のなかには、拾いものを返す者が少なくないと……。ひとはだれでも看板を背負って生きている。看板に恥じぬ生き方をせよと、池波さんは説いておられる。いささかも説教くさくなしに。

鬼平シリーズの源泉ともいうべき作品も収録されている。

描き方は連作とは異なるが、底に流れているのは間違いなく池波イズムだ。

昭和という時代を懐かしむ声が多方面にある。が、懐古趣味に近い声も少なくない。

高度成長期の真っ直中《ただなか》にあって、池波正太郎が描こうとしたもの。

それは情と矜持《きようじ》ではないだろうか。

ひとは年を重ねるなかで、いかなる成長を遂げていくのか。

変わるものと、変わらぬもの。

それらを味わう楽しみも、本書には濃い。

池波正太郎の時代小説は、舞台は江戸時代である。

しかし流れる精神は時代を超えている。

本書は、角川文庫旧版（一九七二年初版）を改版したものです。

改版にあたり、講談社版「完本池波正太郎大成」を底本としました。

本文中には、狂人、乞食、跛（びっこ）、盲（めくら）、片輪もの、気違い、非人、唖といった、今日の人権擁護の見地に照らして不当、不適切な差別語・差別的表現がありますが、作品の時代背景と著者が故人であるという事情に鑑み、原文のままとしました。

編集部

にっぽん怪盗伝《かいとうでん》

新装版《しんそうばん》

池波正太郎《いけなみしょうたろう》

昭和47年 12月20日　初版発行
平成24年 12月25日　改版初版発行
令和7年　9月30日　改版16版発行

発行者●山下直久

発行●株式会社KADOKAWA
〒102-8177　東京都千代田区富士見2-13-3
電話　0570-002-301（ナビダイヤル）

角川文庫 17715

印刷所●株式会社KADOKAWA
製本所●株式会社KADOKAWA

表紙画●和田三造

●お問い合わせ
https://www.kadokawa.co.jp/（「お問い合わせ」へお進みください）
※内容によっては、お答えできない場合があります。
※サポートは日本国内のみとさせていただきます。
※Japanese text only

ISBN978-4-04-100603-0　C0193

角川文庫発刊に際して

角川源義

第二次世界大戦の敗北は、軍事力の敗北であった以上に、私たちの若い文化力の敗退であった。私たちの文化が戦争に対して如何に無力であり、単なるあだ花に過ぎなかったかを、私たちは身を以て体験し痛感した。西洋近代文化の摂取にとって、明治以後八十年の歳月は決して短かすぎたとは言えない。にもかかわらず、近代文化の伝統を確立し、自由な批判と柔軟な良識に富む文化層として自らを形成することに私たちは失敗して来た。そしてこれは、各層への文化の普及滲透を任務とする出版人の責任でもあった。

一九四五年以来、私たちは再び振出しに戻り、第一歩から踏み出すことを余儀なくされた。これは大きな不幸ではあるが、反面、これまでの混沌・未熟・歪曲の中にあった我が国の文化に秩序と確たる基礎を齎らすためには絶好の機会でもある。角川書店は、このような祖国の文化的危機にあたり、微力をも顧みず再建の礎石たるべき抱負と決意とをもって出発したが、ここに創立以来の念願を果すべく角川文庫を発刊する。これまで刊行されたあらゆる全集叢書文庫類の長所と短所とを検討し、古今東西の不朽の典籍を、良心的編集のもとに、廉価に、そして書架にふさわしい美本として、多くのひとびとに提供しようとする。しかし私たちは徒らに百科全書的な知識のジレッタントを作ることを目的とせず、あくまで祖国の文化に秩序と再建への道を示し、この文庫を角川書店の栄ある事業として、今後永久に継続発展せしめ、学芸と教養との殿堂として大成せんことを期したい。多くの読書子の愛情ある忠言と支持とによって、この希望と抱負とを完遂せしめられんことを願う。

一九四九年五月三日

角川文庫ベストセラー

人斬り半次郎（幕末編）　池波正太郎

姓は中村、鹿児島城下の藩士に〈唐芋〉とさげすまれる貧乏郷士の出ながら剣は示現流の名手、精気溢れる美丈夫で、性剛直。西郷隆盛に見込まれ、国事に奔走するが……。

人斬り半次郎（賊将編）　池波正太郎

中村半次郎、改名して桐野利秋。日本初代の陸軍大将として得意の日々を送るが、征韓論をめぐって新政府は二つに分かれ、西郷は鹿児島に下った。その後を追う桐野。刻々と迫る西南戦争の危機……。

堀部安兵衛（上）（下）　池波正太郎

十四歳の中山安兵衛は、路上であった山伏に「剣の道に進めば短命」と宣告される。果たして、父の無念の切腹という凶事にみまわれ、安兵衛の運命は大きく変わってゆくが……。

近藤勇白書　池波正太郎

池田屋事件をはじめ、油小路の死闘、鳥羽伏見の戦いなど、「誠」の旗の下に結集した幕末新選組の活躍の跡を克明にたどりながら、局長近藤勇の熱血と豊かな人間味を描く痛快小説。

戦国幻想曲　池波正太郎

〝汝は天下にきこえた大名に仕えよ〟との父の遺言を胸に、渡辺勘兵衛は槍術の腕を磨いた。戦国の世に「槍の勘兵衛」として知られながら、変転の生涯を送った一武将の夢と挫折を描く。

角川文庫ベストセラー

炎の武士　池波正太郎

戦国の世、各地に群雄が割拠し天下をとろうと争っていた。三河の国長篠城は武田勝頼の軍勢一万七千に包囲され、ありの這い出るすきもなかった……悲劇の武士の劇的な生きざまを描く。

男のリズム　池波正太郎

東京下町に生まれ育ち、仕事に旅に、衣食に遊びに、生きていることの喜びを求める著者が機械と科学万能の世の風物に一矢を報い、男の生き方のノウハウを伝える。

ト伝最後の旅　池波正太郎

諸国の剣客との数々の真剣試合に勝利をおさめた剣豪塚原ト伝。武田信玄の招きを受けて甲斐の国を訪れたのは七十一歳の老境に達した春だった。多種多彩な人間を取りあげた時代小説。

戦国と幕末　池波正太郎

戦国時代の最後を飾る数々の英雄、忠臣蔵で末代まで名を残した赤穂義士、男伊達を誇る幡随院長兵衛、そして幕末のアンチ・ヒーロー土方歳三、永倉新八など、ユニークな史観で転換期の男たちの生き方を描く。

賊将　池波正太郎

西南戦争に散った快男児〈人斬り半次郎〉こと桐野利秋を描く表題作ほか、応仁の乱に何ら力を発揮できない足利義政の苦悩を描く「応仁の乱」など、直木賞受賞直前の力作を収録した珠玉短編集。

角川文庫ベストセラー

闇の狩人（上）（下）　池波正太郎

盗賊の小頭・弥平次は、記憶喪失の浪人・谷川弥太郎を刺客から救う。時は過ぎ、江戸で弥太郎と再会した弥平次は、彼の身を案じ、失った過去を探ろうとする。しかし、二人にはさらなる刺客の魔の手が……。

侠客（上）（下）　池波正太郎

江戸の人望を一身に集める長兵衛は、「町奴」として、つねに「旗本奴」との熾烈な争いの矢面に立っていた。そして、親友の旗本・水野十郎左衛門とも互いは心で通じながらも、対決を迫られることに――。

新選組血風録　新装版　司馬遼太郎

勤王佐幕の血なまぐさい抗争に明け暮れる維新前夜の京洛に、その治安維持を任務として組織された新選組。騒乱の世を、それぞれの夢と野心を抱いて白刃とともに生きた男たちを鮮烈に描く。司馬文学の代表作。

北斗の人　新装版　司馬遼太郎

剣客にふさわしからぬ含羞と繊細さをもった少年は、北斗七星に誓いを立て、剣術を学ぶため江戸に出るが、なお独自の剣の道を究めるべく廻国修行に旅立つ。北辰一刀流を開いた千葉周作の青年期を爽やかに描く。

豊臣家の人々　新装版　司馬遼太郎

貧農の家に生まれ、関白にまで昇りつめた豊臣秀吉の奇蹟は、彼の縁者たちを異常な運命に巻き込んだ。平凡な彼らに与えられた非凡な栄達は、凋落の予兆となる悲劇をもたらす。豊臣衰亡を浮き彫りにする連作長編。